A TRISTEZA DOS ANJOS

JÓN KALMAN STEFÁNSSON

A tristeza dos anjos

Tradução do islandês
João Reis

Copyright © 2009 by Jón Kalman Stéfansson

Publicado mediante acordo com Leonhardt & Høier Literary Agency A/S, Copenhague.

Grafia atualizada segundo o Acordo Ortográfico da Língua Portuguesa de 1990, que entrou em vigor no Brasil em 2009.

Título original
Harmur englanna

Capa
Claudia Espínola de Carvalho

Foto de capa
andreiuc88/ Shutterstock

Preparação
Cristina Yamazaki

Revisão
Huendel Viana
Thiago Passosww

Dados Internacionais de Catalogação na Publicação (CIP)
(Câmara Brasileira do Livro, SP, Brasil)

Stefánsson, Jón Kalman
   A tristeza dos anjos / Jón Kalman Stefánsson ; tradução do islandês João Reis. — 1ª ed. — São Paulo : Companhia das Letras, 2023.

   Título original: Harmur englanna.
   ISBN 978-65-5921-402-0

   1. Ficção islandesa I. Título.

22-136854   CDD-839.69

Índice para catálogo sistemático:
1. Ficção : Literatura islandesa 839.69
Henrique Ribeiro Soares – Bibliotecário – CRB-8/9314

Todos os direitos desta edição reservados à
EDITORA SCHWARCZ S.A.
Rua Bandeira Paulista, 702, cj. 32
04532-002 — São Paulo — SP
Telefone: (11) 3707-3500
www.companhiadasletras.com.br
www.blogdacompanhia.com.br
facebook.com/companhiadasletras
instagram.com/companhiadasletras
twitter.com/cialetras

Sumário

Nossos olhos são como gotas de chuva, 7
Algumas palavras são conchas no tempo e dentro delas talvez estejam recordações suas, 11
A morte não traz paz, 115
A viagem: Se o Diabo criou alguma coisa neste mundo além do dinheiro, foi a rajada de neve nas montanhas, 119

NOSSOS OLHOS SÃO COMO GOTAS DE CHUVA

Seria agora bom dormir até os sonhos se converterem num céu, num céu calmo e silencioso, com uma ou duas penas de anjo a flutuar, e nada mais além do êxtase do esquecimento. O sono, contudo, ilude os mortos. Quando fechamos nossos olhos, são as recordações que nos chegam, não o sono. A princípio, surgem sozinhas e tão bonitas quanto prata, mas depressa se tornam uma neve escura e sufocante, e é assim que tem sido há mais de setenta anos. O tempo passa, as pessoas morrem, o corpo afunda-se no chão e nós não sabemos mais nada. Além disso, há pouco céu aqui, as montanhas o roubam de nós, assim como as tempestades que essas mesmas montanhas intensificam, escuras como o fim, mas, às vezes, quando vislumbramos o céu após uma tempestade de neve, acreditamos que podemos ver uma faixa branca deixada pelos anjos, bem acima das nuvens e montanhas, acima dos erros e dos beijos do homem, uma faixa branca como uma promessa de grande felicidade. Essa promessa nos preenche com uma felicidade infantil, e um otimismo há muito esquecido agita-se dentro de nós, mas também intensifica o desespero e a desesperança. É assim que as coisas são, uma luz forte produz sombras profundas, uma grande sorte contém um grande infortúnio, e a felicidade humana parece condenada a ficar à mercê do fio da navalha. A vida é bem simples, mas as pessoas não; o que chamamos de enigmas da vida são nossas próprias complicações e profundezas sombrias. Dizem que a morte tem as respostas e que liberta o conhecimento antigo das suas correntes; claro que isso é um maldito absurdo. O que sabemos, o que aprendemos, não surgiu da morte, mas sim de um poema, do desespero e, finalmente, de recordações de felicidade, assim como de uma grande traição. Não temos conhecimento, mas o que se agita dentro de nós toma o lugar dele, e talvez seja melhor. Viajamos para longe, mais longe do que qualquer pessoa antes de nós, nossos olhos são como gotas de chuva, cheias de céu, ar puro e nada. Então, não tenha medo de nos escutar. Mas se você se esquecer de viver, acabará como nós, este rebanho perseguido entre a vida e a morte. Tão morto, tão frio, tão morto. Em algum lugar bem dentro do território da mente, dessa consciência que faz uma pessoa sublime e maliciosa, ainda existe uma luz que cintila e se recusa a apagar-se, que se recusa a ceder à escuridão pesada e à morte sufocante. Essa luz nos alimenta e atormenta, persuade-nos a continuar em vez de nos deitarmos como criaturas estúpidas e esperar pelo que talvez nunca venha. A luz brilha e, por isso, nós continuamos. Nossos movimentos podem ser incertos, hesitantes, mas nosso objetivo é claro — salvar o mundo. Salvar você e a nós próprios com estas histórias, com estes fragmentos de poemas e sonhos que se afogaram há muito no esquecimento. Estamos num barco a remo que faz água, e com uma rede podre vamos pescar estrelas.

ALGUMAS PALAVRAS SÃO CONCHAS NO
TEMPO E DENTRO DELAS TALVEZ
ESTEJAM RECORDAÇÕES SUAS

1

Em algum lugar sob a neve lamacenta e o gelo, a noite cai, e a escuridão de abril se adensa entre os flocos de neve que se amontoam sobre o homem e os dois cavalos. Está tudo branco, coberto de neve e gelo, contudo a primavera está a caminho. Eles lutam contra o vento norte, que é mais forte do que qualquer outra coisa neste país, o homem inclina-se para a frente sobre o cavalo, aperta com força as rédeas do outro, estão completamente brancos e gelados e praticamente prestes a se transformarem em neve, o vento norte pretende levá-los antes da chegada da primavera. Os cavalos se arrastam na neve funda, o cavalo dianteiro com um volume grande indistinto às costas, um baú, sacos ou dois corpos, e a escuridão aprofunda-se, sem, no entanto, ficar escuro como breu; é abril, apesar de tudo, e eles continuam a caminhar por causa da obstinação admirável ou turva que caracteriza aqueles que vivem nos limites do mundo habitável. É sempre sedutor desistir, e na verdade muitos fazem isso, deixam que a neve da vida cotidiana os cubra até ficarem presos e, sem mais aventuras, simplesmente param e nutrem a esperança de que um dia pare de nevar e os céus limpos regressem. No entanto, os cavalos e o cavaleiro continuam a resistir, seguem em frente, embora pareça não existir nada neste mundo, exceto aquele tempo, e todo o resto parece ter desaparecido, um nevão daqueles elimina as direções, a paisagem, mas, ainda assim, há montanhas altas escondidas pela neve, as mesmas que nos roubam uma porção considerável do céu, inclusive nos melhores dias, quando tudo está azul e transparente, quando há pássaros e flores, e o sol talvez brilhe. Eles nem sequer erguem a cabeça quando de súbito o topo de uma casa surge à sua frente no meio da implacável tempestade de neve. Pouco depois, surge outro topo de casa. Em seguida, um terceiro. E um quarto. Mas eles continuam a caminhar em frente como se a vida, o calor, já nada tivesse a ver com eles e nada mais interessasse, exceto aquele movimento mecânico, e até se conseguem vislumbrar luzes fracas por entre os flocos de neve, e as luzes são uma mensagem de vida. O trio chegou a uma casa grande, o cavalo montado desloca-se até os degraus, ergue a pata dianteira direita e sacode-se vigorosamente no degrau mais baixo; o homem resmunga qualquer coisa e o cavalo para, e eles esperam. O cavalo da dianteira está aprumado, tenso, com as orelhas apontadas, enquanto o outro pende a cabeça, como se estivesse perdido em pensamentos, os cavalos pensam muitas coisas: são o animal que mais se aproxima dos filósofos.

Por fim, a porta abre-se e surge alguém no alpendre, seus olhos se estreitando ao examinar a paisagem encoberta de neve, o rosto fechado contra o vento gelado, aqui o tempo controla tudo, molda nossas vidas como se fosse barro. Quem está aí?, pergunta ele em voz alta e olha para baixo, a neve que chega com o vento prejudica seu campo de visão, mas nem o cavaleiro nem os cavalos respondem, limitam-se a esperar mais atrás, incluindo o cavalo que está na retaguarda com a pilha às costas. A pessoa que está no alpendre fecha a porta, tateia os degraus ao descê-

-los, para no meio do caminho, projeta o queixo para ver melhor antes de o cavaleiro finalmente soltar um som rouco e arrastado, como se limpasse sua linguagem de gelo e lodo. Abriu a boca e perguntou: Quem diabo é você?

O rapaz recua e sobe um degrau, na verdade eu não sei, responde com a sinceridade que ainda não perdeu e que o torna um idiota ou um sábio: Ninguém especial, suponho. Quem está aí fora?, pergunta Kolbeinn, o velho comandante, que está sentado curvado sobre sua xícara de café vazia e aponta os espelhos partidos da sua alma para o rapaz, que tornou a entrar mas deseja, acima de qualquer outra coisa, não dizer nada, mas que, mesmo assim, antes de passar correndo pelo comandante sentado na sua escuridão eterna, acaba deixando escapar: o carteiro Jens, num cavalo congelado, ele quer falar com a Helga.

O rapaz sobe rapidamente a escadaria interna, corre pelo corredor e em três saltos sobe os degraus até o sótão. Entrega-se completamente à corrida, passa pela abertura como um fantasma e depois fica arfando no sótão, totalmente imóvel, enquanto seus olhos se habituam à mudança de luz. A escuridão é quase total ali dentro; há um pequeno candeeiro a óleo no chão e uma banheira contrasta com uma janela cheia de neve e de noite; as sombras tremulam no teto, e é como se ele estivesse num sonho. Distingue o cabelo preto como carvão de Geirþrúður, seus ombros brancos, as maçãs do rosto altas, o meio seio e as gotas de água que escorrem na sua pele. Vê Helga junto à banheira, com uma mão na anca, um cacho de cabelos caindo sobre a testa, nunca antes a vira tão despreocupada. O rapaz balança a cabeça como que para acordar, vira-se para trás abruptamente e olha em outra direção, embora não haja nada de especial para ver além da escuridão e do vazio, que é para onde um olho vivo nunca deveria olhar. O carteiro Jens, anuncia, e tenta fazer seu batimento cardíaco não perturbar sua voz, algo que, claro, é inútil: o carteiro Jens chegou e perguntou pela Helga. Não há problema se quiser se virar, ou sou assim tão feia?, diz Geirþrúður. Deixa de torturar o rapaz, diz Helga. Que mal pode lhe fazer ver uma velhota nua?, pergunta Geirþrúður, e o rapaz ouve-a erguer-se da banheira. As pessoas entram na banheira, pensam em alguma coisa, lavam-se e depois se levantam da banheira, tudo isso é bastante comum, mas mesmo a coisa mais comum deste mundo pode esconder um perigo considerável. Helga: Agora você já pode se virar à vontade.

Geirþrúður envolveu-se numa toalha grande, mas ainda tem os ombros nus e seu cabelo escuro como dezembro está molhado e despenteado e talvez mais preto do que alguma vez já foi. O céu é velho, você não, diz o rapaz, e então Geirþrúður ri silenciosamente um riso profundo e responde, Será perigoso, rapaz, se você perder a inocência.

Kolbeinn resmunga quando ouve Helga e o rapaz se aproximarem, contorce a cara, que está coberta por linhas e sulcos profundos, resultado das chicotadas da vida, e a sua mão direita desloca-se lentamente sobre a mesa, tateia seu caminho em frente como um cão de visão fraca, põe de lado a xícara de café vazia e desliza sobre a capa de um livro antes de sua expressão de súbito ficar menos tensa, a ficção não nos torna modestos, mas sinceros, é essa sua natureza e é por isso que pode ser uma força importante. A expressão de Kolbeinn endurece quando o rapaz e Helga entram na sala, mas ele continua com a mão pousada no livro *Otelo*, na tradução de Matthías Jochumsson. "Parem todos,/ Vocês que estão comigo e também os restantes:/ Se minha deixa fosse brigar, já o teria percebido." Helga colocara um xale grosso e azul sobre os ombros; ela e o rapaz passam por Kolbeinn, que finge não estar interessado em nada, e depois ficam lá fora. Helga olha para Jens e para os cavalos, os três praticamente irreconhecíveis, brancos e gelados. Por que não entra, homem?, pergunta ela, de um jeito um pouco brusco. Jens ergue o olhar para ela e responde desculpando-se: Para ser sincero, estou colado ao cavalo.

Em geral, Jens escolhe com cuidado suas palavras e mostra-se, além disso, especialmente reticente logo após uma longa e difícil viagem de entregas no inverno; em todo o caso, o que é que uma pessoa pode fazer com as palavras numa tempestade, numa charneca fustigada pelo mau tempo e sem nenhuma noção do rumo a tomar? E quando ele diz que está colado ao cavalo, quer dizer que está colado; então as palavras são completamente transparentes e não escondem significado algum, sombra alguma, como deveriam ser sempre as palavras. "Estou colado ao cavalo" significa que o último grande curso de água que ele atravessou, cerca de três horas antes, escondeu sua profundidade na escuridão da tempestade; Jens ficou ensopado até os joelhos, mas o cavalo é alto, o gelo de abril os envolveu num segundo, cavalo e homem gelaram juntos de tal modo que Jens não conseguiu mexer um músculo, não conseguiu desmontar e teve de deixar o cavalo sacudir-se no degrau mais baixo para anunciar sua chegada.

Helga e o rapaz têm de se esforçar muito para tirar Jens de cima do cavalo e depois ajudá-lo a subir as escadas, o que não é tarefa fácil, o homem é grande, pesa sem dúvida cerca de cem quilos; o xale grosso de Helga torna-se branco devido à neve quando conseguem tirar Jens do cavalo, e ainda faltam as escadas. Jens grunhe, zangado; o gelo o privou de sua virilidade e o transformou num velhote inútil. Eles se arrastaram pelos degraus. Uma vez, Helga escorraçara do café um pescador bêbado, um homem com estatura acima da média, e depois o atirara fora como um pedaço de lixo; assim, Jens transfere, de modo automático, a maior parte de seu peso para ela. Quem é aquele garoto, aliás?, não parece ser grande coisa, poderia ir abaixo apenas com os flocos de neve, imagine se atingido por um braço pesado. Os cavalos, resmunga Jens no quinto degrau; sim, sim, responde simplesmente Helga. Eu fiquei congelado junto com o cavalo e não consigo caminhar sem apoio, diz Jens a Kolbeinn, quando Helga e o rapaz meio o transportam, meio o arrastam para dentro. Tire os baús de cima do cavalo, ordena Helga ao rapaz, a partir daqui eu mesma trato do Jens; em seguida, leve os cavalos ao Jóhann, você deve conhecer o caminho, e depois informe o Skúli que o Jens está aqui. Esse tipo consegue tratar dos baús e dos cavalos?, duvida Jens, olhando de revés para o rapaz; ele é mais útil do que parece, é a única resposta de Helga, e o rapaz carrega o baú para dentro de casa com dificuldade, veste uma roupa quente e dirige-se com dois cavalos exaustos para a escuridão da noite e para a tempestade.

2

Enquanto isso, Jens havia vestido uma roupa seca, seus pés já estavam aquecidos, havia consumido uma enorme quantidade de *skyr* e carne de cordeiro defumada, e havia bebido quatro xícaras de café quando o rapaz regressou com Skúli, o editor; os cavalos foram levados até Jóhann, o secretário de Geirþrúður, que mora sozinho e está sempre sozinho, o que, claro, é compreensível, uma vez que as pessoas têm muita propensão a deixar as outras mal. Skúli é alto e magro, e muitas vezes se parece com uma corda esticada, aceita uma xícara de café mas recusa uma cerveja balançando a cabeça, senta-se na frente de Jens e arranja papel e caneta com seus dedos compridos muito impacientes. Kolbeinn acaricia *Otelo* como se estivesse distraído e espera que Skúli comece a interrogar Jens, dando-lhes oportunidade de ouvir as notícias que o editor divulgará na próxima edição de *A Vontade do Povo*, que é publicado uma vez por semana, quatro páginas cheias de detalhes sobre peixes, clima, morte, lepra, crescimento da relva, canhões estrangeiros. Há grande necessidade de amenizar a existência com notícias do mundo, os ventos têm sido hostis, raríssimos navios chegaram aqui neste mês de abril, e ansiamos por notícias após o longo inverno. Jens, é claro, não é nenhum navio sobre o qual o sol brilhou em terras estrangeiras, mas é o fio que nos une ao mundo exterior durante os longos meses de inverno, quando as estrelas são nossa única companhia, bem como a escuridão entre elas e a lua branca. Três a quatro vezes por ano, Jens vai até Reykjavík buscar o correio, quando substitui o carteiro do sul, mas, fora isso, viaja vindo do distrito de Dalir, onde mora numa pequena propriedade, rodeado por montanhas suaves e o campo verde no verão, junto com o pai e a irmã, que havia nascido debaixo de céus tão claros que pouco espaço lhe sobrara para pensamentos, embora em sua cabeça tampouco nenhum pecado tenha criado raiz. O percurso postal de Jens é provavelmente o mais árduo do país, custou a dois carteiros a própria vida nos últimos quarenta anos, Valdimar e Páll: as tempestades levaram ambos numa charneca no mês de janeiro, com uma diferença de quinze anos. Valdimar foi encontrado pouco depois, completamente congelado, não muito longe de um refúgio de montanha construído havia pouco, mas Páll só foi descoberto um pouco antes da primavera, depois de a maior parte da neve ter derretido. O correio propriamente dito, as cartas e os jornais, estava felizmente incólume nos baús cobertos com tela e nos sacos presos aos ombros dos mortos. Os dois cavalos de Valdimar foram encontrados vivos, mas estavam em tão más condições devido ao frio que foram abatidos no local. O corpo de Valdimar estava quase todo intacto, mas os corvos e as raposas tinham atacado Páll e seus cavalos. O carteiro do sul transmite a Jens as notícias que ouve em Reykjavík e Jens as passa para nós, além de todo o resto que descobrir no seu percurso: esta pessoa morreu, aquela teve um filho bastardo, Gröndal estava bêbado na praia, o tempo estava inconstante no sul, apareceu uma enorme baleia na costa a leste do Hornafjörður, a sociedade cooperativa do vale de Fljótsdalur está planejando criar um serviço de barco a vapor no rio Lagarfljót e encomendou um navio a vapor de Newcastle, que fica na Inglaterra, acrescenta Jens. Como se eu não soubesse disso, responde bruscamente Skúli, sem olhar para cima; ele faz perguntas a Jens e escreve tão rápido que o papel quase se incendeia. O rapaz observa os procedimentos do editor, como ele formula suas questões, e tenta mesmo olhar por cima do ombro dele, para ver se há muita diferença entre o que o carteiro diz e aquilo que é escrito no papel. Skúli está empenhado, tão concentrado que mal repara no rapaz, embora olhe para cima duas vezes, meio incomodado, quando ele se aproxima sem necessidade. O tempo pressiona, e Jens terminou de comer, enchendo o corpanzil com coalhada, cordeiro defumado, bolo inglês e café quente como o paraíso e preto como o inferno; chegou a hora de beber sua primeira cerveja e seu primeiro copo de aguardente, que Helga lhe traz. O álcool tende a mudar nossas ideias sobre a importância das coisas: o canto dos pássaros torna-se mais importante do que as notícias mundiais, um rapaz com olhos frágeis fica mais precioso do que ouro e uma menina com covinhas nas bochechas mais influente do que toda a Marinha britânica. É claro que Jens não diz nada sobre o canto dos pássaros ou as covinhas; isso é algo que ele nunca faria, no entanto, após três cervejas e uma aguardente, é um mau informante para Skúli. Torna-se bastante complacente, perde o interesse pelos acontecimentos importantes, notícias grandiosas, movimentos de tropas, se o governador do país está sentado ou de pé, ou se nomeia o seu jovem e inexperiente enteado pastor em Þingvellir. Ele fez isso?, pergunta excitado Skúli, Meu caro amigo, que interessa isso agora, acaba tudo por dar no mesmo, são todos da mesma raça, diz Jens, na sua terceira cerveja, antes de contar a Kolbeinn novas histórias sobre Páll, que vagueia pelas charnecas em busca dos olhos roubados pelos corvos e pelas raposas, contando-as para agradar ao velhote, pessoalmente nunca vi um fantasma, mas os vivos com certeza são incômodo suficiente, afirma ele, tomando mais uma bebida. Skúli reúne seus papéis e levanta-se. Não vai passar os olhos nestes?, pergunta Jens, que tem cabelo louro e grosso, e que seria bonito não fosse o nariz enorme, e retira logo dois envelopes do seu saco e os dá a Skúli: certificados ou declarações de dois agricultores que defendem que Jens não poderia ter atravessado as montanhas mais rápido devido às tempestades e à neve, e que está, por isso, atrasado, para incômodo de muitos, Skúli inclusive. Não é preciso, responde laconicamente o editor, assentindo com a cabeça na direção de Helga, sem olhar para o rapaz e para Kolbeinn, embora hesite e quase se sobressalte quando vê Geirþrúður aparecer à porta, atrás do balcão, e ela não se incomodou em levantar o cabelo, negro como a noite, que cai sobre os ombros e o vestido verde, que fica tão bem nela que Skúli mal consegue pensar em outra coisa qualquer a caminho de casa; arrasta-se pela escuridão com a cabeça cheia de cabelo preto e um vestido verde, e a luxúria o invade como uma tempestade à sua volta.

3

A noite é escura e muito silenciosa no inverno. Ouvimos os peixes suspirar no fundo do mar, e aqueles que sobem montanhas ou atravessam charnecas altas conseguem escutar a música das estrelas. Os velhotes, que detinham a sabedoria da experiência, disseram que lá não havia nada exceto terreno aberto e perigo de morte. Morremos se não prestamos atenção à experiência, mas apodrecemos se atentamos demais a ela. Dizem que essa música desperta nas pessoas o desespero ou a divindade. Partir para as montanhas em noites silenciosas e escuras como o inferno, em busca de loucura ou alegria, talvez seja o mesmo que viver para algum fim. Mas não são muitos que empreendem tais viagens: desgasta sapatos valiosos e a vigília noturna deixa a pessoa incapaz de desempenhar as tarefas do dia, e quem deverá fazer o trabalho se ela não conseguir? A luta pela vida e pelos sonhos não pode ser conciliada, a poesia e o peixe salgado são inconciliáveis, e ninguém come seus próprios sonhos.

É assim que vivemos.

O homem morre se lhe retiram o pão, mas definha se não

sonha. Quase nunca o que importa é complicado, mas, ainda assim, precisamos morrer para chegarmos a essa conclusão óbvia.

As noites nunca são tão serenas nas áreas baixas, pois a música das estrelas se perde em algum lugar pelo caminho. Mas podem ser, apesar de tudo, bastante silenciosas aqui na Aldeia, ninguém anda na rua, exceto talvez o guarda-noturno, fazendo suas rondas por entre lampiões nos quais não se pode confiar, certificando-se de que não soltam fumaça e de que estão acesos apenas quando é necessário. E, agora, a noite espalha-se sobre a Aldeia, oferecendo sonhos, pesadelos, solidão. O rapaz dorme profundamente no seu quarto, enrolou-se por baixo do edredom. Nunca teve seu próprio espaço para dormir até que a morte de Baru o trouxera até esta casa três semanas antes e, no início, tinha dificuldade em adormecer no silêncio: não se ouvia uma respiração próxima, nem um acesso de tosse meio abafado, nem o som de alguém a roncar, a revirar-se na cama ou a peidar, suspirando nas profundezas do sono. Aqui é ele quem decide quando quer apagar a luz e, portanto, pode ler tanto quanto desejar; é uma liberdade deslumbrante. Vou agora apagar o candeeiro, disse o agricultor, quando sentiu que tinham estado tempo suficiente acordados no único quarto existente, e depois a escuridão os envolveu. Aquele que fica acordado até tarde demais está mal preparado para o próximo dia de trabalho, mas aquele que não segue seus sonhos perde o coração.

E o dia nasce lentamente.

As estrelas e a lua desaparecem e, em breve, o dia surge, uma luz azul do céu. A deliciosa luz que nos ajuda a navegar pelo mundo. Ainda assim, a luz não é expansiva, estendeu-se da superfície da Terra apenas algumas dezenas de quilômetros até o céu, onde a noite do universo assume o controle. Muito provavelmente é assim que acontece com a vida, este lago azul, atrás do qual espera o oceano da morte.

4

"Tenho saudades de vocês, jovens, e, de alguma forma, acho mais difícil viver agora", escreve Andrea das cabanas de pesca. Sentara-se no seu beliche no sótão, usando os joelhos e o compêndio de inglês como mesa. Tinham saído para o mar: Pitu, Rani, Gvendur, Einar e dois pescadores itinerantes contratados para substituir o rapaz que sobrevivera e o homem que morrera. O mar respirava pesado em algum lugar na tempestade de neve que preenchia o mundo e engolia tudo. Andrea não conseguia ver as outras cabanas de pesca, tampouco se importava com isso. Ainda assim, a respiração do mar podia ser ouvida claramente através da tempestade, a pesada inspiração de uma criatura inanimada, esse baú do tesouro e sepultura de milhares. Remaram para longe de manhã cedo e estavam, talvez, à espera diante das linhas de pesca, enquanto ela escrevia sua carta, Pétur com o medo circulando nas veias, pois tudo parecia estar deixando a vida, "tenho saudades de vocês, jovens", escreve ela. "Às vezes desejaria nunca ter conhecido vocês, mas poucas coisas melhores aconteceram comigo algum dia. Não sei o que fazer. Mas sinto que devo e preciso tomar uma decisão sobre a minha vida. Nunca fiz isso antes. Apenas vivi, e não conheço ninguém a quem pedir conselho. Eu e o Pétur raramente nos falamos, o que dificilmente seria confortável para os outros, exceto talvez para o Einar. Ele é asqueroso. Às vezes me olha como se ele fosse um boi e eu uma vaca. Oh, por que escrevo semelhantes coisas, você é jovem demais e tem já problemas suficientes para lidar. E a minha caligrafia não é muito legível. Acho que vou rasgar esta carta e depois queimá-la."

Tenho saudades; os dias passam.
A distância entre Bárður e a vida cresce implacavelmente todos os dias, todas as noites, porque o tempo consegue ser um maldito covarde, trazendo-nos tudo para depois nos tirar tudo.
O rapaz está acordado, senta-se na cama, olhando para a semiescuridão, os sonhos da noite evaporam-se lentamente dele, desaparecem, transformando-se em nada. São quase seis horas; talvez Helga tivesse batido de leve na porta, o acordando de imediato. Já haviam decorrido quase três semanas desde que chegara aqui com poesia mortal às suas costas. Que outro uso tem a poesia a não ser ter o poder de mudar o destino? Há livros que entretêm, mas que não movem nossos pensamentos mais profundos. Existem, porém, outros que nos levam a questionar, que trazem esperança, que alargam o mundo e, possivelmente, nos conduzem a precipícios. Alguns livros são essenciais, outros apenas distrações.
Três semanas.
Ou quase isso.
Um quarto tão grande quanto um quarto de família no campo, onde oito a dez pessoas trabalhavam e dormiam juntas; aqui, ele está sozinho neste espaço todo. É como ter um vale inteiro só

para si, um sistema solar ao lado da vida; provavelmente o rapaz não merece tanto. Mas o destino reparte sorte e infortúnio, a justiça nada tem a ver com isso, e então é responsabilidade da pessoa mudar o que precisa de ser mudado. Você terá um quarto, dissera Geirþrúður, e ali está ele, sentado, confuso entre o sono e o despertar, meio à espera de que tudo desapareça: o quarto, a casa, os livros na mesinha de cabeceira, a carta de Andrea, não, ela não a queimou: o carteiro da estação de pesca parou nas cabanas pouco depois de ela ter terminado de escrever, o tempo todo em dúvida se deveria queimar a carta ou não, em parte deixou o carteiro levá-la inadvertidamente, mudou de ideia em seguida e correu para a exigir de volta, mas ele já se fora, absorvido por flocos de neve, engolido pela brancura.

A tarde e o fim da tarde podem ser bastante tranquilos nesta casa, exceto quando o salão do café está ocupado; o fluxo de clientes havia sido grande meio mês antes, quando as nuvens se levantaram por dois dias e os marinheiros dos navios afluíram à Aldeia. Então o rapaz serviu cerveja, uísque e aguardente, e recebeu insultos; em geral, é fácil usar as palavras, e alguns acreditam que um comportamento duro e grosseiro os torna maiores. Ainda assim, os fins de tarde em geral são calmos. Helga fecha o café, os quatro sentam-se juntos numa divisão interior da casa, o pêndulo do grande relógio imóvel, como que preso numa melancolia abismal, o rapaz lê para Kolbeinn o poeta inglês Shakespeare e, muito frequentemente, as duas mulheres também escutam. Terminou *Hamlet*, está no meio do *Otelo*, mas não começou bem; Kolbeinn estava tão zangado depois da primeira leitura que balançou a bengala na direção do rapaz. Depressa começou a ressonar durante a leitura, o que não era exatamente encorajador, a boca do rapaz secou e, durante algum tempo, ele sentiu que sua garganta ia se fechar, e falava depressa, engolindo as palavras em vez de ler. Não leia como se estivesse sem fôlego, disse Helga quando Kolbeinn já não estava presente, pois saíra do quarto como um carneiro zangado; leia de um modo tão natural quanto sua respiração, ficará fácil quando você pegar o jeito.

Quando pegar o jeito.

O rapaz mal conseguiu adormecer naquela noite. Abanava-se, virava-se, encharcado em suor, naquela cama gloriosa; acendeu o candeeiro várias vezes, examinou o *Hamlet*, mergulhou na vertiginosa corrente de palavras e tentou retirar algum significado delas. Serei expulso, murmurou ele; como é que alguém consegue respirar palavras?

A leitura seguinte foi igualmente desastrosa.

Tão penosa que esta poesia inglesa, que tem sabor de céu profundo e grande desespero, tornou-se um terreno baldio árido e inanimado.

Após cinco minutos, Kolbeinn levantou-se, o rapaz tremeu instintivamente, mas nenhum golpe surgiu, a bengala estava apoiada sem vida na cadeira, Kolbeinn estendeu a mão, que parecia a pata de um desgrenhado cão velho, e a agarrou com um gesto impaciente. Você deve entregar o livro, disse Helga por fim, com muita calma, e então o velho ogro saiu do quarto, balançando a bengala, que adquirira uma indisposição própria nas suas mãos.

Bem, pensou o rapaz, lá sentado, um fracasso, então está acabado, vou tentar arranjar trabalho de salgar peixe este verão; isso era bom demais para ser verdade, era um sonho e agora está na hora de acordar. Ele se levantou mas, por alguma razão, voltou a se sentar. Geirþrúður estava sentada na cadeira e segurava num cigarro; esta deve ter sido a pior leitura que já ouvi, afirmou ela, ligeiramente rouca, tendo, como tinha, o coração de um corvo. Mas não tema, você ainda não atingiu o fundo, pode ficar ainda pior se continuar dessa forma. É difícil de acreditar, mur-

murou ele. Sim, sim, nunca subestime a espécie humana, há extraordinariamente pouco que ela não consiga arruinar. Deu uma tragada no cigarro, manteve dentro da boca, por vários segundos, o doce veneno, antes de expulsar a fumaça pelo nariz; mas, como disse Helga na noite passada, você não devia pensar, apenas ler. Leia o texto no seu quarto mais tarde; terá tempo até o meio do dia de amanhã para se preparar, leia até parar de distinguir o texto de você mesmo — então poderá ler sem pensar. Mas Kolbeinn levou o livro.
Você o terá de volta mais tarde, iremos buscá-lo, ele próprio mal consegue ler.

O rapaz ainda está sentado na cama.
Ouve os sonhos da noite gotejarem no seu sangue e desaparecerem no esquecimento, e então sai da cama e abre as pesadas cortinas. A luz está quase granulada, não esconde nada; ainda assim, é como se tudo estivesse ligeiramente distorcido, ou manchado, como se o mundo estivesse se pondo em ordem de forma lenta depois da noite e das tempestades de neve dos últimos dias. Não há marcas na neve lá embaixo, mas claro que agora são seis horas e em breve alguém vai marcar e estragar a pureza. Uma empregada doméstica a caminho de uma loja, ou o reverendo Þorvaldur a caminho da igreja para ficar sozinho com Deus, buscando força para não se curvar perante o combate da vida. Ele se ajoelha diante do altar, fecha os olhos e tenta, sem sucesso, ignorar os corvos que se alinham em desordem na orla do telhado, caminhando pesadamente, como se o próprio pecado se arrastasse, fazendo notar sua presença. Talvez não fosse Deus quem tenha criado o pecado, mas o contrário.
O rapaz senta-se na cadeira macia, percorre a carta com a mão, como se dissesse, ainda não te esqueci, e como poderia eu

esquecer, e então pega um livro que está sobre a mesinha de cabeceira, poesia de Ólöf Sigurðardóttir. Vai ler um ou dois poemas, precisa ir lá para baixo, Helga está sem dúvida à espera com algum trabalho que ele precisa fazer, retirar a neve que se acumulou em volta da casa, limpar, esfregar o chão, ler para Kolbeinn jornais ou revistas, ir até a loja do Tryggvi. Ele lê, e ela fala, tais palavras:

Ela fala; que eloquência. Ela ri; ó coração convicto.
Ela odeia; que crueldade. Ela ordena; que veredicto.
Ela labuta; que vigor. Ela ama; ó que ardor.
Ela ameaça; que poder. Ela implora; que fervor!

Para de ler e olha para o vazio. Ela ama, ela ameaça, que veredicto.

5

Passara-se quase uma semana desde que Helga o mandara à loja do Tryggvi. Devia comprar umas ninharias: chocolate e doces cozidos para o café do fim da tarde, e amêndoas amargas que Helga ia cobrir com veneno e espalhar pelo porão para os ratos que tinham se comportado à vontade demais, como se estivessem em casa. Gunnar estava prostrado atrás do balcão, com seu bigode e sorriso sarcástico, claramente planejando dizer algo para entreter a si e às pessoas presentes e fazer o rapaz suspirar; nunca parece haver escassez daqueles que se dão ao trabalho de rebaixar os outros com palavras. O Diabo espeta suas garras dentro deles e eles abrem a boca. E ali estava Gunnar com a boca aberta, dois empregados da loja observando, mas não conseguiu dizer muito mais do que "Bem", porque Ragnheiður chegou e perguntou com sarcasmo aos três se tinham algo para fazer. Os dois empregados desapareceram tão rapidamente como que consumidos nas chamas, mas Gunnar não foi muito longe, só deu um passo para o lado e começou a manusear desajeitado umas latas, com expressão sombria.

Ragnheiður analisava o rapaz por baixo do seu cabelo castanho, pensativa, distante; ele pigarreou e pediu em voz baixa, hesitante, iguarias para os humanos e morte para os ratos. Ela não se moveu, seus olhos não se afastaram da cara dele, seus lábios estavam ligeiramente separados, ele captou um vislumbre dos dentes brancos, erguendo-se como icebergs atrás dos lábios vermelhos. Ele pigarreou de novo, prestes a repetir a pergunta sobre o chocolate e as amêndoas, mas ela começou a se mover e a única coisa em que ele conseguia pensar era: Não olhe para ela.

Ela preparou a encomenda.

E ele observou.

Mas para que observar uma moça; para que serve isso, o que faz ao coração, que incerteza; a vida se tornará melhor, mais bonita?

E o que têm de tão especial os ombros?, pensou ele, tentando, sem sucesso, retirar os olhos deles, todas as pessoas têm ombros e sempre tiveram, no mundo todo, e já tinham ombros no tempo dos antigos egípcios e é provável que tenham daqui a milhares de anos. O ombro é a área do corpo onde o braço se liga à escápula e à clavícula; sem dúvida, é uma perda de tempo olhar para tais coisas, não interessa o quão arredondados são, não olhe, ordenou a si mesmo, e conseguiu desviar o olhar ao mesmo tempo que ela virava seu perfil branco e frio na direção dele. Gunnar os observava, e tão minuciosamente que não prestou *atenção* ao que fazia, indo de encontro a um monte de latas, que tombaram com muito barulho no chão. Quando o rapaz desviou o olhar de Gunnar, que blasfemava entre vinte ou trinta latas, Ragnheiður encontrava-se em pé junto dele, apenas com o balcão a separá-los, e tinha um caramelo na boca. Ora, não há nada de notável em ter um caramelo na boca, nada mesmo, mas ela o chupava devagar, e eles olharam um para o outro nos olhos. E mil anos se passaram. A Islândia foi descoberta e colonizada. Ou pouco menos de dois mil anos; Jesus foi crucificado, Napoleão invadiu a Rússia. E então ela retirou o caramelo molhado e brilhante da boca, curvou-se sobre a mesa e o enfiou na boca do rapaz. Sua mão tremia ligeiramente à medida que contava o dinheiro. Ragnheiður o recebeu e, de repente, foi como se ele já não tivesse importância.

Talvez ela estivesse só me atormentando, pensou ele quando saiu da loja do Tryggvi, por entre a neve, surpreendido por ter se sentido tão bem ao ser atormentado. O caramelo era também incrivelmente bom, o rapaz o chupou com entusiasmo e seu coração bombeou agitação por todo o sangue. Essa agitação teve seu resultado ridículo na noite seguinte, quando ele acordou, de repente, no meio de um sonho com Ragnheiður: estava deitada nua junto dele, com uma perna por cima dele, embora não fizesse ideia de como ela era nua, mas era agradavelmente quente e incompreensivelmente suave e de súbito ele acordou, todo molhado. Teve de se esgueirar para o porão para lavar sua roupa de baixo, por entre ratos que morreram lentamente com o veneno amargo.

6

O rapaz acabou de se vestir; lê dois poemas de Ólöf antes de descer. O ronco de Jens o alcança nas escadas. O carteiro dorme no quarto de hóspedes no andar de baixo nos poucos dias em que está aqui na Aldeia, nunca mais do que dois dias, apenas tempo suficiente para deixar os cavalos descansar, embora fique mais se houver uma tempestade, se um tempo abominável ascender do fundo do oceano, trazendo uma maldade antiga. O aroma do café mistura-se com o ronco depois de o rapaz descer, o café da manhã o aguarda, pão e mingau. Kolbeinn mastiga seu pão, coberto com uma camada grossa de patê. Veio me salvar da alegria incessante do Kolbeinn, diz Helga, e o rapaz sente-se de tal maneira em casa que sorri e não deixa a expressão sombria do comandante incomodá-lo. Como é que o Jens consegue dormir com seu próprio ronco?, indaga ele. Para alguns é um êxtase dormir, declara Helga, ouvindo o café ferver, pois o café anterior era apenas para Kolbeinn, que é tão aborrecido antes do seu café

matinal que a maioria das pessoas, e mesmo a própria vida, afasta-
-se dele.
O café ferve.
Oh, o aroma desta bebida escura! Por que temos que recordar dele sempre como algo tão bom; já se passou tanto tempo desde que podemos beber café, várias décadas; ainda assim, o sabor e o prazer nos assombram. Nossos corpos foram devorados até o último pedaço há muito tempo, nossa carne podre desprendeu-se dos nossos ossos, desenterrem-nos e descobrirão apenas ossos brancos que sorriem sarcasticamente; apesar disso, ficamos presos aos prazeres da carne; não conseguimos nos livrar deles, tal como das recordações que se sobrepõem à morte. Morte, onde estão suas forças?

Está quente e confortável na cozinha. Kolbeinn aspira o ar, suas grandes mãos seguram a xícara vazia; quer mais?, pergunta Helga, e o velhote responde afirmativamente com a cabeça. Você disse as primeiras palavras do dia; será que perdi?, questiona o rapaz, mas Kolbeinn não lhe concede uma resposta. As palavras custam muito a sair logo de manhã, diz Helga, antes de bocejar; foram para a cama tarde, exceto Kolbeinn, que já não suporta ficar acordado até tarde, está cansado e é um inútil, sentou-se no café, e Jens, a pedido de Geirþrúður, contou mais notícias do mundo até a bebida o abater. O rapaz senta-se à mesa e só então repara nos arranhões nas faces do comandante, dois deles bastante profundos, mas não particularmente visíveis na pele escura. Olha de forma curiosa para Helga, arrasta o dedo indicador pela bochecha abaixo para chamar a atenção para as feridas de Kolbeinn, ela encolhe os ombros, sem, aparentemente, ter conhecimento de alguma coisa. Há reunião esta noite?, pergunta Kolbeinn, referindo-se a uma reunião da Associação de Artífices, que ocorre uma vez por mês no café. São suas primeiras palavras desde o início da manhã, incrivelmente vulgares, palavras banais, mas, ainda assim, é como se conseguisse enchê-las de hostilidade. Sim, às oito horas, responde Helga, sentando-se na ponta da mesa e sorvendo o café que aquece suas veias e faz seu coração se sentir melhor; ela suspira. Se existe um paraíso, lá devem crescer grãos de café. Eu não deveria pôr unguento nesses arranhões?, podem infeccionar, diz Helga. Como aconteceu?, pergunta o rapaz, jovem demais para mostrar tato sem esperar pela resposta de Kolbeinn.

Kolbeinn bufa, põe-se de pé, sai da cozinha como um velho carrancudo, balançando sua bengala a toda a volta, bate com ela contra a parede, por duas vezes com muita força junto ao quarto de Jens, e ele acorda num sobressalto, seus roncos param abruptamente e ele sente uma dor de cabeça lancinante.

Ouvem Kolbeinn subir as escadas, batendo com a bengala, tentando talvez acordar também Geirþrúður. Raios, ele é engraçado às vezes, comenta o rapaz. Sim, mas não devia ter perguntado aquilo assim; aqueles arranhões com certeza não tiveram origem em nada de bom. Eles ouvem uma porta fechar com força no andar de cima. Kolbeinn entrou em sua gruta e bateu a porta com força suficiente para ter a certeza de que o ouviriam na cozinha. Agora já não suporta ninguém além dele mesmo, murmura o rapaz para o seu mingau, tem assim tanta certeza de que suporta ao menos a ele mesmo?, pergunta Helga com serenidade, olhando para cima, como se tentasse ver o interior do quarto de Kolbeinn através do chão e das paredes.

O velho comandante está vestido, estendido na cama afagando a bengala como se fosse um cão fiel; seu quarto é tão grande quanto o do rapaz, tem uma prateleira de livros pesada junto à cama, cerca de quatrocentos livros, alguns grossos e muitos em dinamarquês, todos do tempo em que Kolbeinn conseguia ver, quando seus olhos tinham um propósito. Agora, ele fica estendido na cama e seus olhos são inúteis, podem ser lançados ao mar, podem repousar no leito marítimo, cheio de escuridão. O comandante suspira. Às vezes, é bom falar quando nos sentimos muito mal, dissera Helga enquanto fazia o café e só estavam lá os dois, eu tenho um excelente ouvido; contudo, Kolbeinn acabara de murmurar algo que ele próprio mal percebia. Muitos escolhem permanecer em silêncio quando a vida os atinge com mais força, uma vez que muitas vezes as palavras são apenas pedras sem vida ou roupa rasgada e despedaçada. E podem também ser ervas, prejudiciais e transmissoras de doenças, pedaços de madeira podre que não aguentam nem uma formiga, quanto mais a vida de um homem. Contudo, são uma das poucas coisas que temos realmente à mão quando tudo parece ter nos traído. Lembre-se disso. Bem como daquilo que ninguém entende: que as palavras menos importantes, menos prováveis, completamente inesperadas, têm grande impacto e fazem com que a vida siga sem danos sobre despenhadeiros estonteantes.

Os olhos de Kolbeinn se fecharam, de forma lenta mas implacável; ele dorme. O sono é misericordioso e traiçoeiro.

7

Começara a nevar quando Ólafía entrou em alvoroço para se juntar a eles. O céu tem uma quantidade infinita de neve. Aí vêm as lágrimas dos anjos, dizem os índios no norte do Canadá quando a neve cai. Neva uma boa quantidade aqui e a tristeza dos céus é magnífica, é uma capa que protege a terra do gelo, trazendo luz a um inverno duro, mas também pode ser fria e impiedosa. Ólafía está ensopada em suor quando bate à porta do café, tão levemente que precisa esperar vários minutos, talvez vinte; seu suor tinha se tornado frio sobre a carne e ela começou a tremer, mais ou menos como um grande cachorro, quando o rapaz enfim abriu a porta. Devia ter batido com mais força, disse ele, sem se dar conta que era absurdo exigir tal coisa.

Ólafía nunca teria sido capaz de indicar, com tal determinação, mesmo com insolência, sua existência. Bem, consegui, ainda assim, entrar, é tudo o que ela diz, e começa a trocar de sapatos; havia-se sacudido diligentemente lá fora e quase não tem nenhum floco de neve em cima de si quando entra lá dentro. O rapaz estica a cabeça toda lá para fora e seu cabelo preto embranquece, o chão estende-se por todo lado sob uma camada grossa da tristeza dos anjos, sem pasto nas pastagens nem na praia, e todo o gado é mantido fechado, e os agricultores contam todos os bocadinhos de feno que lhes são dados, em alguns locais pouco restando além das sobras e dos balidos dos animais e o chamamento de uma vida melhor, mas as nuvens são grossas e nenhum som é levado até o paraíso. O rastro de Ólafía desaparece desoladoramente na estrada abaixo e está começando a desaparecer, a neve acumulada havia muito cobrira o rasto de Þorvaldur, que percorreu seu caminho até a igreja de manhã cedo para agradecer a Deus pela vida e pela sua bondade; que bondade?, perguntamos. Þorvaldur amaldiçoou os corvos quando saiu, atirou várias bolas de neve na direção deles, mas pareceu perfeitamente incapaz de os atingir; eles não saíram do lugar na orla do telhado, olharam simplesmente para baixo, para o padre, e grasnaram com ironia. O rapaz fecha a porta ao mundo, abre a porta interior e berra alto, sim, a Ólafía está aqui! Ela assustou-se ao ouvir seu nome ser pronunciado tão alto e sem hesitação; por que razão seu nome merecera ser chamado suficientemente alto para muitos outros o ouvirem? Que vida o merecera?

O destino pode, na verdade, criar ligações inesperadas, sejamos gratos por isso; caso contrário, muitas coisas seriam previsíveis, com pouco movimento no ar à nossa volta, tão pouco que estagnaria e a vida seria sonolenta e enfadonha. A surpresa e o inesperado são as forças catalíticas que agitam o ar em movimento e dão à vida uma descarga elétrica: lembram-se, espero, de Brynjólfur? O capitão do navio de Snorri que caiu sobre a mesa do café, abatido por doze cervejas e uma insônia crônica. O rapaz sentara no lado oposto a Brynjólfur, mas olhara fixamente para seu amigo morto atrás do capitão até ele se dissolver no ar frio. A morte era a beleza do mundo.

Helga havia simplesmente deitado o capitão no chão; não merece melhor, dissera ela, quando Geirþrúður quisera colocar Brynjólfur no quarto de hóspedes, onde Jens roncara até Kolbeinn bater na parede com sua bengala por puro mau humor, ou pelo desespero de alguém que perdera a visão e é incapaz de falar. Ainda assim, à cabeça profundamente corroída de Brynjólfur foi dada uma almofada onde se deitar. É como um pedaço de rocha, murmurou o rapaz enquanto lutava para colocar a almofada numa posição adequada. Helga estendeu um cobertor por cima do capitão, um cobertor grosso de algodão escocês, e depois dirigiu-se a Ólafía.

Ela tinha alguma ideia de onde Brynjólfur e Ólafía viviam, mas não muito mais do que isso, nunca tinha falado com Ólafía, nunca tinha estado suficientemente perto dela para sentir o cheiro pesado e adocicado de seu grande e estranho corpo, muito menos olhar nos seus olhos, que são ovais e parecem estar sempre cheios de chuva e cavalos molhados. Esses olhos me seguem para todo o lado e me obrigam a beber, disse Brynjólfur, levando muitos a culpar Ólafía por seus excessos; apenas um vislumbre da mulher preenchia alguém com desespero. A verdade é que poucas coisas podem ter maior influência sobre uma pessoa do que os olhos; às vezes, vemos neles toda a vida, e pode ser insuportável. Mas talvez Brynjólfur beba porque é fraco, apesar da enorme força física; muitas vezes o infortúnio de um homem vem mais vezes de dentro do que suspeitamos. Helga só iria comunicar a Ólafía onde seu marido estava, essa era a sua única tarefa, e ela encontrou a casa sem procurar muito; Ólafía abrira a porta com cautela, e Helga olhara seus olhos ovais cheios de chuva e cavalos molhados.

Depois disso, Ólafía veio várias vezes ajudá-los com uma frivolidade ou outra.

Chegou de manhã, saiu ao fim da tarde, antes do jantar, antes de fecharem o café, sentaram-se na sala de estar e o rapaz começou sua leitura, que apresentara progressivas melhoras, alguém até pode detectar, às vezes, um olhar satisfeito no rosto de Kolbeinn, embora possa ser uma ilusão. Ólafía corou quando Helga a convidou uma vez para se sentar junto deles, murmurou um adeus e apressou-se a sair sem nenhuma resposta mais.

Você é tão bondosa que a vida a mataria se eu não estivesse com você — dissera Geirþrúður a Helga depois de conhecer Ólafía. — Não se oporia à vinda dela de vez em quando? Não, não, é bom ter pessoas frágeis à nossa volta; nos ajuda a compreender melhor este mundo, apesar de nem sempre saber o que devo fazer com essa compreensão.

Ólafía não trabalha de forma rápida, move-se com um pouco de dificuldade, como se tivesse areia no sangue, mas está constantemente ocupada e faz bem suas tarefas. Suas mãos estão densamente calejadas e são duras como mesas de madeira, seus dedos são delgados e bastante habilidosos, como se viu.

Helga acordara Brynjólfur de um sono de doze horas, ou de um coma de doze horas, de forma bastante brusca.

A Ólafía merece um homem muito melhor do que você, disse Helga, enquanto Brynjólfur sentava-se inclinado sobre o café e o prato de marinheiro com uma dor de cabeça horrenda; alguém tentava rebentar-lhe o crânio. Ele ia dizer algo acerca dos olhos repressivos de sua mulher, sua presença grave e seus modos acanhados, tudo o que o afastava de casa, mas teve a sensibilidade de se manter calado, além de ter que trabalhar arduamente para manter a comida abundante no sítio onde viviam; com seus ombros imponentes caídos, ele parecia um velhote. Meu navio me rejeitou, confessou ele, por fim, suavemente, como se o fizesse para si mesmo, ou para a mesa, que não respondeu a ele, uma vez que os objetos inanimados não conhecem muitas palavras. Helga olhou para o rapaz; vai para o seu quarto por um momento, disse ela.

Passada meia hora, ela pediu ao rapaz que levasse Brynjólfur ao navio, para acompanhar aquele velho lobo do mar ao seu próprio navio, conhecido pela ousadia, mas, agora, velho e fraco, segundo ele, e convencido de que o navio o rejeitara. Helga disse ao rapaz que o levasse até o litoral, onde o navio estava à sua espera; eu disse a ele que você tem habilidades especiais; às vezes, mentir é vital para ajudar as pessoas.

O navio do Snorri é o único que ainda está à espera na costa, seguro na vertical por postes largos, os outros encontram-se há muito desaparecidos. Brynjólfur parou quando ainda tinham de andar vários metros, olhou para o navio, que se assemelhava a uma baleia morta, e então agarrou o ombro do rapaz com firmeza, obtendo força através dele. O rapaz ficou simplesmente parado, sem se mexer, fingindo ter algumas habilidades especiais, como Helga lhe disse para fazer, mas mordeu o lábio porque, durante algum tempo, parecia que Brynjólfur ia lhe esmagar o ombro. Então embarcaram no navio, que desejou boas-vindas ao seu próprio comandante. Brynjólfur esticou-se no convés e o beijou.

Brynjólfur levou algum tempo para abrir o castelo de proa, a escotilha estava congelada. Vai ver eu não deveria descer, murmurou ele, suspirando; no entanto, por fim, ela se abriu e eles desceram até o castelo da proa, que estava tão escuro e frio que era como se Brynjólfur tivesse cortado um buraco na existência e eles estivessem prestes a descer até o próprio desespero, se não fosse a luz matinal que escorria através da abertura e que atingiu, como uma lança, uma besta gigante e negra. Brynjólfur tateou o caminho em frente à procura de luz, porque os vivos nada veem em tal escuridão, e encontrou finalmente um candeeiro a óleo; a luz acendeu-se, e com ela a esperança. Pouco depois, os membros da tripulação, que Helga pusera em movimento, começaram a entrar a bordo, um a um.

O primeiro a chegar foi Jonni, o cozinheiro, um homem careca, baixo e corpulento, com um rosto inchado e olhos curiosos, mas amigáveis. Ele atirou os braços em volta de Brynjólfur, como se este tivesse voltado do inferno, o que não era de todo ridículo, e foi quase totalmente engolido pelo abraço expansivo do comandante; o rapaz viu apenas a coroa careca da cabeça do cozinheiro, parecia que Brynjólfur estava abraçando a própria lua. Jonni entrou e pegou um balde, voltou à costa, encheu-o de neve, regressou e começou a preparar café. Debateu-se para ligar o fogão, foi preciso soprar as cinzas durante muito tempo para despertar a chama; é necessário soprar as cinzas constantemente para manter o fogo vivo, não importando o nome que lhe damos: vida, amor, ideais; só as cinzas da luxúria nunca é preciso soprar, o ar é seu combustível, e o ar envolve a Terra. O aroma transformou o gelado castelo da proa num alojamento habitável; ascendeu pelo buraco aberto como um choro de alegria, e os homens correram a bordo. A maioria era da mesma idade do comandante, homens com pele dura, quase curada, os seus eram movimentos rígidos, e eles não se soltaram até o navio estar no mar. Uma baleia encalhada aqui na costa, uma baleia sem vida, mas que, no entanto, brilha como prata logo que bate nas ondas.

Sentaram-se durante muito tempo no castelo da proa e Jonni foi buscar mais neve, que transformou em café preto, um pouco como um deus cômico; abanaram-se uns aos outros no frio, mascaram tabaco, blasfemaram alegremente e engoliram café, vai estar animado aqui amanhã, disse um dos homens ao rapaz, que se sentou esmagado entre dois homens de ombros largos e

43

era aquecido por eles. Todos os rostos duros e fustigados pelo tempo contemplavam Brynjólfur com tamanho ardor e felicidade que eram tão belos quanto um dia de verão. Embarcaram um dos beliches e duas pranchas delgadas em cruz; é o beliche do Ola, o norueguês; não conheceste o Ola, dizem eles ao rapaz, esse, sim, era um campeão, e então suspiraram ao recordarem-se, mas também já passou muito tempo, eles suspiraram, beberam outro copo de café, fumaram mais tabaco e partilharam histórias sobre Ola. Sopraram nas cinzas da memória, imitaram sua língua única e se comoveram quase até as lágrimas. Ele perdera quase todo seu norueguês e nunca aprendera islandês útil, e inventou uma nova língua, que estava mesmo no meio, algo entre as duas, mas que não era nenhuma delas, e apenas seus companheiros de navio o entendiam sem dificuldade. Depois, morreu, afogou-se perto do cais baixo, numa calmaria, viu a lua refletida no mar tranquilo e mergulhou para ir ao seu encontro. Afogou-se enquanto buscava a beleza. Oh, de fato. E refestelava-se no melhor beliche para quando navegassem de novo, aqui era onde ele queria estar, e em mais lugar nenhum. Como são tediosos estes longos meses de inverno para o pobre homem! Mas é por essa razão que o beliche foi trazido a bordo, entende, disseram ao rapaz para concluir, o Ola precisava de um lugar para ficar e escolheu o melhor beliche, tivemos de aceitá-lo, e ele, em troca, protege-nos de muitos males. Quais?, perguntou o rapaz.

Os homens olharam para ele surpreendidos, ninguém devia perguntar tais coisas. Mudaram de lugares, mascaram mais tabaco, mascaram silenciosamente, perplexos; bem, ele tem que dormir em algum lugar, o pobre homem, disse enfim Jonni, e os homens fizeram que sim com a cabeça; essa era uma boa resposta, o Jonni é esperto. Porém, depois, claro, o rapaz deixou escapar: Mas os mortos dormem?

8

A primeira tarefa do rapaz neste dia, que começou tão lento, quase com luz demais, ou claro o suficiente para nos recordarmos da primavera e da relva verde do verão, mas que rapidamente obscureceu pela queda de neve, é traduzir um texto pequeno de inglês para islandês, munido de um pobre dicionário e do seu intelecto. Ele está sentado no café, Kolbeinn ainda se encontra no quarto, talvez dormindo, talvez sonhando com girassóis e gargalhadas; sim, espero que esteja dormindo, espero que o velho comandante tenha conseguido abrir a escotilha do submundo do sono, onde a relva possui várias cores e é possível, às vezes, encontrar uma paz peculiar. De onde vem esse mundo, e o que acontece quando morremos?

O rapaz olha fixamente para o texto inglês e mal compreende uma palavra, *It was the best of times, it was the worst of times.*

Você tem que traduzir isto, disse Helga, dando-lhe a folha com o texto em inglês, um dicionário, uma caneta e papel. Alguém que segure caneta e papel tem a possibilidade de mudar o mundo. Traduzir, repetiu o rapaz. Você precisa ser educado, disse Helga, isso é o começo, e muitos começaram com menos. Ele queria fazer algumas perguntas, pedir algumas explicações; de onde, por exemplo, veio este texto, e por que em inglês, e por que ele tinha que ser educado; para então fazer a diferença e poder ficar ali, ainda mais tempo, protegido do mundo, ser educado, o que implica isso, ele tem que aprender inglês para poder comunicar-se com o comandante Geirþrúður? Alguém compreende melhor o mundo se conhecer muitas línguas, e é importante compreender? Mas uma batida pesada e determinada na porta principal da casa impediu que ele fizesse qualquer pergunta. Helga olhou para o rapaz, que se dirigiu para a porta. A pancada se fez ouvir mais uma vez, antes de o rapaz alcançar a porta, uma pancada impaciente; que droga, disseram os baques, ninguém vem abrir? O rapaz apressou-se a abrir a porta, mas recuou de imediato diante de um punho enluvado, que surgiu ameaçadoramente por cima dele, como se seu dono, um homem alto e robusto, estivesse considerando enterrar o punho no rosto do rapaz para puni-lo pelo atraso; porém, o punho se abriu, mudou a forma para uma palma que sacudiu a neve do grosso sobretudo com colarinho forrado.

Bom dia, preciso ver Geirþrúður, disse o homem, que de certo modo falava como uma espingarda, porque algumas palavras são como balas e algumas pessoas são como espingardas.

O homem parou de sacudir-se, talvez submisso à neve e ao céu, que é maior do que todos nós; mesmo este homem alto e de aparência forte parecia compreender, e então entrou e olhou para o rapaz; o homem era quase uma cabeça mais alto, esboçou um rápido e torcido sorriso e perguntou, quem comeu sua língua? Retirou o chapéu de pele, seu cabelo era grisalho mas a barba era preta e bem aparada e as sobrancelhas despenteadas;

por baixo delas, os olhos cinza eram profundamente definidos e pareciam dotados de grande poder. Nem sempre é bom falar, respondeu o rapaz, parecendo sufocar.

O homem despiu o sobretudo, esboçou outro sorriso rápido e disse, está absolutamente certo, e o rapaz sentiu-se como se tivesse ganhado um grande prêmio. Mas vai buscar a Geirþrúður, mesmo assim, e imediatamente, porque o tempo é precioso, nunca se esqueça.

O tempo é precioso.

Isso, o rapaz nunca ouvira.

Até então, o tempo simplesmente passara, atravessara as pessoas e os animais, e levara consigo, ao longo do percurso, muitas coisas valiosas, mas o tempo em si não é precioso, apenas a vida. Ela está dormindo, declarou, por fim, o rapaz, depois de digerir essa afirmação peculiar; acho eu, acrescentou com hesitação.

O homem despiu o casaco e o dobrou sobre o braço; por baixo, usava um casaco azul com dois botões, ajustado ao peito largo. Uma pessoa está ou dormindo ou acordada, não há nada em que pensar. Aquele que questiona nunca chega a lugar nenhum, nunca se torna nada. Corre lá para dentro e diz que cheguei. Não é saudável para as pessoas dormirem em plena luz do dia, conheço o caminho até a sala. Traz um café simples para mim.

O rapaz correu até a cozinha, um homem quer falar com a Geirþrúður, disse ele, não parece gostar de esperar muito e convidou-se a entrar na sala, e raios me partam se não é o Friðrik; ele quer um café simples.

Helga retirou o avental branco; não pense nada sobre o Friðrik, diz ela, ele é simplesmente o que é, e todos sabem como o Friðrik gosta de tomar seu café, o homem é dono de tudo aqui à volta, à sua maneira; ela estará na presença dele em cinco minutos. Ólafía, o café, diz Helga, mas Ólafía já está fazendo o café, com as mãos ligeiramente trêmulas.

Talvez seja um pouco exagerado dizer que Friðrik é nosso dono; se alguém é, seria o próprio Tryggvi, o dono do império comercial que domina a vida da Aldeia e dos fiordes em volta; temos que morrer para escapar ao poder dele, mas Tryggvi passa os longos meses de inverno em Copenhague, com sua mulher dinamarquesa. Aqueles que podem, fogem ao inverno e à escuridão asfixiante e, durante todos os longos meses de inverno, a responsabilidade e o controle da loja de Tryggvi recai em Friðrik, que parece ser onipresente, não nos deixando mais do que o ar que respiramos, quer estejamos no convés de um navio em alto mar, curvados sobre peixe salgado na costa, ou sentados na latrina.

Friðrik pegou na xícara de café sem olhar para o rapaz e bebeu rapidamente, embora devesse estar muito quente; como se não sentisse mais calor do que o Diabo, pensou o rapaz. Ouvi falar em você, disse-lhe Friðrik. Pétur é um bom capataz e não há muitas pessoas que abandonem um cargo assim voluntariamente.

O rapaz não disse nada, não lhe ocorreu nada, talvez não se esperasse que ele dissesse alguma coisa, e a presença de Friðrik o oprimia, sua garganta ficou seca e ele agradeceu quando Geirþrúður chegou. Ela não os cumprimentou, disse simplesmente, isso é inesperado, e Friðrik levantou-se e dirigiu-se a ela, escurecendo a sala. Preciso falar com você. É claro, dificilmente teria vindo por qualquer outro motivo, a aspereza na voz de Geirþrúður era notória, um grasnido de corvo em vez de um coração.

Friðrik ignorou a possível troça da resposta, sorriu, exibiu suas fiadas de dentes robustos, em particular, disse ele em tom carinhoso.

Geirþrúður estava ao lado do rapaz, que captou uma débil

brisa de sonhos e noite; havia um matiz verde em seus olhos escuros: pareciam-se com um oceano onde muitos tinham se afogado. Este é, na verdade, meu enteado, disse ela com calma, com um sorriso, ou um vestígio de um sorriso que se avivava num dos cantos da boca. Se é assim que quer, declarou cordialmente Friðrik, fazendo uma ligeira mesura. A Helga lhe deu o texto?, perguntou ela, olhando para o rapaz, que anuiu com a cabeça; então vai para a sala onde se serve o café e começa a trabalhar nele; a partir de agora comece sua educação, tem que ler esse texto até amanhã à noite.

No limiar da porta, o rapaz virou-se para trás para observá-los: Friðrik estava no mesmo lugar, enchendo a sala, e Geirþrúður estava diante dele, com os olhos cheios de homens afogados.

E, então, ele está debruçado sobre palavras inglesas, com um dicionário insuficiente, caneta e papel; está nevando, a brancura vem do paraíso, a tristeza dos anjos, mas por que eles estão tristes? *It was the best of times, it was the worst of times.* Procurou as palavras que não percebeu nas primeiras frases, sente-se um pouco como um mágico, embora fracassado, com uma varinha mágica partida; no entanto, sente a magia e esquece Friðrik, esquece tudo; na verdade, ele visitará um mundo distante, um pensamento distante, uma experiência distante, e lançará sementes na língua islandesa, plantará talvez plantas e árvores com novas cores e odores diferentes. Olha através das palavras e tudo se torna novo; são provavelmente elas, sobretudo, que mudam o mundo. O texto inglês enche duas páginas com um grande número de símbolos incompreensíveis à primeira vista, mas após pouco mais de uma hora de luta conquistou quatro frases, marchou em direção ao incompreensível e regressou com pensamentos e a insinuação de um poema, e sente a prata dentro de si ao se debruçar sobre as palavras. Então é isso a vida, a existência de que sentiu falta, sem, contudo, saber; viajar até o desconhecido, o incompreensível, e regressar com um conjunto de palavras que se transformam todas imediatamente em lenha, flores e facas? O silêncio acima de tudo; existe apenas a neve que cai e as palavras que guardam algo misterioso, uma mensagem para o mundo. É óbvio que traduzir quatro linhas numa hora não é muito, mas essas linhas são também voluptuosas, assemelham-se a asas. Então ele é interrompido; Lúlli e Oddur entraram no café. São os homens que limpam a neve na Aldeia. O trabalho deles é atacar a brancura, e aqui raras vezes ela falta. Estão trabalhando desde as cinco da manhã, limpando neve há quatro horas. Começaram pelas três lojas grandes e chegariam às menores quando e se pudessem, pois as brechas na vida refletem-se em todos os lugares para onde olhamos, incluindo a limpeza da neve. Tinham bebido café, comido bolo inglês, molhado os dedos indicadores e limpado cuidadosamente as migalhas com eles, observando com atenção o rapaz ali sentado pendendo sobre as palavras, perdido no mundo por detrás da realidade. E havia algo nos seus modos que fez com que Oddur lhe pedisse para escrever uma carta, uma espécie de carta de galanteio, percebeu o rapaz. Um Oddur tímido demais ou sem fôlego para falar com clareza e, neste caso, como é evidente, dificilmente alguém fala sem rodeios sobre coisas como essas. Mas já que o rapaz parecia saber como pegar numa caneta, estaria disposto a escrever uma carta em nome de Oddur, uma carta para uma mulher chamada Rakel? Ela tem cabelo louro-escuro, braços fortes e um riso cristalino, disse Oddur, e quando cora as orelhas mexem-se ligeiramente, é tão bonito mas é óbvio que você não vai escrever isso, quero dizer, porque ela cora. Não, é claro que não, respondeu o rapaz, não tendo coragem de recusar o pedido nem o pagamen-

50

to que Oddur lhe prometeu; o rapaz estava tão orgulhoso que disse simplesmente que sim.

E, agora, está sozinho de novo, mas acha difícil voltar à tradução. A conversa animada de Lúlli e Oddur é transportada até ele; afasta o texto inglês, quer deixar a carta que precisa escrever para Oddur para mais tarde, tem que pensar, reunir palavras, pega no *Otelo*, sosseguem, mãos, e começa a preparar-se para a leitura do fim do dia, que, sem dúvida, começará mais tarde do que é habitual devido à reunião da Associação de Artífices. Abre o livro, sente a forma das palavras, escuta sua respiração, talvez Jens escute a leitura, ele entregou o correio ao dr. Sigurður às nove horas daquela manhã, praticamente escorraçado por Helga. Levou um trenó e puxou os baús estrada abaixo, na neve macia, fazendo com que certas horas se afundasse até a cintura, mas a distância era curta, duzentos metros, nenhum perigo mortal, longe disso; por outro lado, desnecessariamente, Jens bebera demais na noite anterior e sua ressaca foi dolorosa durante a maior parte da manhã. O rapaz fica sentado diante do livro e durante muito tempo não se ouve nenhum som além do bater do seu coração. A neve lá fora é branca, mas algumas palavras têm mais cores do que o arco-íris.

# 9

Sigurður recebe Jens na salinha; está absolutamente ereto, as costas prestes a se curvarem para trás diante do carteiro, que se sente desconfortável num ambiente tão elegante. A sala da casa do médico é menor do que a de Geirþrúður, mas a decoração foi cuidadosamente escolhida, é escura e pesada, com objetos posicionados com tamanha precisão que tudo desabaria se algo fosse deslocado. Jens se sente obrigado a permanecer quieto, passou boa parte do tempo limpando todos os flocos de neve antes de entrar naquela casa, a tristeza dos anjos não tem nada para fazer numa salinha tão requintada, dois quadros pesados em molduras douradas, um de um navio majestoso a navegar num mar inquieto, cujo aspecto perigoso, contudo, é diminuído pelo tamanho e pela grandeza da embarcação; navios daqueles não se veem aqui nos fiordes; em comparação com eles, nossos navios são meras banheiras. A segunda pintura retrata Jón Sigurðsson de pé, com a mão esquerda pousada numa mesa, com o olhar rígido em direção a Jens. Por que o herói da nossa luta pela independência tem que ser tão sério, quase carrancudo? Jens faz um esforço imenso para não remexer os pés, inclinar a cabeça e deixar os ombros cair; a docilidade do homem comum não está profundamente enraizada na maior parte do nosso povo. A docilidade parece inata a essa nacionalidade, como uma doença crônica; às vezes, dormente, mas sempre reincidente, em geral na presença de riqueza, mobiliário sólido, autoridades fortes e impertinentes. Somos heróis à mesa da cozinha, dóceis em grandes salões. Sigurður permanece durante algum tempo diante do carteiro, seu cabelo bem penteado e cheiroso, e o bigode fino e reto dando um ar importante ao seu rosto rígido; talvez tente acovardar Jens com sua presença e o ambiente da sala, mas Jens consegue conter-se, permanece parado, é uma vitória, porque, embora Sigurður não tenha grande poder quando comparado com Friðrik, ele é imponente; faz parte dos poderosos. É o diretor dos correios de uma vasta área, participa muitas vezes da assembleia municipal, é o único que tem remédios, e acabara de expulsar um concorrente da Aldeia usando todos os meios à sua disposição, e é também livreiro. Claro que este último trabalho pouco poder ou dinheiro lhe traz; o poder e a riqueza nunca andaram de mãos dadas com a poesia, e talvez seja por isso que esta é tão imaculada e, às vezes, o único desafio possível.

Jens recebe silenciosamente as reprimendas de Sigurður, está três dias atrasado, na verdade, quatro, porque, embora tenha chegado à Aldeia na noite anterior, só agora está entregando o correio, o que é, no sentido mais digno, incomum. Jens sabe disso tão bem quanto Sigurður; e por que não veio primeiro aqui como exige o seu dever, e agora, como tantas vezes o fez antes, por que não atravessou os fiordes vindo de Arngerðareyri de barco, se isso aceleraria as coisas? Quer me levar a fazer uma queixa? O tempo não estava exatamente ideal para fazer uma viagem de barco, responde Jens em voz baixa, antes de procurar nos bolsos do casaco os certificados dos dois agricultores, declarando que não havia muita possibilidade de Jens escapar de atrasos na sua viagem postal, e que estava fora de questão que ele fizesse a travessia de barco depois de descer da charneca alta, como dita o hábito, costume que Jens, para dizer a verdade, muda com frequência, mesmo com o tempo bom; ele parece pouco dado a viagens marítimas e, em vez disso, percorreu o caminho sobre passagens montanhosas e em volta de quatro fiordes, perdendo com isso um dia inteiro. O tempo é desfavorável para viagens marítimas, declara o segundo certificado, e ambos afirmam que o carteiro tivera de lutar contra as forças da natureza, esses poderes supremos; o inverno o apanhara numa emboscada, duas charnecas duras tinham tentado matá-lo, o gelo procurara matar os dedos das suas mãos e pés, a fúria das montanhas tentara perfurar seu corpo. O palavreado dos certificados é sem dúvida muito mais pragmático, escrito por agricultores confiáveis que se limitam aos fatos óbvios e, assim, merecem o respeito dos outros. Aqueles que falam da fúria das montanhas e da tristeza dos anjos adquirem a aura de poetas e, portanto, perdem toda a credibilidade; os poetas são entretenimento, decorativos, às vezes palhaços e por isso nós os consideramos com ceticismo. É possível que seja verdade que a poesia contenha em suas profundezas o núcleo ridículo e belo da nação, mas setecentos anos de luta nos moldaram e nos arrastaram para baixo; em algum lugar pelo caminho, perdemos a fé no poder da poesia, começamos a vê-la como um sonho decorativo, um ornamento festivo, e passamos a depositar toda nossa confiança em números e fatos óbvios, e aquilo que não percebíamos ou temíamos foi fechado em contos relativamente inócuos.

Os dois certificados são breves, concisos, isentos de floreados, o que torna difícil Sigurður duvidar deles. Espera aqui, diz ele de um modo bastante frio, antes de entrar no escritório para analisar a correspondência e compará-la com o registro de cartas.

Jens não diz nada; foi uma ordem, no fim das contas, e não um pedido; é claro que obedecerá, não é preciso dar a Sigurður motivo para uma reclamação. Jens não permite que muitas coisas o atrasem em suas viagens postais, enfrentando charnecas e montanhas sob a pior das intempéries, embora o bom senso e a persuasão dos outros o tentem impedir; mas como seria sua vida se ele perdesse o emprego? As viagens postais lhe dão uma espécie de objetivo, preenchem sua vida, são sempre algo pelo qual ansiar, estas viagens longínquas de ida e volta, e até quatro vezes por ano percorrendo todo o caminho até Reykjavík, quando substitui o carteiro do sul. No entanto, não é fácil ser carteiro inter-regional; alguns desses homens perderam dedos dos pés, braços, cavalos, a própria vida. É difícil reparar tais perdas, e o pagamento é tão irrisório que dificilmente é possível descer a um nível mais baixo, ganhando, às vezes, apenas o suficiente para cobrir as despesas. Jens tem que pagar seu alojamento e o dos cavalos, comida, ração, manutenção de sua roupa e apetrechos dos cavalos, mas o que sobra é sempre dinheiro, dinheiro puro e duro, e aqui há muito poucos que sejam pagos assim; a maioria de nós vive e morre sem sequer ter oportunidade de tocar no dinheiro. Com o dinheiro há uma liberdade rara, e há também liberdade nas viagens postais. Todos aqueles que tenham atravessado as charnecas sozinhos numa noite de verão serena, na companhia do céu e dos pássaros da charneca, devem ter se sentido vivos. No entanto, não são esses momentos, por mais abençoados que possam ser, que prendem o pensamento de Jens enquanto está de pé e imóvel na sala elegante, enquanto Sigurður verifica a correspondência, ajudado por membros da casa; sua conversa abafada atravessa a parede de madeira, o grande relógio de pé balança o pêndulo pesado e Jens envelhece a cada oscilação. Também não pensa nas catástrofes das quais acabou de escapar e no frio que o colou ao seu cavalo e que sem dúvida lhe teria cortado as pernas se o percurso até a Aldeia fosse mais longo. Não, Jens pensa sobretudo na irmã, como sucede muitas vezes quando a corrupção do homem o frustra, pensa na transparência dela e então sente sua fúria negra, sente seu quase ódio em relação a Sigurður diminuir, desfazer-se em nada e até transformar-se em estupidez, diante da qual é possível abanar a cabeça, esse ódio partilhado pelos dois homens desde o início, não sabemos por quê, exceto pelo fato de Sigurður achar Jens arrogante, irresponsável e imprudente; provavelmente o doutor espera uma boa oportunidade para apresentar queixa contra Jens e removê-lo do posto. Alguns acreditam que ele está reunindo vários detalhes num longo relatório que a certa altura desferirá sobre Jens o golpe de misericórdia. Ainda assim, Jens consegue afastar da mente Sigurður, pensa principalmente na irmã, em sua luminosidade, em sua felicidade límpida e na confiança que deposita no irmão, depois, no pai, aquela entidade cuja vida e tempo estão lenta mas certamente curvando-se, mas que ainda consegue manter sua pequena propriedade, aquelas cem ovelhas, enquanto Jens anda em suas viagens postais; contudo, aos poucos, o pai e a irmã desvanecem-se de sua mente, para serem substituídos por algo completamente diferente. Todo seu corpo se aquece, o sangue corre mais rápido, chega mesmo a encher suas veias, mas ele permanece completamente imóvel, olha em frente, sem expressão, como se não pensasse em nada, como se apenas esperasse o tempo passar. Pode existir um fosso desse gênero entre a vida exterior e a vida interior de uma pessoa, e isso deveria nos dizer algo, deveria nos ensinar a não confiar demais nas aparências; aquele que o faz perde sua essência.

Seu nome é Salvör.
E ele a viu pela primeira vez há seis anos.

*	*	*

Ela trabalha como criada para o agricultor que escreveu o primeiro dos certificados de Jens, palavras escassas para confirmar o que deveríamos saber, ou seja, que às vezes a vida é hostil ao homem aqui no mar mais longínquo. Salvör é mais velha; a diferença de idade entre eles não é inferior a dez anos, e ela vivera uma vida considerável antes de Jens ir pela primeira vez à propriedade, com seus cavalos Bleikur e Krummi. Bem, quer fosse ou não considerável, ela, pelo menos, casara-se jovem. Eles viviam numa pequena propriedade formada sobretudo por solo rochoso, embora tivessem algumas pastagens decentes, apesar de úmidas. Com trabalho árduo, é possível transformar as colinas estéreis da vida em prados verdes; e seu marido, Kristján, não era simplesmente habilidoso, ele conseguia ser mesmo muito sagaz e sabia uma quantidade enorme de poemas e baladas, a maior parte deles de muita beleza, um entretenimento agradável que muitos iam escutar. De início, ele recitava seus poemas e contava suas histórias em casa, na companhia de amigos, a voz aveludada, um pouco grave, o modo cativante. Contudo, o inverno na província é longo, escuro e praticamente desprovido de acontecimentos animados e, com o tempo, os talentos de Kristján tornaram-se mais procurados. Ele começou a visitar propriedades próximas e depois outras freguesias, para animar os curtos dias de inverno, e muitas vezes era pago por isso; um pernil de carne, farinha, trigo que era aproveitado em casa, e a princípio era tudo diversão. É claro que Salvör sentia saudades dele; mas sentir saudades de alguém pode ser um conforto, quebrar a rotina, e Kristján regressava para casa animado, tendo muito o que contar. Porém, os anos mudam muitas coisas. Os homens queriam beber com ele, as mulheres o observavam; ele era também bonito, e pode ser tão agradável olhar para um homem bonito, o cabelo escuro que lhe chegava às sobrancelhas, os movimentos fortes e os olhos translúcidos, quase hipnotizantes. Essas viagens o mudaram de forma lenta mas implacável, ou ele talvez tenha apenas descoberto novas facetas de si mesmo e da vida; às vezes, era como se ele encontrasse seu verdadeiro eu, aquele era seu verdadeiro eu, e a existência deveria ser levada assim: companheirismo, poemas, histórias, atenção; nada de trabalhos duros que estragam as costas numa colina estéril, a horrível luta pela vida, a banalidade cinzenta. Eles tiveram três filhos, um morreu com poucas semanas de vida; aos poucos, a pele de Salvör perdeu seu poder de encanto e seu frescor. Chegaram invernos duros, verões secos e frios; as viagens se multiplicaram e tornou-se cada vez mais difícil regressar, às vezes quase intolerável. A mediocridade pairava sobre a casa: as repreensões de Salvör, a pele pardacenta de Salvör. Em outras casas, as mulheres esperavam por ele deitadas em corredores escuros; aí era outro homem, mais homem, e a vida tinha mais cores. A vida dividiu-se aos poucos em dois mundos diferentes e a distância tornou-se, por fim, inatingível. De um lado, momentos felizes vividos com pessoas, bebidas alcoólicas, poemas, histórias, popularidade, respeito; no outro, o peso que pendia sobre a casa, a maldita colina estéril e os prados selvagens e molhados, a amaldiçoada solidão, a falta de alegria. E quanto mais se aproximava de casa, mais bebia, mal conseguindo se manter em cima do cavalo quando chegava. A vida nos leva em inúmeras direções; para alguns, o álcool é sempre uma alegria, para outros, torna-se um prazer negro, fazendo-os mergulhar nas profundezas em busca de algo que não sabiam existir, algo que pode ser obscuro e diabólico.

 Ainda assim, a primeira vez que bateu em Salvör foi, mais ou menos, sem intenção.

 Ou melhor, foi involuntário.

Só para fazê-la se calar. Para ter um pouco de alívio; um maldito instante de paz.

E ele teve seu alívio; ela se calou naquele momento e o deixou completamente sozinho, e foi um alívio incrível, e um sossego. Mas ele se arrependeu terrivelmente no dia seguinte. Não sei como fui capaz de fazer isso, como pode me perdoar, Salvör, eu prefiro morrer a bater de novo em você!

No entanto, voltou a bater nela, logo no dia seguinte. E mais uma vez.

Ele não batia necessariamente para magoá-la; os golpes eram apenas uma escapatória, sua rejeição da vida, da desilusão, da injustiça, da opacidade que sempre o esperavam quando voltava para casa.

Uma vez, esteve ausente durante cinco semanas, e parecia que nunca mais decidiria voltar para casa. Chegou inclusive a sair algumas vezes para o mar com um agricultor importante e à noite entretinha as pessoas da casa com seus poemas, histórias, voz e presença; era amado e admirado, e uma criada com cabelo louro-escuro, com apenas vinte anos, muito propensa a rir, foi para o celeiro e até ao ovil com ele, mas Kristján não estava traindo ninguém; era apenas a própria vida, prova de que estava vivo. Ele bebia mas isso só o deixava alegre, embora às vezes talvez um pouco rancoroso e pessimista, até mesmo deprimido, o que, de algum modo, o engrandecia. Contudo, foi enfim para casa. Não havia outra solução. Exausto pela bebida, com o cavalo tropeçando a toda hora, maldito cavalo, sem nenhuma honra, e Salvör à sua espera com repreensões, sua pele opaca, seus olhos apagados, nada de magnificente nela. E, dessa vez, ele bateu nela até não conseguir mais aguentar-se de pé. Até ela ficar deitada, de cara no chão. Deitada de borco como se o esperasse. Ele ajoelhou-se agilmente ao seu lado, puxou seu vestido para cima, baixou as calças e depois a possuiu como um cão ordinário. A princípio, ela disse, não, Kristján, não, Kristján, por favor, não faça isso, e tentou resistir, tentou afastá-lo a pontapé, mas não tinha força suficiente; em seguida, ficou deitada, imóvel, rendida, espancada até a submissão, deitada enquanto ele a atacava, arfando, deitada e completamente imóvel. Tão quieta que era como se não o quisesse incomodar de maneira alguma, como se aquilo que ele estava fazendo fosse tão delicado que o mais ligeiro distúrbio o destruiria; ela se limitou a pressionar a cara contra o chão com o máximo de força, desejando que os filhos estivessem dormindo. Ele não era de todo mau; era simplesmente assim que a vida o fizera. A desilusão de não conseguir ser o que ele era. Contudo, ela não podia conter o ódio; odiava-o de tal maneira que a maldade se apoderou completamente dela. Kristján terminou com um grito meio surpreendido, levantou-se, sentou-se numa cadeira, olhou para Salvör, como se nunca a tivesse visto antes, ou como se nada daquilo lhe dissesse respeito, empurrou-a firmemente com o pé; como que surpreendido, retraiu-se e depois a afastou a pontapé, com tanta força que ela esbarrou na parede, ficando ali deitada como um saco; ele foi buscar a garrafa que o agricultor lhe dera na despedida, bebeu um grande gole, vomitou e tombou no coma profundo do álcool. Salvör continuou estendida e imóvel junto à parede, escutando Kristján com náuseas e vomitando, e não se mexeu até ter a impressão de que ele estava dormindo. Em seguida, levantou-se e pôs um cobertor por cima dele. Olhou demoradamente para sua cara adormecida, escura, horrível, mas ainda bela no sono. Em seguida, foi ver os filhos, que estavam ambos acordados na cama; uma menina de seis anos com grandes olhos e um menino de dois anos que não parava de tossir. Ela os agasalhou bem, embrulhou o menino com um cobertor, sussurrou algo à menina, e depois saiu para buscar o cavalo. Teve que procurar durante bastante tempo. Chamou-o gentilmente, assobiou, mas sem resultado; encontrou-o morto a pouca distância da casa. Kristján o matara, e os cavalos mortos raramente respondem a assobios. Contudo, a neve tapara tudo em redor e não foi muito difícil arrastar as crianças no trenó tosco. Uma noite de inverno escura e cheia de estrelas e uma caminhada de três horas até a propriedade mais próxima; a menina segurava com força o irmão, que tossia, e não olharam para trás nem uma vez, não pararam nem para observar as chamas. O fogo soltava um brilho incrivelmente luminoso, o céu sobre a pequena propriedade estava iluminado de um modo muito belo, mas as construções eram pequenas e atarracadas; isso aconteceu há doze ou treze anos. Desde então, Salvör trabalha como criada na propriedade a que chegou na sua marcha noturna, solícita mas reservada. A dona da casa aprecia sua habilidade e confia nela, mas algumas mulheres ainda a odeiam e sentem saudades daquele homem, que se assemelhava a um conto de fadas estrangeiro quando ia de uma casa à outra, com seu cabelo escuro, seus olhos pretos como carvão e uma voz que fazia as mulheres tremerem. O filho mais novo, o menino, não sobreviveu durante muito tempo, a viagem de trenó de três horas na noite gelada talvez tenha sido dura demais para ele, embora Salvör o tivesse vestido com a roupa mais quente que tinha. Ele morreu algumas semanas depois. A menina fora colocada em outra propriedade, à distância de um dia de viagem, deixando Salvör por sua conta. No início, encontravam-se duas vezes por ano, abraçando-se com força, como se não tivessem mais ninguém neste mundo, o que provavelmente não estava muito longe da verdade.

Era raro Salvör receber cartas ou encomendas, e, de qualquer maneira, quem poderia lhe enviar uma carta? As únicas que recebia eram as da filha, que morava numa freguesia distante, enviada para lá quase à força quatro anos antes, como se a vida se esforçasse para aumentar a solidão de Salvör. Ela não atraiu sobre si a atenção quando Jens começou inicialmente a parar em sua casa para passar a noite, com o espesso cabelo louro, sentando-se na sala e contando as novidades, como era seu dever. Mas qual é o nome dessa força que ninguém parece ser capaz de controlar e que torna infelizes todos aqueles que se opõem a ela durante toda a vida?

No início, foi apenas um olhar.

Olhos que se encontravam, pequenas tremuras do coração, algo para contemplar e admirar entre viagens postais, e algo a temer no caso dela. A maior parte dos homens é selvagem, pensa apenas em parecer forte e em possuir as mulheres. Mas promessas solenes, uma vontade firme, rasgam-se como lã desfiada quando a força começa a se fazer sentir. Não havia quase nenhuma privacidade no rancho, tal como em quase todos os outros ranchos ao redor: as pessoas dormem num único quarto; nas melhores casas o agricultor e a mulher têm uma cama à parte, num pequeno resguardo ao qual dificilmente se pode dar o nome de quarto. Os primeiros passos foram também dados no exterior, por baixo do céu que guarda todos os segredos do homem; era verão e ela estava lá fora lavando roupa. Uma noite de verão com canto de pássaros e luz eterna, e o sol vermelho da meia-noite fundiu-os num só. Odeio os homens, disse ela, e o beijou. Os homens são selvagens. E começou a chorar, as lágrimas prateadas correndo silenciosamente pelo rosto, e Jens passou seus braços enormes e pesados em volta dela, afagou seu cabelo castanho-avermelhado, deu-lhe umas palmadinhas e a reconfortou exatamente do mesmo modo que seu pai, quando cede perante a desilusão da vida, velho e cansado. Já choraram sobre este ombro antes?, perguntou Salvör. Sim, respondeu Jens. Então posso confiar em você? Nunca traí ninguém. Por que olhou assim para mim? É bonita, respondeu ele, a única resposta que conseguiu dar, porque não se pensa em coisas assim, simplesmente se olha e os olhos nunca precisaram de palavras. Está mentindo! Não, nas minhas viagens postais só penso em você, é sério; bonita. Por que não me possui agora, aqui nas margens do ribeirão, e depois simplesmente se gaba disso? Jens olhou para ela; a princípio, não sabia do que ela falava. Possuir, repetiu, e depois o significado surgiu-lhe subitamente na mente e ele ficou inexpressivamente muito triste, como se a própria tristeza tivesse preenchido seu coração; tinha um nó na garganta e não conseguia dizer nada, desviou o olhar e pensou que estava então tudo acabado. Ela segurou sua cabeçorra com as mãos, observou-o, beijou seus olhos, se ainda quiser e se se atrever, pode se esgueirar para a minha cama em setembro. Por que não me atreveria? Sabe que matei meu marido, muitas pessoas queriam e ainda querem me ver presa, dormir comigo não lhe trará benefícios. Se sou obrigado a escolher entre você e o mundo, escolho você, disse Jens; e o sol da meia-noite e os olhos dela o converteram num poeta.

Dois meses depois, em setembro, ela levantou o cobertor para que ele entrasse na cama. Isso foi há quase dois anos e, agora, ele está de pé, imóvel e sem expressão, no escritório do dr. Sigurður, à espera, e escuta o pesado bater do tempo na sala e pensa em Salvör: começam por sussurrar, aproximam os lábios dos ouvidos e murmuram coisas, algumas tolices bonitas e palavras que ascendem ao céu como balões coloridos; e ele também fala da irmã, de algo que ela disse, tão infantil e alegre que fizeram com que ele e seu pai vissem tudo sob uma nova luz, o meu pai envelheceu muito, sussurra, e algo se despedaça dentro dele, e tenta se recompor, mas quando ela pousa a cabeça no seu ombro, as lágrimas começam a fluir, completamente silenciosas, esses peixes de tristeza transparentes. Ela fala sobre seus dias, tristonhos demais, fala sobre sua filha e repete partes das cartas que conhece de cor; não a vejo há quatro anos e dói tanto que preferiria ser esfaqueada todos os dias. No entanto, Salvör não lhe diz onde ela está, não até confiar inteiramente em você, afirma ela. Mas fala sobre o filho que morreu, que já dizia suas primeiras palavras e começava a caminhar, embora estivesse atrasado devido às doenças frequentes, mas tinha uma voz pura e límpida, e depois ele morreu e a culpa tinha sido dela. Abraçam-se, como dois rochedos desolados na pesada corrente da vida. Estão nus e acontece tudo muito lentamente. Tão lentamente que é bonito. Salvör sente o pênis inchar aos poucos, quase como pedindo desculpa; a tristeza e o desespero desaparecem lentamente, ela lambe seus olhos salgados e ele passa as mãos pelo corpo dela, que envelhecera e ficara tão opaco que quase estava morto quando Jens o tocou pela primeira vez.

Jens mexe ligeira e conscientemente seu ombro direito, na sala de Sigurður; Salvör morde-se para que não seja ouvida no quarto silencioso, no silêncio que é quebrado pelo ronco e pelos resmungos dos sonhos. Por acidente, Jens descobrira o poder mágico de seus dedos; eles estavam deitados muito juntos e esperavam que a escuridão da noite adormecesse as pessoas, mas é claro que é impossível estar vivo e deitado tão próximo e simplesmente respirar, as mãos tinham que fazer algo e começaram a se mexer, todas as quatro, percorrendo os corpos e, por coincidência, ele colocou o polegar e o indicador entre as pernas dela, entrou e encontrou um local que a fez perder a respiração, de tal modo que mal conseguiu pensar em outra coisa nas semanas que se seguiram. Eu não sabia que esse lugar existia, murmurou ela com voz rouca depois da primeira vez, e beijou as marcas das pequenas mordidas no ombro dele. Que lugar? Aquele a que fui, aquele de que vim quase como se atravessasse o horizonte!

Jens olhou para Salvör surpreendido e ela deu uma risadinha, algo que provavelmente não fazia havia quinze anos, e depois agarrou o pênis dele. Anda, sussurrou ela ao abrir as pernas, eu levo você até lá.

É uma realidade estranha aquela que o homem inventou; não há uma única palavra que mencione Salvör no breve certificado de seu patrão sobre os impedimentos que surgiram para a viagem postal de Jens. Diz apenas que o mau tempo e condições impossíveis atrasaram a viagem do carteiro, Jens Guðjónsson, e que a charneca que atravessara é considerada por todos quase impossível de atravessar para quem circule a pé, quanto mais para cavalos que transportam baús. Mas nada sobre Salvör. Nem uma palavra sobre sua vida, sua tristeza, seu desespero, nem uma palavra sobre arrependimento ou sobre o que acontece entre ela e Jens, embora talvez nunca devêssemos escrever sobre outra coisa que não esta: a tristeza, o arrependimento, a vulnerabilidade e aquilo que às vezes acontece entre duas pessoas, invisível mas mais forte do que impérios, mais forte do que religiões e também tão bonito quanto o céu, sobre as lágrimas que são peixes transparentes, sobre as palavras que murmuramos a Deus ou a alguém que faz toda a diferença, sobre o momento em que uma mulher orienta um pênis para si mesma e o horizonte se despedaça. Nunca deveríamos escrever sobre outra coisa. Todos os certificados, todos os relatórios e todas as mensagens do mundo deveriam exprimir apenas isto:

> Hoje não posso trabalhar por causa da tristeza.
> Vi aqueles olhos ontem e, por isso, não consigo trabalhar.
> Hoje é impossível ir porque meu marido está nu e é muito bonito.
> Não posso ir hoje porque a vida me traiu.
> Não posso ir à reunião porque tem uma mulher tomando sol junto à minha porta e o sol faz a pele dela brilhar.

Nunca nos atrevemos a escrever tais coisas, nunca descrevemos a eletricidade entre duas pessoas; em vez disso, falamos de preços, descrevemos a aparência, e não o fluir do sangue, não procuramos a verdade, versos inesperados, beijos vermelhos, mas escondemos nossa fraqueza e nos rendemos a fatos, o exército turco está se mobilizando, ontem a temperatura foi de dois graus negativos, os homens vivem mais do que os cavalos.

Ahn, diz Sirgurður depois de entrar na sala; tem na mão os certificados, lê na frente de Jens, lê detalhadamente mas tenta deixar Jens desconfortável ao ler de forma lenta e suspeita, e Jens está completamente calmo na superfície, embora o sangue corra com velocidade excessiva pelas veias, ele mal repara no médico, tão perdido está pensando em Salvör, revivendo o momento. Sigurður dobra os certificados e põe os documentos no bolso do casaco; não hesitarei em recomendar que seja despedido do cargo se não cumprir o estabelecido, pode estar descansado, diz ele de modo direto, frio. O sangue de Jens para por um instante e então seu ódio ressurge, escuro como o breu, como uma recordação do inferno. Sigurður senta-se na cadeira, que parece de certo modo concebida para ele; o médico pega um charuto comprido, demora algum tempo o acendendo e desaparece por um momento atrás de uma grande nuvem de fumaça. Jens aproveita a oportunidade para inspirar profundamente e apreciar o odor enquanto Sigurður não consegue vê-lo. Tenho que pedir um favor, diz Sigurður quando regressa da nuvem de fumaça, parecendo não achar minimamente desconfortável ter que pedir algo a Jens. Jens transfere seu peso do pé esquerdo para o pé direito e olha com desconfiança para o médico, que absorve nova fumaça, novo prazer, e depois pede a Jens para fazer o percurso postal até a costa de Vetrarströnd e a área em volta do Dumbsfjörður; pode contar com três a cinco dias, o Guðmundur está de cama com gripe e não vai a lugar algum. Sigurður cala-se, fuma, age como se Jens não estivesse presente, mas espera uma resposta. Jens tenta ignorar a perfumada fumaça de charuto e pensar claramente. Ponderar e comparar; a escolha é um tormento. Ele preferiria dizer não e partir para casa no dia seguinte, seu pai ficará preocupado se se passarem vários dias sem que se saiba nada dele, e Salvör ficará agitada; ele também não gosta da ideia de sobrecarregar o velhote com trabalho demais, com o pouco que ele consegue aguentar hoje em dia; o tempo escapa-lhe rapidamente. Por outro lado, ele ganhará algumas coroas extras pela viagem e seus cavalos estariam completamente descansados quando voltasse; não existe nada pior para um cavalo quanto a exaustão, dá cabo deles, transforma um bom cavalo numa velha mula, e o que Jens pode fazer sem cavalos, o que seria então das viagens postais? Ele transfere seu peso de volta para o pé esquerdo; mas por que estará Sigurður pedindo-lhe que vá, haverá algo mais por trás daquilo? Talvez Sigurður saiba que Jens não conhece muito bem a área; já esteve lá uma vez no verão, mas e depois? Aqui a paisagem no verão é completamente diferente no inverno; às vezes, é como se cada uma estivesse em seu próprio hemisfério. O percurso provavelmente é infernal após uma queda de neve constante e vento incessante, uma viagem que apenas viajantes altamente experientes se arriscam a fazer, viajantes que decerto não se encontram em qualquer esquina agora, verdade seja dita, agora que tantos homens fazem parte das tripulações dos navios. É por isso que é natural que Sigurður peça a Jens. Ainda assim, há algo mais por trás? Talvez Sigurður preveja que, devido ao desconhecimento de Jens daquele percurso, ele entregue a correspondência tarde, fornecendo assim ao médico uma oportunidade de ataque? Qualquer pessoa que faça aquela viagem precisa atravessar fiordes abertos de barco, quatro vezes ao todo — destas, duas no largo e azul-escuro Dumbsfjörður — e quatro vezes charnecas perigosas, uma delas praticamente uma montanha, em que na maioria dos dias se formam tempestades. Mas se ele for bem-sucedido, se entregar a correspondência a tempo, apesar do desconhecimento, ficará numa posição melhor em relação ao médico, que ao mesmo tempo ficaria frustrado, docemente frustrado, pensa Jens, e sente-se tão encorajado pela ideia que simplesmente diz que sim, sem na verdade tomar uma decisão. Muito bem, diz Sigurður de forma brusca, os sacos estão à sua espera lá na frente. Volta a enfiar o charuto na boca e age como se Jens já não existisse. Uma vez mais, Jens inspira a fumaça e depois sai da sala sem se despedir. Uma criada jovem está esperando do lado de fora da porta, ao lado de três sacos pesados, cheios de cartas, jornais e exemplares do *Jornal da Assembleia*; a menor parte talvez seja constituída por cartas, pouquíssimas pessoas escrevem cartas para o norte, para quem habita naqueles climas setentrionais. Jens ergue os sacos, parece não sentir o peso, a criada o segue até a porta, tem cabelo escuro e olhos cinza que seguem Jens enquanto ele parte, apreciando a maturidade do seu porte, observando seus ombros largos, "é uma pena que um homem tão jeitoso tenha um nariz tão grande", pensa ela, fechando a porta ao mundo branco e ao carteiro, que desaparece na distância.

10

Neva. Os flocos de neve preenchem a abóbada do céu e amontoam-se no mundo. O vento é gentil e suas rajadas constantes, a superfície do mar está calma, enquanto engole a neve sem cessar. Contudo, as profundezas ainda estão inquietas após as tempestades dos dias anteriores, uma inquietação que torna as coisas difíceis para os barcos e os navios. Tal como o homem, o mar tem uma reação sensível e demora muito para se recuperar de um ataque. Raramente é possível julgar pelas aparências, seja pela do mar, seja pela de uma pessoa, e por isso é fácil ser enganado e possivelmente pagar com a vida de uma pessoa ou com sua felicidade; casei com você porque era tão gentil e bonito na superfície, mas agora não sinto felicidade nenhuma; saí para o mar porque estava tranquilo à superfície e agora estou morto; choro no leito marítimo por entre outros homens afogados e os peixes nadam através de mim.

"A neve cai de forma tão densa", escreve o rapaz, "que liga o paraíso à terra. A neve que agora cai na terra estava talvez na vizinhança do paraíso poucos minutos antes. Quanto tempo demora para descer do paraíso à terra? Um minuto, talvez? Para alguns, porém, uma vida inteira, setenta anos, não é suficiente para ascender da terra ao paraíso. Talvez o paraíso exista apenas em sonhos." O rapaz pousa a caneta um pouco assustado com a última frase. Fecha instintivamente os olhos e imagina sua irmã, lembra-se de como ela ria quando brincavam juntos, e durante vários momentos é como se ela ainda estivesse viva. Seus olhos estão cheios de confiança e de alegria de viver; há pouco espaço para muito mais do que isso nos olhos das crianças, ainda não há neles espaço para sombras, mas então a morte apagou seus olhos, desapareceram e nunca mais serão vistos. O paraíso é apenas um sonho? Então onde está agora sua irmã, se isso for verdade? Chamava-se Lilja. Ele se contém para não escrever seu nome na página. Lilja, em honra do poema que o monge Eysteinn compôs para a glória do paraíso muitas centenas de anos atrás, muitas centenas de milhares de vidas atrás, o poema dos poemas, cujos créditos todos teriam desejado tomar para si. Lilja era o único nome possível aos seus pais; a irmã era o cântico de glória deles, com feições tão puras e olhos azul-claros e uma personalidade tão radiante que os velhotes se desviaram do percurso só para terem oportunidade de tocá-la; era como tocar na própria inocência, antes de o pecado entrar no mundo. "A Lilja é tão malcomportada", diz uma das cartas de sua mãe, que o rapaz guarda no quarto, gasta de leituras repetidas, "que, às vezes, torna-se um incômodo insuportável, mas ainda assim atraente." O paraíso e a próxima vida são talvez como deuses mortos que existem apenas se alguém acredita neles?

 Se assim for, o rapaz é a única esperança de Lilja e de seus pais.

 Se ele não acreditar neles, desaparecerão e se converterão em nada; os olhos azuis de Lilja, eternamente curiosos e ansiosos, se fundirão com o nada, se tornarão um vácuo que suga toda a vida, todas as recordações. Se também ele morrer em breve, sem deixar nada para trás, nenhuma marca nem sinal, se passar pela vida sem deixar vestígio, deixando seus pais mal, não cumprirá seus sonhos e esperanças. É tão simples; e temos aí algo da essência da vida, algo próximo de uma razão: experimentar tudo aquilo de que Lilja foi privada. Aprender tudo o que ela não pôde.

"Lilja é tão curiosa que alguns fogem quando ela se aproxima. Nem todos toleram que uma criança faça perguntas que os obrigam a reavaliar a própria vida. Por que que você existe? Por que que você é assim? Por que está zangado? Por que olha tanto para a minha mãe? A que distância estamos de Deus? O que está no meu cocô? Por que cheira tão mal? Para onde vão meus sonhos quando acordo? São essas as perguntas que sua irmã faz a todas as pessoas aqui em nossa casa, dia após dia."

Havia muitas coisas nas cartas que o rapaz não percebia quando era criança, especialmente na última, muitas coisas que só agora se revelam a ele, como se sua mãe suspeitasse do fim e tivesse escrito as cartas tendo isso em mente. Eram, portanto, cartas para o futuro, um futuro em que ela não estará, nem ela, nem Lilja. Palavras entusiásticas, mas cheias de tristeza dolorosa, tão delicadas que mal se nota. Essas palavras são barcos que transportam a vida da mãe, a vida de Lilja e de seu pai para longe do esquecimento e da morte absoluta. E cabe a ele não deixar naufragar o barco nem o carregamento afundar-se no mar escuro. A ele e a mais ninguém. Não a Egill, o irmão de quem não ouve falar há anos. Algo lhe diz, sua mãe talvez tenha insinuado nas cartas, nas entrelinhas, é possível colocar tanto nas entrelinhas, que Egill não salvará nada do esquecimento.

Mas o que ele poderá fazer?

Olha para suas mãos, estão vazias, e os braços de um homem são apenas tábuas de madeira comidas pelos bichos ao longo do tempo, que corrói a vida abaixo de si e a entrega ao nada.

"Minha irmã chama-se Lilja", escreve, logo após a frase sobre o paraíso. "Cara Andrea" está escrito no topo da página. Ele vai encorajar Andrea a deixar Pétur, a abandoná-lo, a começar de novo, a iniciar uma nova vida, é tão simples, a resposta é óbvia, ele quase se sente embaraçado por lhe apontar isso, como se estivesse subestimando a inteligência dela ao escrever o que é tão óbvio. Abandoná-lo. Mas só quando as palavras tomaram forma no papel é que ele se dá conta da sua força. As palavras escritas podem ter mais profundidade do que as faladas, quase como se o papel libertasse um mundo desconhecido de seus gradis. O papel é o solo fértil da palavra. Para onde Andrea poderia ir? E como é que ela deveria viver? Olha em volta como se estivesse à procura da resposta, mas vê apenas as mesas vazias, as cadeiras vazias, a neve lá fora a unir o paraíso e a terra, e em algum lugar na queda de neve está o mar. Levar um barco para o mar com um tempo daqueles é ao mesmo tempo fascinante e assustador. O mundo parece desvanecer-se com o vento; não existe mais nada além da pesada queda de neve, do barco e do mar em volta. A neve silencia tudo, é como se transportasse o silêncio dentro de si, ou como se os flocos de neve a transportassem; entre dois flocos de neve está o silêncio. Mas como é possível uma pessoa se orientar, encontrar os barcos de pesca e depois o caminho de volta? Ele nunca entendeu e bem no fundo de si sempre temeu que seguissem lentamente à deriva e que, quando a neve finalmente parasse de cair, todas as montanhas tivessem desaparecido, existindo só o oceano aberto, as ondas crescentes, o céu escurecendo e o fim do mundo.

"Minha irmã chamava-se Lilja."

É sua tarefa não deixar que ela seja esquecida e que sua curta vida tenha um objetivo; contudo, ele nunca conseguiu contar nada a ninguém sobre ela, exceto a Bárður, e agora Bárður está morto e talvez não se lembre de mais nada. Além disso, de que serve dizer em voz alta um nome se não há nada em seguida? Algumas pessoas falam e falam, expandem sua existência em palavras e ficamos com a sensação de que a vida delas de algum modo é maior e mais grandiosa, mas talvez sejam vidas que, na verdade, convertem-se em nada mal as palavras param de zumbir. Tenho em algum lugar um irmão, escreve ele, que se chama Egill, como o poeta. Não o vejo desde que éramos crianças. Ele sentia-se sempre muito incerto em relação a tudo, e sobretudo a si próprio. Eu deveria encontrá-lo.

Por que está escrevendo isso à Andrea? Ela não se interessa por essas preocupações insignificantes. Por que está desperdiçando papel consigo próprio? Andrea precisa de ajuda, e não de queixas suas. Eu deveria, talvez, me oferecer para casar com ela. É claro! E até mesmo levá-la até a América. É uma pena a idade que ela tem, passa-lhe pela mente, como um relâmpago malévolo, deve ter mais de quarenta anos! Ele agarra o cabelo e o puxa com força. Não é particularmente divertido ficar ali sentado pensando em Andrea como se ela fosse uma velhota; e não achar natural casar com ela. Agora não consegue continuar a escrever a carta, não enquanto pensa desse modo; contaminará as palavras. Olha para a caneta e espera por apoio, uma saída; é claro que seria melhor começar a redigir a carta para Oddur. Mas não, é impossível, não vai funcionar, ele precisa estar contente para fazer isso, como Oddur. O sol precisa brilhar pelas palavras, elas têm que cintilar com uma pura alegria de viver; como é que ele pode apelar para uma coisa dessas? Geralmente é possível. Entretanto, onde deveria colocar as sombras e quem as guardará? Não, ele agora apenas terminará a carta para Andrea, maldição, ela precisa dele, está sozinha no mundo, mas como lhe passou pela cabeça casar com Pétur; o que viu ela naquele sovina maldito que é tão salgado quanto o mar, carrancudo e antipático e que provavelmente nunca lhe diz nada que seja bonito, nunca diz nada que seja bonito em geral, seu coração não é um músculo, é um pedaço de peixe salgado. É claro que ela deveria abandoná-lo! "Andrea", escreve ele, mas então ouve algo vindo do interior da casa. É Kolbeinn, com seus passos hesitantes mas teimosos, apoiando-se na bengala, são inseparáveis, o inanimado apoia o vivo, se ao menos se verificasse o mesmo conosco. O velho comandante inspira o ar e vira o nariz na direção do rapaz, como se o cheirasse. O que está fazendo?, pergunta ele com voz carrancuda. Oh, você sabe, responde o rapaz. O quê?, indaga Kolbeinn, como se nunca tivesse ouvido essas palavras banais antes. Escrevendo uma carta. Há motivo para isso? Não sei. O quê? Acho que é importante. Para quem, para você? Não, para a pessoa que a recebe. Bem, isso é alguma coisa, prageja o velhote, que tateia o caminho à sua frente com a bengala e senta-se junto à janela; então tenho uma vista melhor, murmura ele, mas depois recua para o silêncio, não diz nada, nem sequer quando o rapaz lhe pergunta se quer café, senta-se à janela e olha para a escuridão impenetrável lá fora, que nunca o abandona, não nesta vida, a não ser em sonhos enganosos. Ele senta-se completamente imóvel, parecendo tão desprovido de vida quanto a bengala encostada ao dono. O corpo do comandante é tão denso quanto pedra; ele é pelo menos uma cabeça mais baixo do que o rapaz. Seus ombros parecem ter sido puxados para cima, ou sua cabeça ter sido enfiada mais para baixo no tronco. As pessoas encolhem com a idade; é o tempo que faz isso com a vida, o tremendo peso que comprime uma pessoa. Pode-se encolher muitos centímetros nos últimos anos de vida; se vivêssemos tempo suficiente, várias centenas de anos, o tempo simplesmente eliminaria as pessoas, comprimindo-as até ao nada.

    O rapaz volta a olhar para a carta; as palavras são a única coisa que o tempo parece incapaz de ultrapassar facilmente. Penetra na vida e a vida torna-se morte, penetra numa casa e a transforma em pó, até as montanhas acabam por ceder, esses majestosos amontoados de rochedo. Mas algumas palavras parecem tolerar o poder destrutivo do tempo; é muito estranho, de certo elas sofrem erosão, possivelmente perdem de algum modo sua capa, mas aguentam e preservam dentro de si vidas há muito desaparecidas, conservam batidas de coração desvanecidas, vozes de crianças desaparecidas, resguardam beijos antigos. Algumas palavras são conchas no tempo e dentro delas está talvez a recordação de você. "Andrea", escreve ele, o tempo pode ser muito cruel, dando-nos tudo para apenas voltar a tirar de nós. Perdemos demais. É por nos faltar coragem? Minha mãe dizia que a coragem para fazer perguntas era a coisa mais importante que uma pessoa pode ter. Não sei como isso pode ser possível, mas é como se eu percebesse cada vez melhor sua afirmação com o decorrer do tempo. Eu ponho tudo em questão. Então é por isso que não sei nada? Contudo, não quero perder essa dúvida, embora, às vezes, pareça que existe uma pessoa malvada dentro de mim. O modo de conseguir uma vida segura e anestesiada é não questionar o ambiente que nos envolve: só vive aquele que questiona. "Andrea, deixa o Pétur, porque eu acho que o coração dele não é um músculo, mas um pedaço de peixe salgado…"

Estão ambos aqui, diz Geirþrúður; ela entrou sem que o rapaz reparasse, tão concentrado estava que quase se fundira com as palavras e o papel, essa estranha combinação de nada e de tudo.

Estão ambos aqui.

Sim, diz o rapaz, sem largar a caneta. O que queria o Friðrik?, grunhe Kolbeinn, como se lhe desagradasse usar palavras, virando na sua direção o rosto desgastado pelo clima, sulcado pelo tempo. Ele quer que eu me case, responde ela, e sorri, e seu rosto sardento torna-se mais jovem, e depois o sorriso se apaga e ela envelhece, vai para trás do balcão, enche um copo com uísque, esvazia-o, fecha por um momento os olhos e inclina-se ligeiramente para a frente. Usa um vestido vermelho, tão vermelho que parece sangue, não é decotado, mas ainda assim permite que o rapaz perceba o estreito sulco entre os seios; ele sente calor no fundo do estômago e vira o olhar com tristeza.

É divertido ser homem?, pergunta ela, erguendo o olhar e olhando diretamente para o rapaz, que se sobressalta, como se tivesse sido apanhado em flagrante cometendo um crime. Divertido, diz Kolbeinn, o que é divertido? Eu tive algum sucesso nos meus tempos, mas não muito mais do que isso. Gostava de olhar para as mulheres, mas agora estou cego, e elas raramente devolviam o olhar, por isso acaba por dar no mesmo. É considerado natural que um homem olhe para uma mulher, afirma Geirþrúður, mas espera-se que nós não devolvamos o olhar; então, que devemos fazer com nossos olhos? Mas eu deveria ter previsto a visita do Friðrik. Neste inverno, o reverendo Þorvaldur me enviou uma longa carta, na qual dizia pensar em mim como pastor, mas também como amigo, ele preocupava-se comigo por ser viúva de seu amigo; pensar que um pastor permite que sua caneta minta desse modo por ele. E, como um amigo, ele queria fazer-me notar que com meu estilo de vida degradei outras mulheres. O papel mais nobre de uma mulher, abençoada pelo Senhor, é ser esposa e mãe. E eu renego isso com o meu estilo de vida. Nada menos do que isso. Um modo de vida bonito faz-nos bonitas, um modo feio, feias, era assim que a carta terminava. Sou feia?, pergunta ela ao rapaz. Não, responde ele. Sou bonita? Sim, responde o rapaz; no entanto, minha vida não é bonita, murmura ela, enchendo outro copo e o esvaziando tão rápido quanto o primeiro. O Þorvaldur não quer simplesmente se meter contigo, há muito tempo tem problemas devido ao fato de se meter tanto com as mulheres, diz Kolbeinn. Sim, ele naturalmente não teria nada contra isso, o pobre desgraçado, declara ela sem mudar de expressão, mas acima de tudo eles querem que eu me case.

O rapaz: E para quê?

Geirþrúður: Talvez sejam apenas românticos.

Kolbeinn: Não existe nada disso neles; só querem mandar em todo mundo e, em todo o caso, está tudo nas mãos deles.

Geirþrúður: O Friðrik disse que sou uma vergonha para a comunidade devido ao meu estilo de vida e hábitos; disse que sou um mau exemplo. Case-se, disse ele, uma mulher não deve ficar sozinha. Disse de forma amável, mas é claro que não foi um pedido, e sim uma ordem.

O rapaz: E o que... o que vai fazer?

Kolbeinn: Você tem uma pistola. Use.

Geirþrúður: Sem dúvida isso seria revigorante.

Kolbeinn: Eu caso com você, embora já não sirva para muita coisa.

Casa comigo?, pergunta ela, olhando para o rapaz com seus olhos escuros, aqueles dois sóis escuros. Não, precisa de um homem, responde Kolbeinn, é assim que você é. Bem, nesse caso tenho que excluir a ambos, diz ela, seu sorriso rejuvenescendo-a por um momento. Por que precisa se casar?, pergunta o rapaz, enrubescido, já que ela, sem dúvida, havia reparado para onde ele estava olhando antes. Por que ele tinha que olhar?

Geirþrúður: Por lei, uma mulher só pode ter os mesmos direitos que um homem se ele ficar louco ou cometer um crime muito sério.

Kolbeinn, com um tom quase emocionado: Ou perder a visão.

Geirþrúður: Se me casar, e com alguém que eles considerem aceitável, meu marido tomará conta de tudo o que tenho. Ou assim diz a lei; e não somos obrigados a cumprir? Em termos estritos, eu nem sequer poderia ir a uma padaria sem primeiro ter permissão. Por isso, haverá muitas coisas a tratar, isto é, se você casar comigo. Além de todas as outras coisas que não podem ser discutidas.

Kolbeinn: Nunca gostei do Friðrik. Em criança era um merdinha e o pai não era muito melhor. Mas eles são fortes como tudo.

Geirþrúður: O macho é forte, os machos são mais fortes, vocês têm físico para provar isso e usam o quando é necessário. Desse modo, ganham a confiança do opressor.

O rapaz: Eu não sou forte. Nunca fui, nem quero ser forte.

Geirþrúður: Eu sei; por que acha que recolhi você? Vocês dois não podiam estar mais longe de serem homens. Um é cego e o outro vem do mundo dos sonhos.

Eu não vim do mundo dos sonhos, murmura o rapaz, porque aquele que vem dos sonhos deve ser tão transparente quanto uma noite de junho. Uma pessoa dessas não olha para o sulco que existe entre dois seios, nem acorda no meio da noite depois de um sonho obsceno, molhado e pegajoso.

Kolbeinn: Eu fui homem nos meus tempos; até podia ser um maldito garanhão.

O rapaz: Mas nunca se casou.

Kolbeinn: Não, lia demais.

O rapaz: O quê?

Kolbeinn: Ler não inspirava muita confiança. E eu acabei ficando cego. Mas precisa arranjar uma mulher, não seria tão idiota. Precisa virar homem. Mas não pode casar com um daqueles seus estrangeiros, Geirþrúður? Eles te serviram bem na cama, por que não tenta obter um pouco mais de utilidade deles?

O rapaz olha para seu colo. Há apenas dois, Kolbeinn, responde ela, ambos casados e morando no estrangeiro, e é por isso que confio neles. Então tem que casar com um vagabundo, diz Kolbeinn, esfregando a bengala, alguém que possa controlar com facilidade; dificilmente terá problema em encontrar um indivíduo desses aqui.

Procura o Jóhann por mim, pede Geirþrúður ao rapaz, e ele se levanta tão rapidamente, aliviado por receber um trabalho e por escapar, que a sua cadeira se vira. Vai casar com ele?, pergunta o rapaz como se fosse um idiota, em vez de se manter calado e sair dali quando surge uma oportunidade.

Ela ri um pouco e enche um terceiro copo; ele é meu empregado, é suficiente. Além de não ter nenhuma inclinação para o sexo, o sacana, diz Kolbeinn.

Geirþrúður observa: Disso não sabemos nada. Mas a pior coisa que poderia fazer a mim própria seria, é claro, casar com um homem de quem gostasse; então, ficaria indefesa. Deveria talvez me casar com o Gísli; ele já tem desgraças o suficiente.

Kolbeinn: O Gísli! Ele nunca teve coragem de ser ele mesmo, é por isso que dificilmente é alguma coisa. O Friðrik o controla com o dedo mindinho.

O que tem aí?, pergunta Geirþrúður ao rapaz, olhando para as folhas de papel densamente escritas em cima da mesa; não é sua tradução, dificilmente poderia ter trabalhado tanto, não é? Que tradução, quando é que vai ler para mim?, pergunta Kolbeinn, sua cabeça balançando com impaciência. Não, diz o rapaz, é uma carta. Uma carta, ecoa Geirþrúður, que se aproximou da mesa. Posso ler?, pergunta, pegando nela antes que ele possa dizer alguma coisa. Ela está tão perto que ele sente seu cheiro. Ele nunca escrevera algo assim antes, e agora estava prestes a ser lido. Eu também estou aqui, diz em voz alta Kolbeinn, depois de se passarem vários minutos em completo silêncio, e raspa no chão duas vezes com sua bengala; não vão ler para mim, maldita escuridão, grunhe então quando ninguém responde e ergue a bengala e a agita como que para dividir a escuridão que o encerra. Andrea não era sua governanta nas cabanas de pesca?, pergunta Geirþrúður, pousando as três folhas. Ele confirma. E ela não se sente bem? Não. Eu também não me sinto bem, diz em voz alta Kolbeinn. Geirþrúður: Só vive aquele que questiona; está muito bem colocado. Termina a carta, depois vem me encontrar na cozinha, o Jóhann pode esperar, e depois arranjaremos alguém que a entregue na estação de peixes. Kolbeinn, chama ela, e o velhote levanta-se. O rapaz escuta as vozes se desvanecerem. Só vive aquele que questiona, e depois, que vai ele fazer com essa mulher?, ouve Kolbeinn dizer; será que a única paixão desse rapaz são as palavras?

Ele se curva sobre o papel e escreve:

O modo de conseguir uma vida segura e anestesiada é não questionar o ambiente que nos envolve: só vive aquele que questiona. Andrea, deixe o Pétur. Fique e nunca se perdoará. Vá e talvez descubra novamente a vida; fique, e continuará a morrer.

Ele não consegue raciocinar, o coração palpita, sente-o, ele enche o peito. A caneta lança-se sobre a página. As palavras podem ser balas, mas também podem ser equipe de salvamento. O rapaz curva-se sobre o papel e envia as equipes.

Em seguida, abana a mão cansada e lê a carta, seu rosto macio está resoluto devido à concentração intensa; o tempo ainda não o marcou com sua faca. O rapaz leu o que acabou de escrever e as palavras são maiores do que ele.

Alguns minutos depois sai, com a carta no bolso, uma moeda de uma coroa e dois cheirosos pães num saco. Vá até a casa de Mildiríður, dissera Helga, depois de ela e Geirþrúður terem lido a carta, seu filho Simmi entregará a carta por você. Mas não esqueça de parar na casa do Jóhann e de mandar ele vir para cá.

A neve cai menos intensamente do que de manhã, ele vê o mundo através dos flocos de neve, o mar cor de chumbo que se ergue e cai, uma enorme criatura que segue o rapaz com os olhos meio fechados, enquanto ele cambaleia, através das rajadas de vento acompanhadas de neve, em direção a uma casinha junto à baía, ou enseada, abaixo do cemitério. A casa está tombada e inclina-se para a frente como se um gigante tivesse passado por ali e tivesse dado pontapés por simples tédio. Ele está sob uma rajada de neve intensa e bate cuidadosamente à porta algumas vezes, a neve cai, flutuando, do céu, aterra com gentileza no chão e derrete à superfície do mar. A porta abre-se e surge um rosto envelhecido na fresta, encolhido e peludo como um figo bolorento, e também não muito maior do que isso. Mildiríður, pergunta ele com hesitação; ela diz que sim com a cabeça. Eu preciso muito enviar uma carta às cabanas de pesca dos irmãos Pétur e Guðmundur; a Helga me disse...

Vem da parte da Helga, meu querido rapaz!? Uns olhos azuis ligeiramente enevoados espreitam o rapaz, sua voz é fraca e debilitada pela idade, e um sorriso sem dentes ilumina seu rosto de figo.

A casa é tão pequena que mal cabem nela as duas vidas que lá vegetam; o rapaz inclina-se instintivamente e olha para o homem que está deitado num dos catres; um forno de pedra junto à parede e dois banquinhos, não caberia muito mais ali. A luz do dia penetra por três pequenas membranas; membranas em vez de janelas, e trapos enfiados no local onde a chaminé entra no telhado, para manter o frio afastado e a neve no exterior, sem dúvida, mas depois o ar bafiento não tem para onde fluir e cai pesado e estagnado sobre o rapaz, que tenta respirar através da boca, impaciente para voltar lá para fora. Simmi está dormindo, rasgando o ar com seus roncos, o rosto bolachudo e tosco; a grande boca torcida, nariz achatado e olhos rasgados conferem-lhe um aspecto ameaçador. Tem um gorro preto enfiado na cabeça, a coberta desfiada da cama escorregara sobre ele, revelando suas pernas curtas e a barriga peluda. Simmi, meu rapaz, murmura Mildiríður, de costas dobradas sobre o filho, chegou um jovem com uma carta para você entregar. Ela o sacode com gentileza, e ele resmunga e faz um gesto para ela se afastar. Mildiríður olha para o rapaz, tenta se endireitar, mas foi o tempo que dobrou tão impiedosamente suas costas, e quem tem a enorme força necessária para o contrariar? Ele acordará em breve, diz ela, e volta a sorrir, gostaria de tomar um café, meu querido? Não espera pela resposta e começa a se mover atarefadamente junto ao forno. O rapaz endireita-se com cuidado, não deixando mais do que cinco ou seis centímetros entre o topo da cabeça e o teto ensebado. Simmi resmunga e se remexe; nem sempre é fácil abandonar nossos sonhos. O rapaz o viu antes, ao longe; ele viaja voluntária e incansavelmente entre estações de pesca levando vários recados, cambaleando como a cria de uma foca e um carneiro marinho, sempre com o capuz puxado sobre os olhos, independentemente do tempo.

    O café ferve e o aroma mistura-se com o fedor que se faz sentir no interior. O rapaz remexe no saco; isso é da Helga, anuncia ele, pegando nos pães, e a velhota diz, oh, e acaricia carinhosamente os pães e abençoa Helga pelo menos sete vezes. Simmi regala os olhos, aspira o ar e põe-se de pé de um salto, depois espia o rapaz e vai logo ter com ele, analisa seu rosto como se precisasse senti-lo com os seus opacos olhos rasgados, um cheiro a urina e porcaria atinge os sentidos do rapaz, e o café não vale nada. Simmi demora muito tempo comendo, acaba com um pão inteiro, apanha lentamente as migalhas e as come, suspirando e arfando de satisfação, então, de súbito, peida alto e arrota, seus olhos brilham, mas o rapaz ficou tão impaciente que tem dificuldade em ficar quieto. Por fim, Simmi está pronto e a carta lhe é entregue, segura-a firme com seus dedos rechonchudos e sujos, a vira ao contrário e olha para o que está escrito no exterior. Eu sei com certeza onde está a Andrea, diz com entusiasmo ao rapaz, ri desconfortavelmente alto e começa a apontar e a tocar no peito do rapaz. Mildiríður o observa, sorrindo, e o rapaz não se atreve a recuar, mas amaldiçoa silenciosamente Helga por tê-lo enviado ali; aquele retardado mental pode levá-la a uma estação completamente diferente, confundir Andrea com Anna, aquela velhota má; Anna e Andrea, um idiota daqueles não deve ter capacidade para distingui-las. A Andrea é muito boa, diz Simmi, mas eu tenho medo do Pétur!

O rapaz fica durante algum tempo sentado ao lado da velhota. Olha para seus olhos, duas pérolas desgastadas, e não consegue ir embora. Bebe o café enquanto ela se agita no seu lugar e cantarola para si mesma. Há alguma coisa que possa fazer por você, quer que limpe a neve da entrada? Ela sorri, olha para ele e semicerra os olhos como que para olhar bem para ele. Vivem só vocês dois aqui?, pergunta o rapaz, e ela começa a contar-lhe a história do seu marido, que se afogara na enseada logo ali junto à casa, vinte anos antes. Eram dois no barquinho, a caminho da terra, nem uma simples brisa, ela e Simmi estavam na praia à espera, vendo-os aproximarem-se, seu marido ergueu o olhar e acenou para eles, mas então de súbito o céu ficou escuro e o vento aumentou violentamente. A poeira entrou nos olhos de Mildiríður e ela não viu nada. Quando conseguiu voltar a olhar para cima, o barco tinha virado e os dois homens caído ao mar. Simmi saltitava para cima e para baixo junto à costa, gritando,

Papá engraçado! Papá engraçado!, enquanto ela se deslocava para tão longe quanto podia e se atrevia, o que não foi, contudo, suficientemente longe, embora se conseguissem ver nos olhos um do outro. Eu consegui lhe dizer adeus, comunica ela ao rapaz, acariciando as costas de sua mão como se fosse ele quem precisasse de conforto. Os homens em breve voltaram à superfície. Suas calças de pele estavam cheias de ar e vieram à tona, elas ficaram de ponta-cabeça, as pernas saindo do mar e as cabeças para baixo, e o mar os embalou dessa maneira durante horas, como estranhas aves marítimas, e Simmi riu tanto precisou se sentar. É difícil odiar a pessoa que se ama, diz ela ao rapaz, é claro que é a coisa mais difícil do mundo, mas então ultrapassa-se isso e perdoa-se a todos. Exceto a nós próprios.

O vento sopra quando o rapaz volta a partir. Foge daqueles olhos, sorriso, tristeza, palavras de bênção e desloca-se com dificuldade sobre o cemitério, é colocado um pouco fora de rota, tem que desviar de fortes rajadas de vento acompanhadas de neve, e uma vez o vento o empurra para os braços de um homem corpulento que descobre ser Jens; eu não sabia que deixavam cachorrinhos aqui fora com um tempo destes, disse o carteiro, empurrando o rapaz para o lado e desaparecendo em seguida.

11

Em algum lugar nesta tempestade, Simmi arrasta-se em direção à estação de pesca, com a carta sob o casaco, as frases que foram escritas para mudar a vida, é assim que devemos sempre escrever, e a gordura de sua roupa fica impregnada no envelope, estará manchado quando Andrea o receber; que carta é esta?, pergunta Pétur, desconfiado, apreensivo, é apenas uma carta, responde ela, desafiadora, e ele então sente receio, quer tirar-lhe a carta, mas não se atreve, olha para Einar, que é lento demais para esconder seu sorriso; há sempre alguém que sente prazer com a desgraça alheia. Ela vai ler, pensa o rapaz, mas e depois? Suas palavras sairão naquela tempestade e regressarão com Andrea? Ele não será então automaticamente responsável por ela, obrigando-se talvez a sacrificar algo seu para ajudá-la? O que é responsabilidade? Ajudar tanto os outros que se prejudica a própria vida? Mas se não se der o passo em direção ao outro, os dias parecerão ocos. A vida é fácil só para quem não tem ética; eles safam-se muito bem e moram em casas grandes.

 A noite cai por entre as montanhas. O rapaz ajuda na limpeza depois da reunião da Associação de Artífices, que correu bem. Apenas dois vomitaram, só um desmaiou e outro foi para casa com o nariz partido; reuniões importantes, disse o presidente a Helga, nos aproximam, é a solidariedade que conta, caso contrário os mandachuvas passam por cima de nós e fazem merda de nós. Parece-me que vocês são bons nisso, disse ela. Que estupidez, respondeu o presidente, sem a associação estaríamos indefesos; o Friðrik teme a gente, e não é pouco, mas o Kolbeinn foi para algum lugar com o Ási, provavelmente para um hotel, ouvi dizer que o velhote gosta de beber umas. Que ele quer dizer?, perguntou o rapaz quando o presidente foi embora, um pouco incerto nos seus passos mas tão satisfeito consigo que começou por tentar abraçar e acariciar Helga. O Kolbeinn não aguenta a bebida, o que o deixa em maus lençóis; teremos que ir buscá-lo mais tarde.

O vento está forte. Faz a neve rodopiar, chacoalha o mundo e as montanhas estremecem. É preciso meia hora para que o rapaz e Helga cheguem ao hotel, uma caminhada que costuma demorar cinco minutos. Aqui, o tempo muda tudo, o vento norte e o frio nos fazem ficar aconchegados em nossas casas e aumenta a distância entre as pessoas. Na verdade, não há ninguém lá fora, exceto eles, e o que uma pessoa tem para fazer num tempo daqueles a não ser morrer? Os navios procuraram sem dúvida abrigo sob as muralhas rochosas, onde talvez esperem ataques menos violentos quando o vento sopra nessa direção, e os barcos de pesca que ainda estão no mar debatem-se para voltar à terra firme, que, contudo, não se vê em parte alguma; desapareceu, o mundo é um turbilhão branco e sem contornos, e talvez haja dúzias de homens tentando remar neste momento, escutando as ondas que rebentam na areia e anunciam a terra, mas que são também o último e mais perigoso obstáculo. Lutam contra uma força superior, desprotegidos em barcos abertos, lutam por eles mesmos, lutam por aqueles que esperam em terra, esposas que não se atrevem a dormir com medo de ver seus fantasmas em sonhos, ensopados em água do mar; bem, foi assim que as coisas correram, reza pela minha alma porque anseio ser levado do mar até o paraíso; agora estou morto, por isso já não tem que me amaldiçoar, está livre, parabéns; meu amor, minha querida, daria a minha vida por meias secas, mas simplesmente não tenho nenhuma vida de sobra para dar.

E em algum lugar há pessoas que têm de se arriscar a sair nessa mesma tempestade para alimentar ovelhas sempre esfomeadas, que mastigam e ruminam sua comida, sonhando com relva suculenta e ocasionalmente um carneiro bonito.

O rapaz conhece tudo isto: o sonho verdejante, sair de casa, por aí, em qualquer clima, o vento prestes a arrancar-lhe a cabeça, arriscando sua vida por feno, e ele agarrou-se aos remos ou a amuradas com um aperto de morte, e pôs-se à escuta do som das ondas a rebentarem na costa, daquele murmúrio obscuro que contém tanto a vida como a morte, o rugido pesado que corta através do vento uivante, cheio de promessas e ameaças: venham até mim e despedaçarei seu barco e afogarei vocês como ratos miseráveis, ou permitirei que passem e continuem vivos, se ainda quiserem dar ao breve momento que aqui passam um nome tão pomposo. Mas aqueles que ultrapassam as ondas que rebentam na costa estão também a salvo. À sua espera está terra firme e o cotidiano com suas palavras reconfortantes, meias secas, abraços calorosos, vozes límpidas de crianças, traição e banalidade.

O rapaz debate-se para recuperar o fôlego e suportar o vento, passando por entre as casas, e durante a maior parte do tempo mantém a cabeça baixa, não vê para onde vai e esbarra em Helga. Alcançam o hotel e entram, o assoalho range sob os pés deles, a tempestade silva lá fora, uiva atrás deles, mas Helga limita-se a fechar a porta.

Para se livrar daquilo, precisou simplesmente fechar a porta. Essa tempestade é tão grande que enche a existência e ameaça vidas, mas só é preciso uma porta, uma fina tábua de madeira, para deixá-la fora, para excluí-la. Isso não poderia nos dizer algo sobre o homem diante das próprias tempestades obscuras? O rapaz e Helga tiraram de si bastante neve com as escovas toscas penduradas na entrada, quando uma mulher alta vem falar com eles, dá boa-tarde em voz baixa, era muito magra e de rosto comprido, com um grande nariz encurvado, e cruza os grandes braços sobre o avental, como que para atrair a atenção sobre eles: Olá, vejam como somos grandes e feios, e o rapaz pensa automaticamente em mosquitos. Olá, Hulda, cumprimenta Helga, pousando sua escova no lugar, ouvimos dizer que nosso Kolbeinn está aqui, é verdade?

Hulda sorri, exibindo seus dentes amarelados; lança um olhar ao rapaz antes de olhar para baixo e diz, sim, está aqui, entrelaça seus longos dedos de modo indeciso, deixa que as pálpebras se afundem sobre os olhos, que saltam para fora como se estivessem inchados. Ela realmente é... estranha, pensa o rapaz surpreendido, não consegue deixar de pensar mas sente-se imediatamente envergonhado, graças a Deus; então, esperançosamente ele não é como nós, que muitas vezes julgamos baseados no óbvio, no que aparece diante dos nossos olhos e que, assim, levamos a crueldade e o preconceito conosco para onde quer que sigamos. Na alma humana, o percurso para o inferno é sempre mais curto do que para o paraíso? Esperem um momento, pede de súbito Hulda, e então curva-se de modo desajeitado, volta a descer rapidamente o corredor e vira à direita. O rapaz lança um olhar curioso para Helga. É filha da Ásgerður e do Teitur, diz ela, vocês são da mesma idade, a pobrezinha vive aterrorizada com os homens. É da minha idade e está com medo de mim, declara ele, com dificuldade para saber qual dos dois está mais surpreendido. É homem, diz Helga, como se revelasse um fato desconhecido, mas Hulda não é tão inexperiente quanto parece; nunca deixe que as aparências te enganem e te desencaminhem. Olá, Teitur, Helga cumprimenta o homem que se aproxima deles rapidamente, erguendo as grandes mãos em tom de desculpa. Minha querida Helga, diz ele, desculpe-me por fazer esperar, mas Friðrik e sua família, junto com mais alguns, estão comendo uma refeição aqui, e sabe que com ele não se pode deixar uma conversa no meio. Eu deveria ter avisado sobre o Kolbeinn, é claro; mas ele está agora mesmo no bar e com uma excelente companhia. Eu e todos nós mantivemos um olho nele, e a Hulda ia levá-lo para casa. Pode contar conosco. O Kolbeinn não fugirá de novo de nós, como da última vez; mas me diz, que jovem é este que traz com você?, pergunta ele, inclinando-se para a frente para ver melhor o rapaz, seu sorriso exibindo a rara benevolência que torna o mundo um local habitável. Com certeza a Aldeia seria um lugar mais triste se Teitur e sua mulher Ásgerður não vivessem aqui. O hotel está localizado na praça central e estava começando a degradar-se quando o casal o comprara há vinte anos. Eles tinham juntado algum dinheiro trabalhando com barcos de pesca e usaram tudo o que tinham para remodelar o imóvel, o que não foi tarefa fácil; é uma casa grande de dois andares com um porão e uma mansarda espaçosa que serve como apartamento para os donos do hotel e para sua filha Hulda. Correu bastante bem; o casal trabalhou diligentemente, mas teve bastante trabalho em encontrar um nome para dar ao hotel; tudo tem que ter um nome. Pessoas, animais, montanhas, os campos de pesca do mar. Para um rato receber um nome basta que atravesse a cozinha. Damos nomes às coisas para nos protegermos do irracional e para abarcar o mundo; um hotel é construído e precisa ter um nome. Os nomes dão um rosto, uma imagem; chamem de Morte e não aparecerá ninguém, a não ser poetas melancólicos e cínicos, aspirantes a suicidas; chamem de Paraíso e haverá freiras, santos e homens que esperam que o hotel seja um prostíbulo disfarçado. Teitur pensou, pensou; Hotel Descontração, sugeriu ele, na proposta cento e tanto. Não, rima com confusão, respondeu Ásgerður, que conhecia bem os habitantes locais, e então, tomado por um raro pessimismo, Teitur disse oh, vivemos aqui no fim do mundo e investimos tudo o que temos neste hotel com catorze quartos e grandes salões; isso é um erro, perderemos tudo e acabaremos por depender da paróquia! Hotel Onde o Mundo Acaba, sugeriu Ásgerður, e assim ficou, embora seja um nome tão pomposo que poucos conseguem dizê-lo por inteiro e, assim, abreviaram-no para Hotel Fim do Mundo. E contrariamente às profecias de desgraça provenientes do desespero intrínseco que os pesados séculos insuflaram na nossa consciência, as coisas estão correndo bem, o casal está unido, dão-se bem, excelentemente, na verdade; minha querida, diz Teitur a Ásgerður muitas vezes por dia, até na presença de outros. É extraordinário. Para algumas pessoas o amor nunca se quebra, nunca se corrompe, independentemente das tempestades que devastem a vida, e a mesquinhez que pode tão facilmente minar uma pessoa no dia a dia parece não tocá-los. Aqueles que têm o privilégio de se cruzar momentaneamente com tais pessoas compreendem o objetivo por trás de tudo. A única verdadeira sombra na vida do casal é a tristeza e a solidão de Hulda, esse peso que ela transporta dentro de si, esse bloco rochoso escuro que esconde deles o melhor que pode, embora às vezes acordem com o som do choro dela durante a noite. A pobrezinha nunca se casará, afirmam aqui as mulheres, e talvez haja alguma verdade no que dizem. À primeira vista, a menina é muito complicada: magra, sem ancas, peito chato, pescoço comprido, para não mencionar dentes salientes, mãos esquisitas e muito ágeis; ela extrai prazer do trabalho e diverte-se jogando xadrez em escuros e calmos dias de inverno com seu pai, que está diante de Helga e do rapaz e pergunta por curiosidade, mas com clara ternura, que rapaz é este, e inclina-se para a frente para vê-lo melhor rapaz. Este é o meu rapaz e o de Geirþrúður, diz Helga, vamos educá-lo, ele é sonhador demais para pescar. Educação, excelente ideia, observa Teitur, olhando de forma curiosa para o rapaz e semicerrando os olhos como fazem os míopes; quase todos podem trabalhar na indústria pesqueira, ir para o mar, já temos pessoas assim o suficiente, mas seu tipo é bem raro. Podemos pedir à Hulda que ensine inglês, isto é, se quiser. A companhia também lhe faria bem. Em todo o caso, lamento muito o que aconteceu ao seu amigo. Foi uma grande tragédia.

É esta palavra, "tragédia", que evita que o rapaz perceba de imediato o sentido da frase, mas então ocorre-lhe que o hoteleiro sabe a história do impermeável, do verso que separa a vida da morte, e que talvez tenha também ouvido falar da grande marcha com poesia às costas. A história espalhou-se pela Aldeia, o rapaz tem consciência dos olhares das pessoas quando desce até a loja ou ajuda com as tarefas da casa, e tem a sensação de que se está se transformando no personagem de uma história.

Onde está agora?, pergunta Helga, pegando no seu braço com um gesto leve e seguindo Teitur, que começou a descer o corredor. O rapaz os segue; o corredor está escassamente iluminado mas tem mais luz na outra ponta. Teitur vira à esquerda para uma sala aberta com várias mesas e cadeiras robustas; lá estão três homens sentados a uma mesa grande. O rapaz olha para a direita e para de repente quando vê os ombros nus e o perfil branco de Ragnheiður através de uma grande porta dupla de vidro, vê suas maçãs do rosto altas, que se parecem com um glaciar amaciado pelos ventos.

Ele já não a via desde que ela lhe enfiara um caramelo molhado e pegajoso na boca.

Ela tem um garfo na mão.

Seu cabelo castanho está amarrado num rabo de cavalo, mas uma mecha balança na bochecha dela. Uma única mecha castanha em contraste com sua pele branca e incrivelmente suave. Ele não tira os olhos dela, e aos poucos a rotação da Terra se reduz, se reduz até parar. Pende imóvel na escuridão do espaço e todo o restante é tomado pela tranquilidade. O vento torna-se ar transparente, a neve que sopra afunda-se até o solo e cai silenciosa sobre um céu preto com estrelas brilhantes, tão velho quanto o tempo.

Ele não sabia que era possível parar a rotação da Terra ao olhar para uma simples mecha de cabelo pendendo sobre uma face branca.

Não sabia que essa mesma mecha poderia fazer com que ele sentisse o amanhecer.

Não sabia que os ombros podiam ser tão esguios e tão brancos quanto o luar.

Ela não olha para ele, não nota sua presença, mas a mulher sentada na ponta da mesa, talvez a mãe dela, olha para o rapaz fria e deliberadamente, e quando ele percebe os pequenos músculos retorcendo-se em volta da boca, apressa-se a seguir Helga, tonto, perdido; quando sua mente se desanuvia, dá por si na cadeira ao lado dela. Estão sentados a uma mesa com Kolbeinn e dois homens. Há quanto tempo estou aqui sentado?, pensa o rapaz, e pousa as mãos na mesa mas por instinto as retira quando vê um único dedo de uma palidez mortal num cilindro de vidro à sua frente.

Os dedos raramente estão entediados.

De vez em quando, o rapaz os observa com ciúmes, a maneira como se estendem a partir da palma da mão e se conservam perto uns dos outros, exceto o polegar, que se mantém afastado dos outros, ousado, um pouco solitário, mas, ainda assim, uma parte inseparável do todo. Na maioria dos casos, os dedos agrupam-se em cinco; dez quando as mãos estão pousadas juntas, mas o dedo em cima da mesa está notoriamente sozinho, a uma longa distância de seus irmãos. Teitur traz dois copos largos, quase cheios até a metade com um líquido amarelo e denso, e põe à frente de Helga e do rapaz. Conhece o relojoeiro, Ási, diz Helga, apontando com a cabeça em direção a um rapaz elegante e bonito sentado na frente deles, à esquerda; e este é nem mais nem menos do que o professor Gísli Jónsson, um homem famoso aqui no meio das montanhas, acrescenta ela, referindo-se ao homem que se encontra bem na frente do rapaz. O professor é um homem imponente, robusto e corpulento; seu rosto bolachudo e tosco é completamente desprovido de pelos, o que talvez explique por que parece haver um traço de vulnerabilidade em suas feições. Gísli os cumprimenta movendo ligeiramente a cabeça e em seguida pega o dedo e o enfia no bolso do casaco. A mim parece que é meio pervertido andar por aí com o dedo de um desconhecido no bolso, comenta Ási, com os olhos inquietos devido à bebida; e ainda mais o dedo de um maldito estrangeiro. A alma humana incorpora muitas coisas, opina Gísli. Nunca viu um dedo antes?, pergunta ao rapaz, que tem dificuldade em afastar os olhos do bolso do casaco. Sim, mas apenas na companhia de uma mão e de outros dedos, responde ele com serenidade, como que a distância, e então o professor solta uma gargalhada rápida, estende sua grande mão, esticando os dez dedos; é verdade o que diz, eles têm companhia! Ele vira ao contrário a mão, como que admirado, olha de novo para o rapaz, inclina-se para trás para observá-lo melhor, este não é?... pergunta o professor, mas não consegue ir mais longe porque Helga diz apenas sim, é ele. Extraordinário, murmura Gísli, de fato extraordinário, bastante extraordinário e fascinante, sim, e realmente... diferente. Ele passa o dedo indicador sobre o queixo num gesto rápido.

Sabia, meu rapaz, diz ele então, que há um poeta francês, ou que havia, é claro que já está morto há muito tempo, como todos os homens decentes, que nos ordenou com uma força invulgar e com autoridade que nos deixássemos enlevar, continuamente bêbados, pelo vinho, pela virtude e pela poesia; dessa forma, estaríamos vivos, teríamos *vivido*. Tento, às vezes, viver de acordo com essa ordem. Às vezes, estou ume lixando para o que os outros dizem sobre isso; sou meu próprio chefe e agora quero brindar a você e ao seu amigo; a memória de vocês brilhará na eternidade. Gísli levanta-se, com o copo de conhaque na mão, ergue-se com cuidado e precisa se debater para encontrar equilíbrio neste globo que se remexe rápido demais no espaço, mas o encontra, e depois levanta bem alto o copo e o esvazia com um grande gole, e parece que não se preocupa com o fato de os outros não se terem levantado nem juntado ao brinde. O rapaz escuta o bater portentoso de seu coração, sorve com cuidado sua bebida e o álcool entra em seu sangue como um murmúrio reconfortante.

Traímos os mortos ao continuarmos a viver?

Ele perde seu amigo, vê Bárður morrer de frio. A única coisa que parecia uni-lo a esta vida é este mundo amaldiçoado. A única coisa que era absolutamente boa. Depois, ele atravessa uma charneca para devolver um livro e morrer, mas, em vez disso, é acolhido por duas mulheres, entra num mundo novo e agora senta-se à mesma mesa de um homem do mundo altamente educado, o próprio professor, um homem das letras, da poesia. Se Bárður não tivesse morrido, o rapaz ainda estaria na estação de pesca, embora com um verão de trabalho na loja de Leo diante de si, e então seria outono e voltaria à estação de pesca, à eterna luta, às dificuldades, um espírito cansado, e o professor Gísli imensuravelmente distante. Mas Bárður morreu, e é esse o único motivo que leva o rapaz a estar sentado na frente do professor. Os únicos homens educados que vira até agora foram pastores, irremediavelmente presos por dificuldades na agricultura, preocupados com as taxas da igreja, curvados em seus púlpitos, com palavras que nada trazem de novo à existência. Bárður e o rapaz leram tudo o que Gísli escreveu em *A vontade do povo*, artigos ocasionais sobre educação, questões sociais e dois especificamente sobre poesia, que Bárður recortara do jornal e lia uma e outra vez; foi a partir destes que o rapaz conhecera nomes distantes e misteriosos como Baudelaire e Goethe. O último era alemão e escrevera uma história famosa sobre a tragédia do amor, que terminava com o herói suicidando-se com um tiro. Assim contemplamos a fatalidade do amor, escrevera Gísli, na época muito distante do rapaz, enquanto agora apenas uma mesa os separa; é quase impossível aproximar-se mais da sabedoria. Gísli inclina-se para a frente e por um instante um livro encadernado de cor azul revela-se no bolso interior do casaco do professor; ele nunca sai de casa sem levar pelo menos um livro que o proteja do tédio do mundo. A morte de Bárður me trará felicidade?, pensa o rapaz, sentindo-se de súbito aterrorizado; ele olha para Teitur, que se encosta ao balcão e por um só momento fecha os olhos.

Pouco há a fazer no hotel por aqueles dias, mas não muito antes os marinheiros dos navios encheram a maior parte dos quartos, à custa dos comerciantes que patrocinavam os navios. Alguns vieram de longe, alguns pelo mar, outros tiveram de caminhar vários dias com todos os bens e roupas às costas, cerca de trinta quilos, ou puxavam de trenó quando as condições assim o permitiam; sobre montanhas, por vales, subindo montanhas, descendo vales e atravessando charnecas, iam centenas de marinheiros a caminho de navios ou barcos, velhos cães marinhos com água salgada em vez de sangue, ao seu lado jovens inexperientes aprendizes, de treze anos; um dia, as crianças encontram-

-se na segurança de seus quartos, no seguinte, vivem a vida dura das cabanas de pesca, do mar ártico aberto, e abafam a criança que existe dentro delas, a alegria infantil; não têm outra escolha e envelhecem mais rapidamente do que os anos. Eles perdem a beleza da juventude em poucos dias e sua essência esmorece. Apenas os cães marinhos partem nos navios, cerca de trinta deles, preparados na Aldeia. Trinta navios são aproximadamente trezentos pescadores, muitos deles de outros locais, o que significa bastante ação quando estão prontos, a maior parte ao mesmo tempo. Teitur sente-se feliz porque a confusão ficou para trás; com certeza é lucrativa, mas significa noites longas e difíceis, barulho, comoção, dias complicados. Os homens reunidos em grupos, longe de casa, perdem demais, a dinâmica de grupo é ruim para eles, rouba-lhes a grandeza; tornam-se vulgares e, durante algum tempo, não foi seguro deixar Hulda circular pelo hotel sem companhia à noitinha; alguns deles a assediavam, até de modo selvagem, Teitur teve uma vez de afastar dela um marinheiro, podre de bêbado, que se comportava como um touro enraivecido: puxara para baixo as calças e pressionara Hulda, pálida de terror, contra a parede, esfregando seu pênis duro e inchado contra ela, esse órgão que pode ser bonito mas que, às vezes, assemelha-se mais a uma horrível mensagem do inferno. O que será da Hulda? Ela é insuportavelmente tímida com todos os homens, mas parece que apenas marinheiros bêbados prestam alguma atenção nela; alguma vez serei avô, pensa Teitur, e, por um momento, tudo se torna obscuro e triste. Ele passa a palma da mão distraidamente pela mesa, abre os olhos e encontra os do rapaz. Ouvem-se gargalhadas vindas da sala de jantar, vozes abafadas pela porta de vidro, parece que meu irmão mais velho está se divertindo, diz em tom sarcástico Gísli, sacando um baralho de cartas. As pessoas que jogam podem evitar falar de assuntos delicados e fugir momentaneamente da vida. O rapaz contenta-se em observar, pega no copo, apenas começou a acostumar-se à bebida forte, mas o copo é tão pesado que precisa reclinar-se para trás e, quando o faz, vê Ragnheiður; usa um vestido azul, está meio escondida atrás da moldura da porta e clandestinamente mas com grande impaciência faz sinal a ele para se aproximar. O rapaz levanta-se com hesitação; os outros parecem não reparar em nada. Ele vai encontrá-la. Pensava que nunca ia reparar em mim, sussurra ela, apoderando-se do rapaz e puxando-o para um canto onde ninguém consegue vê-los. Ela usa um vestido azul, da cor do céu; um dos deuses arrancou um pedaço do céu, embrulhou-o à volta dela, e o céu se mantém apertado contra seu corpo acima da cintura, mas afasta-se ligeiramente abaixo dela. Ragnheiður o puxa para um canto, aproximando-se tanto que ele sente seus seios, pressiona-os contra ele, talvez por uma coincidência, talvez não, e são duros e provavelmente bastante grandes, mas ele não tem certeza, sabe muito pouco sobre peitos, mas seria agradável demais senti-los de novo. Ela está com o cabelo preso num rabo, ele olha para seu pescoço macio, para seus ombros nus, deve haver felicidade em ter ombros assim. Não temos muito tempo, diz ela num tom suave, e o encurrala no canto para que ele não possa ir a lugar nenhum, e ele não quer mesmo ir a lugar nenhum, eles estão à minha espera, eu disse que precisava apenas ir ao banheiro, para cagar, acrescenta ela, olhando desafiadora para o rapaz. O que está fazendo aqui com a Helga?, eu achava que vocês dois prefeririam não ir a lugar nenhum, estou apenas aqui, responde ele, mal se ouvindo a si mesmo acima do pesado murmúrio de seu sangue, de seu coração palpitante, vim apenas ver a Helga, e, bem, nós estávamos... estávamos à procura do Kolbeinn, gagueja ele quando repara no crescente olhar de impaciência de Ragnheiður. Eu sei, diz ela, parecendo prestes a bater com o pé no chão. O que pode dizer para acalmá-la, que palavras poderão satisfazer esta

mulher, esta menina que tem olhos de montanha? Por que olha assim para meus ombros? Seus olhos de cor fria perfuram o rapaz, embora não sejam tão severos no momento, e ela não tem os lábios fechados; seus lábios são vermelhos, são grossos e brilham com a umidade, e são olhos feitos de montanhas.
O rapaz: Atrás das montanhas tem uma grande luz.
Em breve, irei a Copenhague, declara ela, olhando por um instante para baixo. Tem pestanas compridas, duas ventoinhas sobre os olhos. Passarei os próximos dois anos com Tryggvi e sua mulher em Copenhague. As ventoinhas são erguidas; e como se nada tivesse acontecido, ela continua, poderia perder completamente o juízo aqui, neste *pardieiro*, onde não acontece nada e onde só há marinheiros vulgares, enquanto no estrangeiro há *museus* e *boulevards*, e multidões de pessoas nas ruas que simplesmente *vivem*! Não entendo como é que as pessoas aguentam continuar aqui.
Ora, muito bem.
Então ela vai embora.
Tudo certo.
Embora.
Atravessar o mar.
Para incrivelmente longe.
O que está muito bem, e boa viagem! O que lhe interessa aquilo? Ele não se interessa nem um pouco por ela, não a conhece, nem um pouquinho, ela pertence a outro mundo, muito longe do seu, com um oceano entre eles, quer ela esteja em Copenhague ou ali.
No entanto, ela vai embora. Com aqueles olhos. E aqueles ombros! Ela vai embora.
E vai deixar as montanhas para trás.
E eu no sopé.
E é por isso que em algum lugar na noite está a tristeza,

aproximando-se de mim com uma arma carregada, para me abater como a um cão, pensa ele, convencido de que o cinismo da existência teria a última palavra. Por que não diz nada?, pergunta-lhe ela de forma incisiva, parecendo de novo prestes a bater com os pés no chão. E para de olhar para os meus ombros! Que ridículo você consegue ser!

Aquele que é deixado para trás, por baixo das montanhas com suas encostas dominantes, pode, na verdade, dizer tudo, pelo simples fato de nada ter a perder e, é claro, também nada ter a ganhar. Eu não digo nada porque a tristeza está à solta na noite e vem a caminho com uma arma carregada, e olho para seus ombros desse modo porque são mais bonitos do que o luar e eu não conseguiria descrevê-los, mesmo que vivesse dez séculos, e eu... o rapaz para porque de súbito as palavras o abandonaram, toda uma língua desapareceu, deixando para trás apenas silêncio. Agora já mal existe algum espaço entre eles. Estão tão próximos que respiram o mesmo oxigênio, o dividem entre si, e ela tem aqueles ombros e olha para ele e respira, simplesmente o inspira, e todas as palavras do mundo desaparecem e, assim, o rapaz faz a única coisa que é possível fazer: obedecer aos mandamentos do coração.

Seus lábios tremem no ar durante muito tempo. Flutuam pelo céu, deixam a atmosfera e viajam durante muito tempo pela escuridão do espaço, aterrando, por fim, de modo suave nuns ombros brancos como o luar. Em seguida, arrasta os lábios lentamente pela superfície, pelo pescoço acima e até a orelha, que é branca e dura e macia, e ele a ouve respirar, sente a palma da mão dela no seu estômago, ela agarra sua cabeça, a puxa para baixo e o beija, e seus lábios estão quentes e úmidos e são e são e são e são...

Então ela larga a cabeça dele, vira-se de forma brusca, caminha até a sala de jantar, abre a porta, escapam algumas palavras; ela entra, fecha a porta e as palavras morrem no chão diante do rapaz.

12

O dia seguinte está quase calmo e o vento, tão transparente quanto o tempo, desaparecera com a noite e deixara para trás uma brisa como desculpa. O rapaz demora a acordar; está meio dormindo. As pessoas pensam pouco ao acordar, limitam-se a sentir, e estão, portanto, próximas de ser sonhos, mas ele sabe que o estado de vigília aguarda sob a superfície como um ruído claro, murmura algo, tenta transformar o sangue em areia, fazer-se tão pesado que ele volta a se afundar. O sono é um refúgio escuro e o rapaz afunda--se nele.

Não estavam sentados há muito tempo no hotel. O rapaz viajara estes cerca de quatrocentos mil quilômetros para beijar ombros, beijar uma orelha, e foi, então, ele próprio beijado. Quando sua mente se desanuviou, estava de volta à mesa, ao lado de Helga, que pousou as cartas e disse, bem, vamos agora embora. Não, não, não, contrapôs Gísli, que parecia assustado, não vão já, não podem simplesmente ir, não, não, Ási, me ajude a detê-los, ainda temos tanto para falar esta noite, e temos toda a maldita madrugada pela frente! As palavras não vão a lugar nenhum e haverá outras noites, declarou Helga. Não sabemos, retrucou Gísli, uma última noite chega a determinada altura e depois é tarde demais para falar. Vou correr esse risco, replicou Helga. Ási preparou-se para se levantar, alguém poderia estar à sua espera em casa, mas Gísli o obrigou a se sentar; fica, pediu ele, dói muito estar sozinho, conversemos, Ási, vamos conversar, falar e falar até não saber mais quem somos e como nos chamamos. Acha, Ási, que Deus precisará de você quando estiver morto?

Eles demoraram muito tempo a caminhar vindos do hotel, a tempestade acalmara consideravelmente e conseguiam andar sem se curvar, mas Kolbeinn recusara ajuda, afastou o braço de Helga e caminhou sozinho, lentamente, tateando o caminho com os pés a cada passo, os outros ao seu lado preparados para agarrá-lo e fazendo isso por três vezes. Quem acha que me tirou a visão, Deus ou o Diabo?, perguntou ele ao rapaz depois de ter caído pela terceira vez e de Helga ter lhe sacudido a neve de cima; não sei, respondeu o rapaz, mas, com sorte, acabará no mesmo lugar que aquele que o fez. Então o velho lobo do mar soltou uma daquelas suas gargalhadas duras e roucas, que mais pareciam um latido triste, e deixou que o amparassem durante o resto do caminho.

Geirþrúður esperava na salinha, o rapaz deveria supostamente ler Shakespeare; leva-me para longe deste lugar, pediu Geirþrúður, entregando-lhe o livro. E o rapaz assim fez; levou-os a todos para longe, ele incluído, para longe de Ragnheiður, da luxúria, do beijo, da corporalidade, da tristeza, ele lê e a tarde passou, chegou a noite, enquanto o pesado relógio se mantinha calado num canto; agora, pararei o tempo, dissera, uma vez, Geirþrúður, e desde então o tempo não passou de nenhum modo palpável naquela sala, o pêndulo pende imóvel, como um preso condenado a ficar de pernas para cima. Ele leu, levou-os para longe, e Kolbeinn ficou sentado imóvel em sua escuridão enquanto as palavras de Shakespeare entraram nela como tochas brilhantes. Como posso agradá-la, senhora, e o que a atormenta?, pergunta o vilão Iago a Desdêmona, que é muito bela em sua desgraça. Não sei dizer, responde ela, o que é uma boa resposta, o que queremos nós, porque temos medo, de onde vêm estas ambições cruéis e escondidas, para onde nos leva a vida? Não sei dizer, respondeu ela, com as palavras mais genuínas, tateamos nosso caminho ao longo da vida e depois morremos em direção ao desconhecido. Não sei dizer, respondeu Desdêmona, e estava prestes a dizer algo mais, embora provavelmente já tivesse dito tudo; mas então ouviu-se alguém entrar em casa provocando uma grande comoção; Helga abriu os olhos, provavelmente é o Jens, declarou ela, o rapaz deixou cair o livro, seu dedo pousado na resposta de Desdêmona, preparado para continuar a ler, e o carteiro cambaleou na direção da salinha, branco como a neve. Jens ficou lá cambaleante e olhando em volta, surpreendido por vê-los, admirado por estar lá dentro, e virou-se como se quisesse perguntar, onde está a neve soprada, onde está o vento? Bateu com um pé numa cadeira, perdeu o equilíbrio e caiu, um estrondo ecoou pela casa e ele ali ficou estendido. Caído de bêbado. Ele permanecera muito tempo em Sodoma, com Marta; Ágúst estava doente e de cama no quartinho junto ao café. Jens decidira passar pela casa de Guðmundur, o carteiro de reserva, ia a caminho da casa do homem quando o vento atirou o rapaz para os seus braços. Queria obter informações que poderiam ser essenciais com o mau tempo no alto de uma montanha, num arriscado caminho montanhoso; que perigos poderia encontrar, que cume o avisaria da aproximação de tempestade, que propriedade daria os melhores conselhos, que percursos seriam melhores e quais evitar. Contudo, o mundo humano nunca é lógico, raramente é sensível e está repleto de todos os tipos de impurezas. O carteiro de reserva está nas boas graças de Sigurður, o que foi suficiente para fazer com que Jens se decidisse, no último minuto, a evitá-lo e a seguir diretamente para Sodoma. Sentou-se lá em frente a Marta, viu-a fumando, viu-a lendo um livro sobre Napoleão que Gísli lhe emprestara, viu-a bebendo cerveja. Marta às vezes é bastante descuidada na aparência e parece insensível à fome nos olhos dos homens; no entanto, em algumas noites, ela é como um rugido. Jens bebera, falara brevemente com Ágúst, perguntara se poderia levar o cavalo emprestado no dia seguinte, mas quando apareceram quatro clientes ele foi para casa de Snorri, abandonou o grupo, sentou-se durante muito tempo na companhia do comerciante, bebeu demais ali e por fim cambaleou até a casa de Geirþrúður, onde caiu estendido, podre de bêbado, no chão da salinha. Foi preciso bastante tempo para o meterem na cama. Foi difícil transportá-lo, pelo menos cem quilos de peso e exausto da bebedeira. Mas por fim conseguiram, e Kolbeinn encostou-se à parede, velho, sem fôlego, exausto. O que alivia, se ao menos soubéssemos. Mal sabemos por que perguntamos, sabemos apenas que algo nos alivia, que não vivemos como deveríamos viver. E que a morte espera por todos nós. Agora, vamos para a cama, disse Geirþrúður.

A luz do dia acorda o rapaz.
A luz da manhã desce sobre o abismo escuro para ir buscá-lo. Ele senta-se e pisca os olhos. Para determinar se ainda está vivo, estica o corpo jovem e saudável, vai até a janela, abre as cortinas, abre a janela, estica a cabeça para fora para limpar por completo a noite e os sonhos; o dia está quase calmo. O vento desapareceu e deixou para trás uma brisa gentil e imensamente educada. O rapaz gosta de sentir o ar frio na pele nua, inspira a

manhã e a luz tão profundamente quanto consegue; as casas em frente estão brancas devido à neve e o mundo é pacífico. Talvez a primavera chegue, no fim das contas; talvez consiga unir todos aqueles fiordes ao sul, vastamente profundos e perigosos, e nos alcançar antes de estar exausta. O rapaz estica-se para fora e olha para a esquerda, o mar está meio cinza e tem um aspecto inocente e parece não ter nada na consciência. Vetrarströnd ergue-se branca como um glaciar do mar cinzento. Duas janelas na casa do médico estão escancaradas; toda a correspondência que Jens trouxe foi sem dúvida catalogada e colocada em sacos, para ser entregue nos campos em volta, uma tarefa para os carteiros locais, são cinco e seguem percursos de dificuldade variável. O rapaz olha lentamente para a direita e vê Ólafía avançando pela neve em direção à casa. Ele fecha a janela, veste-se com pressa, corre escada abaixo e consegue abrir a porta antes que Ólafía bata. Ele recebe um sorriso da outra parte e a vida pode com certeza ser bonita, é preciso apenas de saber como aceitá-la.

Brynjólfur chega por volta das nove. O navio *A Esperança* deverá partir hoje. O navio de Snorri, a que alguns chamam *A Desilusão*, está há muito preparado para a partida, mas atrasado pela tempestade, o mundo estava desaparecido de nós por uma semana inteira, o mau tempo o levou e só o devolveu esta manhã, tão branco e puro; e a brisa passa por entre as casas como uma desculpa. O que leva Brynjólfur ali é, por um lado, despedir-se da mulher e, por outro, convidar o rapaz a comparecer na partida. Os rapazes, diz ele para explicar, mas os rapazes designam a tripulação, um grupo de dez homens duros e desgastados, a maioria deles com cerca de sessenta anos, o rosto deles assemelhando-se a velhos rochedos e suas palavras a sal do mar; os rapazes, na verdade, e eu também, se sentiriam melhor se estivessem na partida, diz Brynjólfur, que então pousou os olhos na sua mulher, que passa no corredor, para e não sabe o que deve dizer.

É você, declara ele, por fim, e ela concorda com a cabeça, entre eles ergue-se um penhasco profundo corroído pela desilusão, pela bebida e pela impiedade incompreensível da existência cotidiana; cada um deles permanece no seu círculo e olha o outro nos olhos. Vamos enfim partir, diz ele para concluir; tome cuidado, ela aconselha, e diz honestamente.

Tome cuidado. Duas palavras que caem como prata sobre o abismo que os separa e que tremulam durante vários momentos entre os limites, mas quando ele hesita, desconfiando do seu peso, a prata cai, espalha-se sobre as profundezas e desaparece.

O rapaz vai buscar sua roupa, nem sequer pergunta a Helga, embora esteja saindo no meio das coisas, ninguém hesita diante de um pedido daqueles, uma recusa provocaria inquietação entre os marinheiros, até mesmo medo de que algo escuro e tenebroso o esperasse no mar; nenhum pescado, acidentes, morte. Um marinheiro com uma suspeita ou um medo desse tipo no sangue rende-se mais depressa à insistência do mar e do céu, e essa rendição pode trazer a morte a todo o navio; aqueles que vivem no fim do mundo caem como moscas se não se mantiverem unidos. Helga responde apenas indo buscar algum dinheiro e pede ao rapaz que na volta passe pela loja de Tryggvi, para ir buscar uma coisa ou outra, e depois eles saem para a manhã tranquila.

Uma hora depois, o navio *A Esperança* balança lentamente em seu caminho para o mar, mas depressa começa a erguer-se mais alto, a cair mais fundo, à medida que se afasta; o mar está inquieto depois das tempestades dos dias anteriores, com lentidão readquire sua compostura, armazenando o tempo dentro de si como uma recordação. O rapaz caminha até a casa, sem pressa;

o trajeto é longo e estreita-se à medida que se aproxima da Aldeia, para então voltar a alargar-se; por baixo da neve as pedras esperam pelo sol do verão e pelo peixe salgado, o que, na verdade, nós também esperamos. Ele passa pela casa do feitor, onde mora o caixeiro-chefe da loja de Tryggvi, vagueia, olha em volta para as montanhas, as casas, as nuvens pesadas, é sempre melhor estar sozinho do que entre outros, ou assim é desde que seu pai se afogara e o núcleo familiar fora quebrado; ele afundou-se no império escuro e salgado do mar com seus olhos brilhantes, com suas mãos e presença que tornavam tudo mais simples, com seu cabelo ruivo e todas suas palavras por dizer, com amor no coração, essa força incrível que pode mudar o mundo tão fácil, mas que é tão irremediavelmente inútil quando se luta contra ondas oceânicas na escuridão de uma tempestade, tão terrivelmente sozinho. Pode alguém trazê-lo do fundo, o mar alguma vez liberta aqueles que outrora levou? Ele entra na loja de Tryggvi e seu coração começa a bater tão depressa que é como se nunca tivesse sentido saudades de ninguém, como se ninguém tivesse se afogado, morrido, morrido de frio. Por que a tristeza e o amargo arrependimento por aqueles que nunca regressarão não lhe atribuem nenhuma dignidade nem desembaraço diante da vida? Ragnheiður está falando com uma mulher alta e bastante robusta, é Lovísa, sua tia paterna, a mulher do administrador distrital Lárus; os lojistas e clientes permanecem a uma distância adequada. Lovísa fala alto, como fazem aqueles que não têm motivos para baixar a voz; ela queixa-se do tempo e de que tão poucos navios chegaram ali naquela primavera, se é que se pode chamar aquilo de primavera! E ela tem razão; é possível falar sobre a primavera quando a terra está em silêncio por baixo da neve, quando o gelo limpa o céu e se torna cada vez mais azul e frio acima das nuvens? E também é verdade que chegaram poucos navios; ventos hostis fizeram-se sentir por muito tempo, os navios foram conduzidos aqui e acolá pelo vasto mar, alguns se afundaram, outros procuraram abrigo em fiordes distantes, apenas navios a vapor aqui chegaram sem complicações excessivas, o último esteve aqui uma semana antes, com os porões cheios de sal, não há peixe salgado sem sal, não há vida sem peixe salgado ou, quando muito, apenas meia vida. O navio a vapor parou apenas alguns dias, seu comandante ficou no hotel todo o tempo a beber aguardente e rum com Gísli; conhecemos esse comandante de cenho carregado e brusco, conhecemos mais ou menos, em todo o caso navega até estas paragens há vinte anos, primeiro num navio a vela, agora num navio a vapor, consegue ver-se a fumaça negra de uma distância bastante grande; como se o inferno nos viesse buscar, disse Gísli a Þorvaldur quando se encontraram por acaso perto da igreja e viram a fumaça negra subindo do navio enquanto este cortava as ondas. Arrependo-me, ao contrário de ti, e tenho, por isso, pouco a temer, respondeu em tom seco o reverendo Þorvaldur ao seu irmão. O comandante trouxe presentes simples para membros das famílias distintas; chocolates e romances para Lovísa e sua irmã, um pendente vermelho para Ragnheiður, uma pistola americana para Friðrik, enquanto Gísli recebeu um livro de poesia com uma encadernação vermelha gravada a ouro. Só poetas mortos são publicados assim, murmurou ele ao tocar no livro; o comandante perguntou: O quê? Só poetas mortos são dourados, explicou Gísli, mas então o comandante pegou outro livro; provavelmente tem razão, disse ele, mas não falta ouro neste também! Gísli folheou o livro, um volume ilustrado com uma bela encadernação azul; espero que não sejam frias, murmurou ele, relanceando rapidamente várias ilustrações de mulheres seminuas.

Um dos lojistas trata das compras do rapaz; ele desistiu de esperar por Ragnheiður e não pensa em perder mais tempo na loja. O empregado termina logo de atendê-lo e o rapaz apressa-se a sair; na verdade, foge, de certo modo. Ombros de luar, sim, mas a Lua está muito longe e sua superfície com certeza é solitária, e ela é filha de Friðrik, filha dos poderosos, nada de bom pode vir daí, pensa ele, tão absorto em afastá-la, em negar o luar, que não ouve os passos e se sobressalta ao sentir seu ombro ser agarrado com força. Você deveria esperar, diz ela, sem fôlego, irritada.

Não sabia disso, murmura ele, sentindo-se imediatamente fraco, seu coração palpitando com mais força, palpitando contra suas costelas. Estão frente a frente, com menos de um braço de distância entre ambos; ele escuta seu sangue. Então você conhece o Gísli, declara ela.

Ele: Sim.
Ela: Ele é muito culto.
Ele: Sim.
Ela: Ele é um bêbado. E fraco de joelhos. Isso acontece porque poesia demais deixa as pessoas moles; deixam de estar em forma, tornam-se mais fracas; é o que diz o meu pai e você sabe quem ele é.

Ele: A poesia é o mundo por trás do mundo. E é bela.

Ela: O Gísli só faz o que mandam. Você simplesmente não sabe nada sobre ele, nem sobre o que importa, não faz ideia do que possa ser. E não sabe o que é necessário.

Ele: Escrever é melhor do que peixe salgado. E também é melhor do que um navio a vapor.

Ela: Meu pai diz que não vale a pena nos esforçarmos por pessoas como você. Tornam-se vagabundos e morrem de fome se ninguém ajudar.

Ela treme ligeiramente, o ar está frio e ela usa apenas uma camisola fina sobre o vestido. Seu pendente vermelho brilha. A poesia também pode ser perigosa, diz ele, talvez por causa do modo como ela treme, talvez porque sua mente se volta para um poema mortal e para as últimas palavras de vida no mar; a bordo de um caixão, nada é doce para mim sem você. Contudo, ela se aproxima tanto dele que parece que poderia abraçá-lo, o que, é claro, não faz. Este verão, diz ela, cavalgarei sob o sol. O que deveria eu ser, então, o cavalo ou o sol?, pergunta ele. Ainda não é verão, replica ela; nem sequer é primavera ainda.

Helga está cortando as unhas de Kolbeinn quando o rapaz entra na cozinha; ela acabou de vir de fora, sua pele ainda está corada do frio. O comandante mantém as mãos bem esticadas, como que para renegá-las; a partida correu bem?, pergunta ele. Sim, embora tenha balançado um pouco depois do porto. O mar mantém em si o clima por muito tempo, diz o velhote. Sim, concorda o rapaz.
Kolbeinn: Não há nada como o mar.
Helga: Tem saudade dele.
Kolbeinn: Saudade... não tenho certeza quanto a isso. É possível ter saudade do mundo? Acho difícil.
Helga: Então do que se pode sentir saudade?
Kolbeinn: Que maldição. Quem acha que sou? Não sente falta de ter um homem?
Helga: Está aqui.
Kolbeinn: Sabe ao que estou me referindo.
Helga: Eu terei de viver com isso.
Kolbeinn: Certo, então, mas não tenho saudade de nada.
O rapaz: Nem da sua visão?
Kolbeinn vira a cabeça angulosa, como que por impaciência ou comichão; seria bom poder ler de vez em quando e ver o mar, mas então seria também obrigado a ver a vida. Contudo gostaria de navegar mais uma vez.
O rapaz é chamado à sala. Geirþrúður está lá sentada à grande mesa robusta, com um cigarro entre os dedos da mão esquerda,

que está apoiada na testa, o cabelo está puxado para cima, aparentemente com cuidado, e vários cachos compridos de cabelo pendem soltos, enrolando-se como pedaços de noite escura pelo pescoço branco. Ela olha para cima por um instante, quando ele entra, e depois continua a ler o *Jornal da Assembleia*, imóvel, exceto quando leva o cigarro lentamente aos lábios vermelhos, aqueles "limites da boca cheios de sangue", e absorve o prazer. Deveria ler o *Jornal da Assembleia*, diz ela. Não posso, responde ele de forma brusca; é como se estivesse escrito em outra língua. Ela olha para cima, com todas aquelas sardas, sorve seu cigarro, as cinzas silvam com suavidade à medida que o cigarro vai ardendo, sua pele surge macia em volta dos lábios cheios de sangue, mas esticam-se rugas em torno de seus olhos, que se aprofundam quando ela os semicerra. Sim, mas é a língua da autoridade e tenho que captar um pouco se quero sobreviver, afirma ela, e a aspereza volta-lhe à voz, o grasnido de corvo. Preciso compreender?, pergunta ele, olhando para Geirþrúður como se pedisse autorização para evitar fazê-lo, e ela encosta-se na cadeira, pousa o cigarro já quase todo consumido, ergue os braços e remexe no cabelo; só se quiser, a autoridade pertence aos homens e você é um homem, apesar de tudo, embora provavelmente haja mais paraíso do que masculinidade em você. Não sou nem um pouco divinal. Estou falando metaforicamente. E quanto ao Kolbeinn? Ele via pouco até perder a visão. Preciso arrancar meus próprios olhos para conseguir ver? Isso seria um bom começo. É infeliz?, pergunta o rapaz, sem pensar. Geirþrúður pousa o cotovelo na mesa e descansa o queixo delicado nas costas da mão. O que é a infelicidade?, indaga ela; fui amada duas vezes, isso significa que foi bastante? É possível contar os beijos, ou as traições e as vezes em que alguém sente algo que poderia ser felicidade? Sete mil beijos, doze momentos felizes; isso é bastante ou pouco, e o que é a felicidade e o que são beijos? É possível beijar uma pessoa mil vezes e no entanto ela nunca ser beijada. Às vezes, penso que os humanos estão condenados à infelicidade. A felicidade existe, afirma ele com teimosia, como uma criança. O som da voz de Helga os alcança; não preste atenção demais ao que eu digo, aconselha-o Geirþrúður, o mundo é mais complexo do que uma pessoa. Gunnhildur e Jón, o carpinteiro, são felizes com seu filho, à primeira vista não há nenhuma razão especial para a felicidade, mas quando se olha para eles é como se toda a tristeza se tornasse um engano. Com certeza a felicidade existe, não é assim, Helga?, pergunta ela, quando Helga entra com uma grande bandeja de café e pão, seguida por Kolbeinn, que se apoia na bengala e lhe confia seu peso; é mais fácil confiar numa coisa inanimada do que numa pessoa, e não é preciso se esforçar muito para isso. O que é que é assim?, pergunta Helga, pousando o tabuleiro na mesa maior antes de começar a transferir as xícaras para a mesa menor na salinha interna. Que não estamos condenados à infelicidade. Cada um é seu próprio juiz, diz Helga; falou com ele?

Geirþrúður: Temos falado com frequência.

Helga, transportando o pão para a outra mesa: Sobre?

Geirþrúður: Sobre beijos e infelicidade e a língua da autoridade.

Helga: Então tratemos do assunto em questão.

Eles se deslocaram para a salinha interior, sentaram-se em volta da mesa escura, onde se sentam à noitinha, onde estão também mais longe das janelas, um pouco mais afastados do mundo, e o rapaz lê. Estávamos pensando em iniciar hoje sua educação, declara Helga; fui falar esta manhã com a Hulda e o Gísli, ela vem aqui esta tarde para ensinar Inglês e ele virá amanhã para dar início às suas aulas de História, Islandês e Literatura. Em seguida, eu darei alguma instrução em Matemática, o máximo que me for possível; está tudo bem para você? Bom, então está combinado, diz ela, depois de ele concordar com a cabeça; ele nada mais pode fazer agora.

"A única tristeza do seu pai", diz uma das cartas da mãe, cartas agora tão desgastadas pela leitura que ele terá que começar a copiá-las, caso contrário essas mensagens importantes do passado serão perdidas. "A única tristeza do seu pai, e talvez também a minha, foi a falta de educação, embora eu, enquanto mulher, tivesse naturalmente pouca ou nenhuma oportunidade de receber uma educação digna desse nome. Quando seu pai tinha doze anos, parecia que seu sonho se tornaria realidade, até certa medida. O pastor da paróquia ofereceu-se para recebê-lo como aluno durante dois anos, ou por mais tempo se o desempenho dele assim o justificasse. Dois dias antes de ir embora, seu pai tinha há muito juntado tudo o que queria e que lhe haviam permitido levar consigo, colocando todos os objetos numa trouxa que poderia facilmente transportar debaixo do braço, e ele mal conseguiu dormir de excitação; então seu avô caiu do cavalo. Ia a caminho de casa vindo da vila, o pobre homem, bêbado demais, como às vezes lhe acontecia. O cavalo empinou, o seu avô caiu e nunca mais conseguiu se erguer. Ficou inválido na cama durante mais de um ano e depois morreu. Seu pai era o mais velho dos irmãos e conseguiu, com dificuldade, e sacrificando sua educação, naturalmente, manter a família unida até a sua avó morrer, altura em que já tinha uns bons vinte anos, a casa estava endividada e ele era velho demais para regressar à escola. A bebida me privou de aprender, costumava ele dizer. O álcool é uma ameaça maldita, é verdade, e devia ter cuidado com ele, mas se não o consumisse, seu pai e eu dificilmente nos teríamos conhecido. Que tipo de vida teríamos tido? Eu amava seu pai de uma forma indescritível, mais do que a vida, e nós íamos garantir que todos vocês, incluindo a Lilja, receberiam uma boa educação, mesmo que isso nos destruísse."

Então é assim:
Um cavalo empina, e é por isso que ele nasceu.

Mas esses planos sofrerão pequenas mudanças, diz Helga, como se estivesse a uma grande distância. Mudanças?, pergunta, assustado, o rapaz, claramente agitado. Sim, mudanças, ou, melhor, um atraso; o rapaz deverá fazer uma viagem até ao fim do mundo: onde termina a Islândia e começa o inverno eterno. Snorri aparecera mais cedo, à procura de Jens, que passara a noite anterior com o comerciante, depois de ter estado em Sodoma. O que ele foi fazer em Sodoma?, perguntara Helga. Provavelmente o mesmo que todos os outros, respondera Geirþrúður. Sim, concordou Snorri, mas também para pedir o barquinho a remo emprestado e solicitar a Ágúst que o transportasse até Vetrarströnd. Por algum motivo, Sigurður convencera Jens a ir até lá, e até mais ao norte, para entregar o correio, ou o ludibriara a fazê-lo. Ludibriara?, pergunta o rapaz. Sim, provavelmente para se vingar dele, afirma Geirþrúður.

Helga: Tem certeza disso?

Kolbeinn: O Sigurður é uma besta, como todos esses mandachuvas. Caso contrário, nunca teria sido aceito como parceiro deles.

Helga: Não é necessário pensar sempre o pior das pessoas.

Geirþrúður: Mas muitas vezes é difícil evitar. É possível que o mundo seja bom; mas não os humanos.

Mas por que eu deveria ir com ele?, pergunta o rapaz. O Jens tem medo do mar, diz Helga, ele nunca sobreviveria sozinho atravessando o Djúp no barquinho, ele enlouqueceria com medo, aquele homem grande e forte. E depois ele também tem que atravessar o Dumbsfjörður. Ele precisa ter alguém que possa transportá-lo, manter um ritmo decente no caminho terrestre e, por último, mas não menos importante, que não fale sobre o medo que Jens tem do mar. Você conhece o mar e consegue caminhar. Quando partimos? Assim que possível, diz Helga, e ele inclina-se para o lado para olhar pela janela; o céu está ainda pesado com nuvens. Antes que comece novamente a nevar e talvez a ventar, acrescenta ela. Falaram com ele sobre isso, sobre o fato de eu ir também?, pergunta o rapaz. Não, responde Helga. Ele concordará?, pergunta o rapaz, em dúvida. Isso não cabe a ele. As pessoas não vão muito longe quando estão dormindo, ele precisa ser acordado, afirma Geirþrúður, mas, então, ouve-se uma forte pancada e Jens levanta-se do chão do seu quarto.

Ele sonhou que algo escuro o empurrava em direção a um precipício; debateu-se forte e longamente mas sua força acabara por esmorecer. Caiu nas profundezas negras e vazias e ouviu o estrondo do mar lá embaixo; ele cai mas depois acorda no chão. Olha em volta; admirado com o azul que o rodeia, entra momentaneamente em pânico: estou no fundo do mar, pensa ele; afoguei? No entanto, esta não é a morte azul do mar, mas antes a abençoada luz do céu; pode ser muito difícil distinguir um do outro.

Então é assim que são as coisas: o espaço entre a vida e a morte é tão pequeno que cabe numa palavra. E é por isso que é preciso ser eternamente cuidadoso com as palavras: pelo menos uma delas transporta a morte.

A MORTE NÃO TRAZ PAZ

Tudo começou com a morte; dificilmente pode ser mais contraditório. O céu pode ser mais azul do que tudo o que é azul, e tínhamos a crença de que a morte nos levaria enfim até lá, mas os anos se passaram e não fomos a lugar nenhum, ligados como estamos à Aldeia; morremos, mas, em vez de partirmos, ficamos presos entre a vida e a morte como moscas numa tela; talvez consiga ouvir um zumbido fraco.

A morte não traz paz; se existe a paz, você a encontrará em vida. Contudo, não há nada mais subestimado do que a vida. Amaldiçoa as segundas-feiras, as chuvas fortes, os vizinhos; amaldiçoa as terças-feiras, o trabalho, o inverno, mas tudo isso desaparecerá num único segundo. A plenitude da vida se transformará em nada, para ser substituída pela pobreza da morte. Acordado e a dormir, pensa nas pequenas coisas que jazem longe da essência. Quanto tempo vive uma pessoa, no fim das contas; de quantos momentos puros se usufrui, com que frequência se vive com eletricidade e se ilumina o céu? O pássaro canta, a minhoca vira-se na terra para que a vida não sufoque, mas você amaldiçoa as segundas-feiras, amaldiçoa as terças-feiras, as suas oportunidades diminuem e a prata que existe dentro de você fica manchada.

Nós morremos, ou simplesmente paramos de viver; nos transformamos em sombras de seres invisíveis e nossos ossos apodrecem na terra. Passaram-se anos, décadas, e ninguém se dá conta de nós. Os corvos não reparam em nada, esvoaçam negros e grasnando por entre nós sem o saberem; não é engraçado quando uma grande ave preta passa por você voando, deixando para trás apenas um grasnido rouco. Somos uma aberração, um erro, moscas presas entre mundos. A princípio, procurávamos alívio na amargura; não há muito que contente tanto uma pessoa como a amargura, contenta e despedaça e rasga, e tentamos nos consolar ao sentir prazer na infelicidade da sua vida, nos erros, no desperdício, em sua eterna derrota diante da luxúria. Amargura e maldade, que outra coisa além dessas duas irmãs podemos encontrar no fosso do Diabo? Um dia diremos o que aconteceu, como conseguimos sair do fosso, falaremos do momento em que algo parecido com uma brecha se abriu entre nós e vocês. Talvez seja alucinação, mas através dela sussurramos poemas e histórias, alegria e desespero, esperança e desesperança.

A VIAGEM:
SE O DIABO CRIOU ALGUMA COISA
NESTE MUNDO ALÉM DO DINHEIRO,
FOI A RAJADA DE NEVE NAS MONTANHAS

1

As palavras raramente são suficientes para descrever o vento que se sente aqui. Jens e o rapaz receberam uma pá de Marta; a pazadas, atiram a neve para fora do barquinho e o vento sopra em volta deles. Há um vento do norte e está tudo branco, até o mar parece branco, tudo exceto os penhascos nas montanhas e a sombra nos olhos de Jens. Estão calados, os três sacos de correio encontram-se pousados na neve, cada um pesando cerca de vinte quilos, a maioria é jornal, o *Jornal da Assembleia* e poucas cartas. Helga os havia precavido bem; é responsável por ele, disse a Jens, e, portanto, presta atenção ao tempo, não corra risco pelo que quer que seja. Jens estava tristemente sentado diante de seu mingau, mal lhe arrancaram uma palavra, pouco disse quando o informaram que o rapaz iria com ele, limitou-se a fazer que sim com a cabeça, e assim o assunto ficou resolvido.

Eles limpam com a pá: há um monte de neve no topo do barquinho. Marta está entre a casa e o barco e observa. Talvez peguem bom tempo, dissera Helga depois de se terem vestido na entrada; calças de lã e calças de pele, um par de camisolas grossas,

Jens com um casaco pesado, o rapaz com um casaco de couro, um par de meias de lã e botas novas da loja de Tryggvi. Jens abriu a porta, um pouco de vento gentil, as nuvens de um cinza-claro e aparentemente inofensivas, Kolbeinn saiu para o alpendre e aspirou o ar; bom tempo, não me parece, comentou ele, e voltou para dentro de casa, tenta simplesmente voltar para que possa acabar de ler *Otelo*, disse ao rapaz. O vento começara a se fazer presente antes de conseguirem chegar à rua seguinte, como se estivesse à espera deles, e soprava com força quando chegaram a Sodoma. Eles limpam com a pá o barco, a cara do rapaz enrijece de imediato, mas Jens age como se fosse tudo normal, talvez o frio não o incomode, endurecido pelos anos, pelo clima, pelas inúmeras provações. A montanha Kirkjufjall ergue-se até o céu no outro lado do canal chamado Rennan; aqui a sombra da montanha pode ser pesada e sufocante. A montanha tem aproximadamente três quilômetros; sentirão sua falta quando a rodearem e navegarem até ao Djúp, esse vasto fiorde sem abrigo.

Marta deslocou-se para mais perto da casa, onde o vento não é tão persistente; ela está com frio, embora use o sobretudo grosso que o marinheiro estrangeiro lhe dera no outono anterior. Eles acabam de tirar a neve do barco, mas é preciso tempo para libertá-lo, congelado e agarrado à terra como está, como se não quisesse ir embora. Só que não é um barco, é apenas um barquinho a remo; o rapaz sobressalta-se um pouco ao ver como ele é pequeno. Jens atira para dentro dele três sacos com a correspondência; ele tem o trompete postal em volta do pescoço, numa bolsa de couro; os dois se endireitam e olham na direção de Vetrarströnd, olham para mais de quinze quilômetros de mar. A costa está completamente branca; pesadas nuvens cinzentas repousam sobre ela, e mais ao longe veem o Dumbsfjörður, quase fundindo-se com o horizonte, e a luz do dia torna-se cinzenta. O rapaz pigarreia e diz, bem, porque "bem" na verdade é uma boa palavra; é ampla e pode encurtar significativamente a distância entre indivíduos, mas Jens age como se não o ouvisse e essa palavra de primeira categoria cai ao chão, morta. Em geral, Jens finge não ver o rapaz; com certeza ele tem uma fantástica viagem pela frente, pensa o rapaz, amargamente, e Jens devagar empurra o barco a remo até ao mar; navega sobre neve até o mar. Ei! Esperem! Olham para cima e Marta vira-se. Gísli vem do antigo bairro, caminha pela neve arfando com tanta força que se pode ouvir a uma grande distância. Ele grita, acena, segurando um embrulho com força contra o peito com a outra mão. Jens grunhe como um carneiro irritado; tenho mesmo dias promissores pela frente, pensa o rapaz, vendo Gísli se aproximar; é a encarnação da erudição e da poesia caminhando, abrindo seu trajeto pela neve, arquejando, de rosto vermelho. Gísli para bem ao lado deles; eu pensei, começa ele, mas depois não consegue dizer mais nada devido à falta de ar, aspira o ar, a boca completamente aberta, ajoelha-se de tanto tossir, levanta uma mão como que para dizer, esperem um momento, e eles atendem ao pedido. Marta foi até eles; não está morrendo, não é?, pergunta ela, mas Gísli balança a cabeça, não... não estou morrendo... sob um céu limpo... nunca... fora de questão... e ajuda-me a levantar, meu pecado e salvadora, diz ele, e Marta ajuda o professor a pôr-se de pé. Pensei que ia perder você, declara ele, erguendo-se após recuperar o fôlego; ouvi o pequeno Kiddi dizer que vocês dois vão levar a correspondência e apressei a sair da minha aula para ainda conseguir alcançar vocês. As crianças acharam bastante divertido ver o velho bêbado enfrentando a neve como um lunático; eu até caí duas vezes para entreter a turma, sim, este homem é responsável por essas jovens almas. Conhece Kjartan, o francês, em Vík?, pergunta ele então a Jens, que se limita a encolher os ombros. Bem, seja como for, reconhece um pastor quando o vê, e estas folhas que aqui estão são para ele, um pedaço do paraíso e do inferno, e vocês esperançosamente vão guardá-las com a vida. Gísli estende o embrulho, Jens dá um passo em frente para pegar; e aqui está o pagamento, acrescenta Gísli, dando ao carteiro uma garrafa achatada prateada, o meu amigo íntimo há muitos anos, mas, às vezes, os amigos têm que se separar, é essa a tristeza da vida. Jens não diz nada, mas pega a garrafa e a enfia no casaco impermeável. Tenham cuidado, diz inesperadamente Marta quando eles se preparam para empurrar o barco, agarrando no seu chapéu por um instante, como que para realçar as palavras. Seu cabelo preto cai sobre o rosto anguloso, os olhos escuros e ligeiramente esguios, e ambos hesitam, para contemplar este inesperado calor da vida, ou para acolhê-lo, e talvez enterrá-lo nas raízes do coração para mantê-lo quente enquanto durar o frio no local para onde se dirigem. Em seguida, agarram simultaneamente as amuradas do barco e este desliza tão facilmente para o mar que eles quase se viram. Entram devagar, para não virá-lo ao contrário; o rapaz senta-se no banquinho da popa, Jens no da proa, acontece de modo automático, e o rapaz é mais rápido para estender os remos; suas mãos estão firmes, mas Jens está rígido, é um carteiro, não um marinheiro, e a viagem começa, e os quatro remos estão na água, ambos se curvam para a frente e se reclinam para trás; o barco desliza contra o vento e sentem o mar por baixo dos pés. Afastam-se lentamente de terra; Gísli e Marta ficam lado a lado os observando. Jens ergue brevemente o olhar para ver Ágúst surgir no vão da porta, perdido e miserável, pálido por passar todo o tempo num espaço interior. Ele ergue a mão, tão esguia que parece uma garra, mexe-a ligeiramente para se despedir dos homens, ou então para tentar alcançá-los.

2

Decorreram apenas três semanas desde que fora pela última vez ao mar, e tocar nos remos traz tudo de volta, o barco e a estação de pesca, Bárður e a vida que se acabara, os olhos que se tornaram opacos e se transformaram em duas poças congeladas. Ele aperta os remos, mexe os pés, inclina-se bem para a frente, depois para trás, mantém as costas direitas e reúne assim mais força, algo de que certamente precisam, com certeza; o vento de norte sopra quase diretamente sobre eles, mas, pelo menos, seu olhar não está voltado para a carne nua os olhos sensíveis dos dois. Marta e Gísli desapareceram, não têm ninguém à frente de Sodoma, o edifício diminui, eles se afastam da Aldeia. Com dificuldade. Serão quinze quilômetros exaustivos e ficará ainda mais difícil quando se arrastarem para fora do fiorde e entrarem no Djúp, onde o mar ficará mais profundo, o vento mais forte e as ondas maiores. E um antigo medo conhecido desperta no rapaz; apenas uma tábua fina por baixo de seus pés, sob metros e metros de mar frio; mais de cem quando chegarem no meio do Djúp e remarem sobre as águas de Djúpálnir.

Eles remam, afastam-se da parte inferior do abrigo da montanha, abrem caminho pelo pesado mar plúmbeo, hesitantes, muito hesitantes. O vento sopra agora de um ângulo fechado, as ondas são uma paisagem sempre mutável e crescente em volta do mar, erguem-se e caem, de um azul frio com um toque de verde, não se vê terra muito vasta, e não é muito maior quando vista do convés de um navio, mas aqueles que se sentam num barco a remo não conseguem deixar de ver o mar alto nessas ondas, essas ondas grandes erguem-se acima do barco e tapam momentaneamente a terra ao redor; é incompreensível, na verdade, que os dois homens consigam manter-se à tona. "Barco" é também uma palavra pomposa demais para aquilo em que navegam, que não é muito maior do que uma cama média; se uma onda rebentasse sobre eles, seria transformado num leito de morte. Eles remam com ritmo; dois homens enfiam quatro remos no mar e aplicam sobre eles seu peso e toda sua força, mas, ainda assim, mal se deslocam. O mar ergue o barco e eles vislumbram o lugar onde estão, antes de se afundarem de novo e perderem quase tudo de vista, exceto as ondas. Maldito seja o inferno, pensa o rapaz; ele ergue o olhar de vez em quando, e vê que estão se afastando de Kirkjufell, embora de um modo insuportavelmente lento; o que, contudo, significa que o mar se torna mais profundo por baixo deles. Sentado atrás dele, Jens tem a respiração pesada; não dissera uma única palavra, mas seria bom falar agora, as palavras muitas vezes são extraordinárias, unem as pessoas, aliviam a solidão; não se está tão dolorosamente sozinho diante do mar. O rapaz olha sobre o ombro ao puxar o remo para trás, vai dizer algo, qualquer coisa, só para se ligar a outro ser humano, algo sobre o vento, algo sobre o mar, sobre o esforço; ele olha sobre o ombro mas de imediato desvia o olhar. O rosto de Jens está mortalmente pálido e seus olhos são duas minúsculas pedras pretas que olham com intensidade para o rapaz. Este grande homem, que não teme nenhuma tempestade, que se deslocou sob temporais em charnecas assassinas e nunca recuou, está aterrorizado. Ele tem medo do mar, afirmara Helga; o deixa louco, e agora o rapaz percebe o que ela queria dizer. O vento aumenta, eles remam, o mar ergue-se em volta do barco, ouve-se um som que se assemelha à inspiração de um animal enorme, o mar raramente é silencioso e os espaços entre as ondas aprofundam--se. Mantém o ritmo comigo!, grita o rapaz; ele tem que gritar para ser ouvido, o mar e o vento estão prestes a perder a paciência com eles; o que querem daqui?, sibila o vento e as ondas erguem--se e quebram acima deles, está me ouvindo?, grita ele de novo, sem parar de remar, sem se conter, negando o cansaço crescente, a exaustão, está me ouvindo, Jens?, grita ele com toda a força, e Jens solta um som parecido com a palavra "sim". Isso é fácil!, berra o rapaz, confiante, calmo, frio, como se de súbito tivesse envelhecido muitos anos e perdido toda a sensação de estranheza; só precisamos manter o ritmo, puxar juntos, e o barco continuará a seguir em frente, continuaremos a avançar e... as ondas não rebentarão sobre nós, simplesmente não pare! Ele estava prestes a dizer "rebentarão menos sobre nós", mas percebeu a tempo que a palavra "menos" provavelmente aumentaria o medo de Jens; Jens não responde, limita-se a remar, mantém o mesmo ritmo do rapaz. Os dois homens são lançados para diante e para trás como um pêndulo de relógio; se pararem, o tempo para e eles morrem. O barco arrasta-se junto com o vento incessante sobre o mar inquieto. O rapaz concentra-se em remar; o medo do carteiro atribui-lhe confiança, a força desse gigante silencioso aumenta, ele esquece o abismo negro que se encontra sob seus pés, embora ele contenha peixes e homens afogados, e não lhe faça grande diferença ter dois a mais ou a menos.

A vida humana é uma vaga cintilação na atmosfera; passa tão rapidamente que os anjos não dão por ela se pestanejarem.

Jens olha em frente, mexe-se como uma máquina, não tira os olhos das costas magras do rapaz e tenta, desse modo, negar o mar, escuro como breu e insaciável. Os dois estão com as luvas ensopadas, têm a cara molhada com água do mar, ardendo por causa do sal. Remam, são lançados para a frente e para trás, têm dores nas costas, trabalham como loucos. O tempo está passando? Estão se deslocando? O rapaz arfa quando cede à tentação de olhar sobre o ombro, e mal acredita que se aproximam de Vetrarströnd, deve ser mentira, uma alucinação, uma fantasia! Pouco tempo depois, volta a olhar e a costa aproximou-se ainda mais; porém, foram muito desviados do percurso. Tinham planejado aportar na pequena aldeia piscatória de Berjadalseyri, mas agora terão que caminhar uns bons dez quilômetros para chegar lá; isto é, se alcançarem a costa. As ondas rebentam sobre o barco, e Jens tenta respirar, e, em breve, o fundo do barco está cheio com cinco centímetros de água. Jens começa a puxar para conseguir vomitar, vomita sem nem largar os remos, vomita nas suas coxas e no colo, da próxima vez que o rapaz olhar, tem apenas uma curta distância a percorrer; vamos conseguir, pensa ele, mas começa então a nevar. Primeiro, somente um ou dois flocos de neve que caem no rosto, como que por engano, e depois todo o céu fica branco; contudo, lá atrás está a costa, aguarda-os como um abraço reconfortante. Vamos conseguir, estamos praticamente lá, maldição, grita triunfantemente o rapaz sobre o ombro; mas Jens ergue-se de um salto, puxa os remos para dentro e lança-se borda afora num movimento contínuo.

Está louco?!, grita o rapaz quando percebe o que aconteceu, lança-se de lado, enfia o braço no frio mar verde, consegue agarrar o casaco do carteiro, que vai a caminho do fundo do mar, puxa-o para cima e o mantém nessa posição até Jens se agarrar à amurada, cuspindo e tentando respirar, e depois pega os remos e rema. O desespero lhe dá força, sente-a subir pelos braços e

Jens grita quando seus pés encontram resistência, ele larga tudo e caminha e nada até terra, cambaleia ensopado até os ossos pela praia gelada e escorregadia acima, endireita-se, fecha os olhos para sentir melhor a terra sob os pés, depois cai de quatro e vomita. Estão a salvo. Aportaram num lugar decente; há poucas rochas grandes e o rapaz consegue arrastar o barco pela praia, é bom ter terra onde assentar, é bom sentir terra sob os pés, livre do mar que quase desapareceu por entre a neve que cai. Jens ergue-se, estica-se, alto, de ombros largos, forte, embora tremendo; o frio penetrou sua pele e em algum lugar lá dentro está um coração vulnerável à hipotermia. Apressam-se a tratar do barco, carregam-no com pedras, prendem-no com peso, o rapaz encontra boas pedras mas Jens desaparece na neve e regressa com um grande pedregulho, dificilmente tem menos de setenta quilos, põe-no dentro do barco e vai procurar outro, trabalha freneticamente para se manter quente, trabalha freneticamente para voltar a ser homem; tem cuidado para não partir o barco, aconselha-o o rapaz, quando Jens chega com o segundo pedregulho; não, não, responde ele, pousando-o com gentileza, como se fosse um seixo. Ergue-se muito direito e olham por um segundo nos olhos um do outro, completamente por acidente, e então o carteiro diz obrigado. O rapaz responde, não foi nada, e o carteiro replica, sim, foi. Por que se lançou para fora? Pensei que tínhamos alcançado a terra, responde Jens, não gosto do mar. Está ensopado, temos que abrigar você, diz o rapaz. Eles acabam de carregar o barco; Jens apressa-se, não quer morrer assim, molhado pelo mar e pela vergonha, leva dois sacos com a correspondência, o rapaz leva o terceiro e a bolsa de couro com as provisões e roupa seca, que carrega às costas. Depois sob a neve que cai partem à procura de uma casa.

As únicas duas opções são esquerda ou direita; se ao menos

a vida fosse tão direta, tão decisiva. Não podem seguir uma rota direta, uma encosta montanhosa e íngreme ergue-se diante deles, seguida de charnecas implacáveis; não podem voltar atrás por causa do mar. Seguem pela esquerda, para noroeste, em direção à aldeia, um conjunto de cabanas de pesca e casas modestas; há até uma capela, porque o que é o homem sem Deus, ou antes, o que é Deus sem o homem, e lá está à espera um cavalo que pertence ao carteiro local. Provavelmente são cerca de dez quilômetros até a aldeia, diz o rapaz a Jens, que segue na sua dianteira; o vento e o frio sopram em redor, a neve torna-se mais espessa e a noite cai. Durante as três últimas semanas, o rapaz esteve muitas vezes à janela no sótão e olhou na direção de Vetrarströnd; à distância, parece-se com um glaciar contínuo e é difícil imaginar que por livre vontade ali vivem pessoas. Mas o que é a livre vontade e que homem é livre? Cerca de trezentas pessoas vivem na enseada de trinta quilômetros de comprimento; trezentos seres humanos que se fixaram nas poucas bermas relvadas no sopé das encostas rochosas, alguns com vários animais, mas a maioria vive do mar, as montanhas estão brancas durante todo o ano, a neve nunca desaparece por completo e isso nunca aconteceu durante setecentos anos, até nos melhores verões a neve cai nos buracos e penhascos, e então o outono chega com novas quedas de neve.

E, agora, ele caminha nesse mesmo lugar.

Caminha e quase cai na praia gelada.

Eles se deslocam para cima, libertam-se do gelo macio e escorregadio, apenas para vaguearem pela neve. Jens segue na dianteira, caminha com rapidez, tenta se afastar do frio ao caminhar, pega a garrafa sem reduzir a velocidade, bebe um grande gole, duas vezes, estende-a sobre a neve que cai e o rapaz tem que correr para pegá-la, Jens bebe uma terceira vez, mas não consegue escapar do frio, não consegue escapar do frio que começou a paralisar seus músculos e dirige-se para seu coração. Ele olha para o lado, onde o mar arfa sob a neve, e os homens afogados caminham ao longo do leito marinho, longe dos dois homens, sorvendo o sal de seus lábios. O rapaz segue em frente e sente saudades de Bárður, mas o homem nem sempre pode se arrepender e chorar, às vezes tem simplesmente que viver, que se concentrar nisso e mais nada, manter a morte à distância, esse ser negro eternamente escondido à nossa espera, exceto aqui no fim do mundo, onde provavelmente é pálido como um cadáver, e, assim, mistura-se com a neve. Não vou pensar na morte, mas me concentrar em caminhar, me mantendo direito, sem cair, pensa ele, mas então quase tropeça em Jens, que surge subitamente deitado na neve, como que atingido por uma bala. O carteiro levanta-se em silêncio e segue em frente, até caminha mais depressa, talvez na esperança de afastar o cansaço que sente depois da queda, como se parte de sua força e vontade tivessem sido deixadas onde tombou. Mas, em breve, volta a tropeçar, consegue levantar-se, caminha, cai uma terceira vez e fica ali deitado, seus músculos já não obedecem. O rapaz o ajuda a se levantar, Jens resmunga algo incompreensível, tenta continuar a andar mas cai uma quarta vez. E fica lá deitado. Preciso pensar, diz ele para a neve. O rapaz tenta levantá-lo mas não tem força. Jens, diz ele, mas não obtém resposta. E ali fica o rapaz de pé. Neva, e as coisas são assim: primeiro, foi Bárður quem morreu de frio e agora este gigante vai pelo mesmo caminho. O rapaz afunda-se de joelhos, desorientado. "Nevou muito, para pesar de todos, exceto de sua irmã. Ela pediu a Sigmar que fizesse dois bonecos de neve; um deles eras você, o outro, o seu irmão. Agora, eles estão conosco, disse a Lilja. Ela queria muito dormir lá fora com você; trouxe-a para dentro aos soluços." Ele se obrigou a pôr-se de quatro e começou a rolar uma bola de neve cada vez maior à sua volta. Jens olha para cima, consegue erguer a cabeça, aquele pedaço pesado de gelo, de neve; que diabo você está fazendo? Estou fazendo um boneco de neve para a minha irmã, respondeu o rapaz. Que diabos, diz Jens. Agora, Halla e seu pai começaram a olhar para o norte, esperando vê-lo regressar, duas pessoas cuja existência depende totalmente dele. Ele levanta-se rigidamente, com força, e afasta-se. O rapaz não consegue terminar seu boneco de neve e eles seguem em frente no meio da escuridão, contra o vento, a neve, o gelo. A neve amontoa-se em cima deles, os dois continuam a andar em frente, passo por passo, frios mas não derrotados. Então Jens cai pela quinta vez. Talvez porque a terra tenha começado a erguer-se; não muito, mas o suficiente. Neva e a neve cai sobre eles, cai da montanha em quantidades enormes, cai violentamente, é quase impossível respirar e Jens tateia debilmente em busca do trompete postal, tenta libertá-lo do ombro e dá-lo ao rapaz, abre a boca para dizer algo mas tem a língua gelada, porque primeiro são as palavras que congelam e depois a vida. O rapaz abre a bolsa de couro, ergue-se, pousa os lábios doridos de frio no trompete, enche os pulmões e sopra. Sua primeira tentativa produz apenas um som que se assemelha ao chilrear de um pássaro aterrorizado. Ele tenta de novo e de novo e o som aumenta, torna-se mais claro e escorrega por entre a tempestade de neve, viaja contra o vento, embora talvez não muito longe, e depois esmorece. O rapaz volta a soprar, o som límpido passa por entre o vento, *socorro*, diz o som, *onde está você, vida?*, pergunta. Eles se põem à escuta, Jens tenta se beliscar, afastar o frio com os beliscões, eles terão que se enterrar debaixo da neve, é a única esperança, que não é, contudo, esperança nenhuma, talvez sim para o rapaz, mas não para Jens, o gelo o fundirá com a morte. Jens olha para o mar, como se esperasse ver um grupo de afogados subindo para buscá-lo. O rapaz fica à escuta durante muito tempo, começa a tremer um pouco, volta a soprar, escuta, acha que ouve alguma coisa. Jens, diz ele, mas então um cão ladra por entre a neve, não muito longe, seguido de perto por uma hesitante voz masculina que grita, olá, são homens vivos ou fantasmas?

3

A propriedade ergue-se numa elevação, talvez rodeada por um campo de relvas, um campo de feno seria provavelmente um nome pomposo demais, mas agora todo o campo jaz sob uma espessa camada de neve; seria possível passar pela propriedade e até mesmo por cima dela sem sentir nada, sem suspeitar de nenhum tipo de vida por baixo dos pés. Aqui, os terrenos desaparecem e as construções anexas perdem-se por baixo dessa neve que vem do céu e cai sobre as encostas das montanhas, formando remoinhos de neve.

Eles têm que deixar os sacos com a correspondência no sopé da encosta; eu... vou... buscar... buscá-las... mais tarde, diz o agricultor em voz baixa e de modo tão hesitante que é como se tivesse medo das palavras. No entanto, não há hesitação no corpo do agricultor quando apoia um dos braços de Jens sobre seu ombro e o arrasta encosta acima; o rapaz cambaleia atrás deles, não deve ter mais do que duzentos metros até a propriedade, uma subida agradável nos verões, quando tudo se torna verde e o céu é todo azul, mas uma longa viagem agora, dez ou vinte quilômetros, o agricultor precisa parar duas vezes para recuperar o fôlego, o cão salta em volta deles, uma orelha voltada para baixo, a cauda enrolada e a língua pendurada pra fora da boca; é excitante receber visitas, há cheiros novos, mexem-se de modo diferente; provavelmente, ladraria se seu dono não parecesse tão sério. Mas é claro que é muito difícil não ladrar, o cão salta para o lado e engole vários punhados de neve para se conter. O agricultor para numa elevação branca, estica a mão e, como que por magia, um corredor escuro abre-se diante deles; é um elfo?, murmura Jens, quase irreconhecível sob o gelo e a neve.

O corredor é estreito e Jens tem que atravessar sem apoio, coisa que faz, mas, quando chegam à cozinha, afunda-se no chão e fica simplesmente deitado. Os sacos com a correspondência, diz apenas. Eu vou... buscar, responde o agricultor, relanceando uma mulher que está de lá pé; ela faz que sim com a cabeça e parece perceber tudo. A cozinha é escura e bastante apertada para os três, em especial quando a mulher se ajoelha junto ao forno de pedra e começa a soprar para reacender o fogo; o forno ainda está quente depois do jantar. Tivemos alguns problemas, revela o rapaz, aproximando-se do forno, aproximando-se do calor, aproximando-se da vida. Sim, articula a mulher, olhando para ele, caso contrário, dificilmente aqui estariam. Ele não parece bem, molhou-se?, pergunta ela, olhando para Jens, e depois para o rapaz. Nosso barco quase virou, responde o rapaz, e o Jens foi lançado para fora; este aqui é o Jens, acrescenta ele, apontando com a cabeça para o carteiro. A mulher olha de novo para Jens e continua a soprar. O rapaz apoia-se na parede, ouve um ruído débil proveniente da mesa; ratos, sem dúvida, há imensas frestas entre as pedras empilhadas, algumas delas úteis para guardar pequenos artigos, incluindo dentes de leite das crianças, para assegurar a longevidade deles. Ele fica encostado à parede e observa a mulher cuidando do fogo. As mulheres aqui no fim do mundo

135

sabem como acordar o fogo do sono e o fazem todas as manhãs há muitas centenas de anos. Lá fora, no mundo, grandes homens contemplaram o homem e o universo, descobriram planetas; foram criados versos; imperadores, reis e generais destruíram a vida à sua volta. Assim subiu e desceu a história mundo afora, os anos se juntam em séculos e, durante todo o tempo, as mulheres aqui no fim do mundo acordaram diante de Deus e dos homens para se ajoelharem à lareira e soprarem os pedaços de feno aos quais tinham confiado o fogo na noite anterior. Pode demorar até uma hora a despertar o fogo de manhã; sopram até começarem a suar, sopram mas não desistem; o que é a vida sem fogo e rodeada de gelo? Sopram e cansam-se; seus olhos brilham quando enfim surge a fumaça, ou ficam molhados quando a fumaça lhes cai sobre rosto ao mesmo tempo. A fumaça faz chorar. É bom chorar aqui. As crianças morrem, os sonhos morrem, o brilho desvanece e desaparece e aqueles que não choram se transformam em pedra. Elas sopram as fagulhas e choram porque conseguimos acordar da morte o fogo, mas não as pessoas.

O brilho do fogo recentemente ressuscitado ilumina o rosto da mulher; é tosco, seus lábios são grossos e estão cortados, ela deve semicerrar constantemente os olhos castanhos para ver através da fumaça. O fogo também ilumina os pregos nas vigas; lá pendurados durante o outono e até o fim do inverno, próximo da chaminé onde a fumaça é mais forte, estão sacos de linho, cheios de salsichas e carne; contudo, agora não sobra nada além de pregos vazios, e, na viga mais interna, um pedaço de couro com que serão feitos sapatos na primavera. Jens começa a tremer. A mulher olha para ele, aparentemente distraída, sua face direita iluminada pela luz do fogo, a esquerda na escuridão parcial; ela está simultaneamente rejuvenescida pelo brilho e envelhecida pela escuridão. Então levanta-se, ajoelha-se junto a Jens, enfia a mão por dentro da roupa gelada dele e sente o frio; ajuda-me a despi-lo, pede ela, e Jens não faz nenhuma objeção quando começam a arrancar sua roupa semicongelada. Surgem três rostos de crianças e seis olhos arregalados de curiosidade; toca a voltar para a cama, ordena a mulher, como se as estivesse vendo, embora esteja de costas para elas. Em seguida, Jens fica todo despido, está nu, este grande homem, ninguém o vê assim há muitos anos, exceto talvez Salvör, na descrição da divisão familiar e três vezes à luz da noite de verão. Braços robustos, pernas fortes, ombros largos e musculosos, e agora tão fraco quanto um velhote. Juntos o levam até ao quarto; não está tão quente quanto a cozinha. O agricultor reaparece e Jens murmura qualquer coisa, nu e indefeso, as crianças observam de uma das camas e uma delas, a mais nova, começa a tossir; primeiro, duas tossidelas bruscas, para se livrar do catarro na garganta, mas então a tosse aumenta e torna-se tão contínua que a criança não consegue respirar. Mamã!, gritam as outras crianças, mas a mulher já se esgueirara por baixo do braço de Jens, que teria caído no chão como um saco se o agricultor não o tivesse agarrado. Ela pega a criança, deita-a sobre o ombro, o rosto da criança está vermelho mas os lábios estão azuis; ela sussurra algo, acaricia firmemente suas costas e a tosse diminui, consegue respirar de novo, sua vida não foi para lugar nenhum. A mulher pousa a criança com gentileza, vira as costas aos visitantes e os seis olhos das crianças e os dois do cão observam Jens ser deitado naquilo que deve ser a cama do casal. Tem que se deitar ao lado dele, diz ela ao rapaz; tenho?, pergunta ele, quase horrorizado. Ele precisa de calor junto do corpo; é o único modo de lhe tirar o frio; já morreram pessoas por menos. A mulher olha de soslaio para o rapaz, à espera de uma resposta; ele observa Jens, tremendo por baixo da coberta, de olhos fechados, o rosto pálido de morte. Em seguida, o rapaz começa a se despir; o frio matou pessoas demais neste país. O casal vai para a cozinha, as crianças e o cão continuam a olhar para o rapaz, a mais nova tossindo de novo, seus irmãos se levantam mas voltam a se deitar quando a tosse diminui, e então o rapaz já retirou tudo exceto as cuecas, não as tira, oh não, está fora de questão, ele deve se deitar encostado em Jens, nunca se sabe que direção tomarão os sonhos, e alguns deles têm efeito perceptível no físico masculino. Pensem só na humilhação que seria se ele sonhasse com Ragnheiður quando estivesse muito perto do carteiro, como sonhou com ela na outra noite, depois da qual teve que descer ao porão e lavar as cuecas por entre ratos moribundos. Sente-se quase indisposto ao pensar nisso, enfia-se logo por baixo da coberta, ao lado de Jens, resiste, com dificuldade, à tentação de ver melhor os livros acima da cabeceira da cama, provavelmente uns trinta, e, em vez disso, embrulha os braços em volta do grande tronco, inspira profundamente quando sente o frio, é quase como abraçar um cadáver. Ele não se mexe, concentra-se em afastar o frio daquele corpo robusto, e está tão concentrado que mal ouve o sussurro enérgico das crianças e a tosse que a mais nova tenta constantemente acalmar, não está escuro no quarto, nem claro. Três candeeiros a óleo estão pendurados na parede, sua luz é tão opaca que lembra idosos nas últimas, a janelinha está escura e com neve e quase toda a casa está recoberta por um pesado manto de neve. Mas quanto mais neve se amontoa em torno e sobre a casa, mais difícil é entrar o frio, o gelo implacável, o frio da morte. Em invernos com muita neve, costuma estar mais quente nestas casas escavadas na terra do que nos edifícios de madeira da Aldeia, onde tudo gela a não ser a prata, o sangue e o desejo sexual. Os olhos do rapaz estão fechados, seus braços rodeiam o grande carteiro, esfrega de vez em quando o peito porque sob ele está seu coração, e, como se lembram, o coração não tolera bem o frio. Não muito longe, uma vaca muge, o celeiro deve ficar logo ao lado da cozinha; é um longo mugido, onde está a luz, pergunta a vaca, onde está a primavera, não havia antes relva verde?, e depois inspira desconsolada o feno, os fios de feno que não atiçam memórias da relva do verão. Sobra pouco das reservas de feno, mas a vaca recebe o melhor do que sobra, as ovelhas têm que se contentar com algo pior. Volta a mugir e então fica tudo em silêncio, com exceção de alguns ruídos baixos provenientes da cozinha. As crianças dificilmente estariam dormindo. Ele põe-se à escuta, não ouve nada e fica triste, porque as vozes das crianças são sempre uma luz na vida; segura a respiração para ouvir melhor e depois ouve a tosse contida, muito mais perto do que antes. O rapaz vira-se para olhar, e os quatro, as três crianças e o cão, estão sentados no chão, mesmo ao lado da cama, imóveis como pedras, olhando silenciosamente para o visitante. Oito olhos, cheios de curiosidade, e a língua do cão grande, pendendo da boca. A criança mais velha, uma menina com sete ou oito anos e com olhos castanho-escuros, segura sua irmã mais nova, que treme com ataques de tosse contidos nos seus braços. O homem grande vai morrer?, pergunta o rapazinho, que tem talvez seis anos e também os olhos castanhos. Esperamos que não, responde o rapaz. Isso é bom, porque seria difícil levá-lo daqui para fora, teria que ajudar a mamã e o papá. Ninguém está autorizado a morrer, consegue dizer a menina mais nova antes que um ataque de tosse leve sua voz, e desta vez a tosse não diminui até seu pai entrar, pegá-la no colo, deitá-la sobre o ombro e acariciar firmemente suas costas; em seguida, a tosse diminui um pouco, ela consegue abrir os olhos e olha longamente para o rapaz, seus lábios estão quase azuis; ela também tem olhos castanho-escuros, que fazem lembrar o verão.

O rapaz ainda não deve adormecer. Tem que comer, e se possível Jens também; mingau quente, cabeças de bacalhau cozidas até virar fiapos e misturadas com centeio e leite. O rapaz come rapidamente, o corpo exige isso, mas Jens limita-se a balbuciar e não há quem o faça comer, encolhe-se todo, afunda-se de volta no sono e procura ali algo quente, algo que brilhe e possa afastar o frio dos ossos, o beijo frio do mar. Ele afunda-se no sono; lá no fundo divagam homens afogados, sussurrando seu nome sem parar. Lá fora, sob a neve, já é noitinha, e a verdadeira noite se aproxima. A vaca muge, não muito alto mas por um longo tempo; onde está a luz?, volta a perguntar. Não se passa assim tanta coisa na cabeça de uma vaca, apenas algumas frases continuamente repetidas, mas as vacas fazem perguntas sobre o que importa, e costuma ser relaxante sentarmo-nos com elas, a rotina as deixa felizes e a felicidade é um tesouro que todos os homens procuram sem cessar. As crianças estão agora na cama, dormirão na mesma cama esta noite, graças a nós, pensa o rapaz, e seus sussurros enérgicos não param até que a mãe começa a lhes contar histórias de uma terra onde sempre faz bom tempo; até a chuva é quente, e quase tudo é bom, exceto uma bruxa e seu bando, que querem roubar crianças e fazer coisas terríveis, e que são vermelhos como o ódio e seus olhos ardem; suas mãos são patas longas e afiadas como lâminas. Ninguém na história pode morrer, diz a menina mais nova. A voz serena da mãe enche o quarto e as crianças escutam, o cão escuta, a vaca no celeiro escuta, tal como o agricultor e o rapaz, que respira pela boca aberta. Então a história termina, ninguém morreu, é assim que as histórias conseguem ser superiores à vida; os candeeiros são apagados e a escuridão apodera-se de tudo. O cão deita-se, encolhe-se, geme um bocadinho para si mesmo e está ansioso por dormir. É raro os cães terem pesadelos; sonham simplesmente com bons nacos de carne, o céu azul, mãos macias e com correrias. Nenhum dos habitantes nem o tempo lá fora fazem barulho algum, mas então a menina mais nova tosse. Primeiro, de um modo meio abafado, baixinho, como se tentasse conter a tosse, evitá-la, o que é uma luta inútil, e então ela tosse um pouco e volta a tossir, é notável como tamanha tosse pode estar contida dentro de um corpo tão pequenino. Alguém senta-se na escuridão, diz alguma coisa, a tosse diminui aos poucos mas demora muito a desaparecer de todo. O agricultor passa a murmurar; sua voz está completamente livre de hesitações, é tão suave quanto a água morna, de boa vontade Te seguirei:

De boa vontade Te seguirei,
Pai, até a Tua glória;
Com a Tua mão na minha, Deus, ficarei,
Salvo seja eu até o fim da história.

O sono chega lentamente a esses seres humanos por baixo da neve e entra na casa subterrânea.

Com a Tua mão na minha; nossas mãos estão esticadas há décadas, mas ninguém as segurou, nem Deus nem o Diabo.

O rapaz está quase adormecendo. Está ele deitado, quase nu, junto ao grande corpo do carteiro regional, com quem, até ontem, mal tinha falado. Ele segura-se com força ao corpo frio, frio devido ao beijo do mar, o frio está infiltrado nos ossos dele e pode trazer a morte. Ninguém está autorizado a morrer nas histórias, mas as paredes da cozinha contêm os dentes de leite de uma garotinha que morrera exatamente um ano antes. O rapaz pensa na irmã; lembra-se de como ela ria e depois adormece.

Dorme no quarto de toda a família em Vetrarströnd.

A distância, parece um glaciar contínuo e sem vida. No entanto, ali está ele, e um cão respira no chão e as pessoas nas camas, tem uma vaca no celeiro e em algum lugar por baixo da neve estão dois currais com ovelhas. As coisas eram assim: às vezes, a vida não é visível até se chegar mesmo à beira dela, e é por isso que nunca devemos julgar à distância.

Ele acorda com o aroma de café e está sozinho na cama. Continua lá deitado enquanto os sonhos se evaporam e ascendem ao paraíso onde os anjos os leem, mas esperançosamente apenas para divertimento próprio, não para anotar e lê-los no dia do juízo final, para desgraça da maioria dos homens. Em seguida, ele se senta e olha em volta. Jens está sentado na cama em frente; está vivo, ainda brilha o candeeiro a óleo no seu peito. Os olhos deles se encontram mas não dizem nada; as palavras podem também ser muito incertas — há uma separação entre as palavras e o que se mexe dentro de uma pessoa, essa distância muitas vezes deu origem a mal-entendidos, chegou até a destruir vidas. É por isso que, às vezes, é melhor não dizer nada e confiar nos olhos de uma pessoa. Jens está examinando os sacos com a correspondência; as três crianças estão sentadas tão perto dele quanto lhes permite o atrevimento; à sua frente, no chão, o cão, atento, tem os olhos fixos no carteiro, que remexe num dos sacos e depois retira de lá de dentro, como um mágico cheio de recursos, um papel branco e vazio, pousa-o na cama e diz, podem ficar com ele. As crianças não se mexem, olham para o papel, nunca tinham visto uma folha de papel branca e vazia como aquela, até aquele momento só puderam desenhar ou escrever nas margens das poucas cartas que haviam sido entregues, desenhando talvez animaizinhos nos cantos, mas agora estava ali à disposição delas uma folha inteira, uma folha em branco, e provavelmente seria possível pôr uma vida toda numa folha daquelas. E ainda tem dois lados! No entanto, estão admiradas demais para agradecer, por isso o cão aproxima-se de Jens e enfia o focinho na sua grande palma da mão. Sim, sim, diz o carteiro embaraçado, e o rapaz veste sua roupa.

Serviram mingau e café. O agricultor não diz nada, a maior parte do tempo olha para o colo; é baixo e magro. A mulher chega do celeiro trazendo leite quente, tirado diretamente da vaca; o animal muge atrás dela, onde está a luz, onde está a primavera, não havia antes relva verde? O rapaz come lentamente e lê o título dos livros que se encontram em cima da cama, *História da humanidade*, de Páll Melsteð, *Os sermões de Vídalín*, *Os cânticos da paixão*, quatro antigas sagas islandesas e várias coletâneas de poesia. Ele pousa sua tigela, folheia dois livros, procura poemas, busca o que pode alargar o mundo, mexe os lábios enquanto lê, procura e encontra os olhos da mulher, que olha para ele tão firme e curiosamente que ele se sente envergonhado, volta a colocar o livro no lugar e encaminha-se para a porta, o corredor baixo e estreito abre-se para um dia tão branco com neve que seus olhos ficam ofuscados e tem que piscar por muito tempo para acostumá-los à luz. Quase calmas e frias, as nuvens pendem pesadamente sobre o mundo, mal se aguentando lá no alto e descansando aqui e ali nas montanhas, o mar plúmbeo com respiração pesada. Está nevando?, pergunta Jens do corredor, e depois sai, alonga o corpo, semicerra os olhos. Não, nem um único floco de neve, responde o rapaz, quase em tom triunfante, ao mesmo tempo que os primeiros flocos do dia caem das nuvens. É melhor eu não dizer nada, murmura o rapaz, antes de voltar a descer o corredor escuro.

Então estão prontos para partir.

A roupa deles está seca; a mulher a secou no forno de pedra e barro, seu nome é María, como a mãe de Jesus, de quem se diz ter libertado a humanidade, embora ela não pareça estar particularmente livre neste momento — quem voltou a nos acorrentar? Mas a amante de Jesus também se chamava María; é um nome bastante importante. Ela entrega ao rapaz um papel dobrado; temos uma conta na loja em Sléttueyri, diz ela; às vezes, eles têm livros. Não sei quando irei lá da próxima vez, poderia escolher talvez três livros de que goste, de preferência poesia, para eu ler? Acha que sei escolher direito?, pergunta ele. Eu vi como você leu, responde simplesmente ela, umedecendo os lábios com a língua; estão rachados, como se o tempo tivesse passado sobre eles com uma lixa áspera. Ela não retira seus olhos castanhos do rosto do rapaz; escolhe alguma coisa, pede ela com voz um pouco rouca, que seja... diferente, que... onde as palavras não permaneçam imóveis na página mas, em vez disso, voem até o céu e nos deem asas, embora nós talvez não tenhamos céu para onde voar. Sim, María, diz ele, porque ele quer dizer seu nome; é um grande nome. O agricultor, por outro lado, chama-se Jón, não é um grande nome e é tão comum que na verdade deixou de ser um nome há muito tempo. No entanto, este Jón está feliz por não ter outro nome mais importante; o nome não atrai as atenções sobre si, algo a que ele está eternamente grato. Está de pé com as mãos nos bolsos quando eles se despedem e agradecem, encosta-se à parede o mais longe possível que consegue do candeeiro a óleo, mas então María acende um candeeiro de querosene, talvez desejando se despedir com dignidade e até providenciar melhor luz para as crianças, que estão entusiasticamente sentadas em volta do papel, um momento importante demais para deixar passar à meia-luz do candeeiro a óleo. Eles discordam quanto ao melhor uso a dar ao papel: escrever versos, poemas, desenhar alguma coisa, talvez um pouco de cada, sugere a mãe, e então a menina mais nova vai dizer algo, mas um acesso de tosse a interrompe mais uma vez. Jens deixa algum dinheiro em cima da cama do casal, fica por conta do quarto e da comida, declara ele, e ambos desviam o olhar, porque não é fácil ser pobre. Em seguida, vão lá para fora, mas o rapaz fica com a sensação de que se esqueceu de algo e volta a entrar; as crianças, curvadas sobre o papel, calam-se de imediato quando ele reaparece, e ele pousa em cima do papel uma moeda de uma coroa. Não desperdice, dissera Helga, e ele não o desperdiçou.

4

Eles percorrem o caminho pela neve, e o vento, é claro, acordou e começou a se divertir lançando rajadas com neve, transformando a paisagem, enchendo o céu em volta com neve e tornando as coisas difíceis para as pessoas e para os animais. Onde está a luz, onde está a primavera, e não havia antes relva verde? O rapaz vira-se para trás e olha para a propriedade; quem sabe, talvez pela última vez, esta casa de turfa que contém cinco vidas, não, seis; contaremos o cão, e digamos então sete, por que não contar a vaca, sete vidas; como correrão as coisas para eles, como correrá a vida para todos aqueles olhos castanho-escuros, e aquela tosse não era horrível demais? Ele se vira para olhar, com essas perguntas, e esse medo, mas a casa desapareceu. Eles não se distanciaram muito, porém a neve leva tudo consigo, a casa desapareceu completamente e ele talvez nunca mais volte a ver aquelas pessoas, ou o cão, ou a vaca, que ele, na verdade, nunca viu, apenas ouvira suas perguntas insistentes. Eles continuam a andar em frente e não veem mais nada além de neve. O rapaz vê as costas de Jens, enquanto ele segue na dianteira;

sempre em frente, é fácil encontrar aqui o caminho, embora se esteja completamente cego, com a montanha de um lado e o mar do outro; a estrada do meio é a certa; nem para cima, nem para baixo. Dez quilômetros, declarara Jón, que demorou algum tempo a dizê-lo, especialmente para falar o "qui"; entretanto, ele não olhara para cima, com as mãos enfiadas nos bolsos e parecendo frágil ao inclinar-se na direção das sombras. Algumas pessoas são conchas fechadas, cinza e indistintas à superfície, fácil de serem julgadas, mas há possivelmente um núcleo brilhante que poucos, talvez ninguém, acabam por conhecer. Mas dez quilômetros... São pelo menos três horas nestas condições, com este tempo, quatro não está fora de questão. O saco repousa pesadamente no ombro do rapaz, Jens transporta dois e parece não sentir nada; ele segue em frente, de modo destemido; as pessoas deixam que as aparências as enganem e é por isso que os homens grandes e robustos parecem inconquistáveis. O rapaz precisa usar toda sua força para não ficar para trás; às vezes concentra-se nos pensamentos e perde momentaneamente Jens de vista. O vento vem uma vez mais do norte, soprando um frio polar sobre eles, soprando sobre as montanhas que se erguem à direita, a neve sopra sobre os cumes e até sobre as poucas casas que se erguem na costa, sobre os dois homens que cambaleiam para diante, o da frente olhando para a direita, o homem que segue atrás mantendo a cabeça baixa e pensando em *Otelo* e *Hamlet*, e murmurando palavras dessas obras; é bom mexer os lábios, desse modo não ficarão congelados e colados um ao outro. Há palavras, diz ele à tempestade de neve, que alargam o mundo e mudam a paisagem humana, mas então dá por si pensando apenas em Ragnheiður. Nos olhos cinzentos dela, mas, infelizmente, muito mais nos peitos, os quais uma vez o fizeram sentir-se bem, embora decerto não o suficiente; ele mexe as palmas das mãos inconscientemente dentro das espessas luvas de lã. Como é que se toca em seios e o que se faz com eles? A humanidade está constantemente sendo relembrada de sua insignificância perante as grandes questões. O rapaz esqueceu tudo sobre as possibilidades das palavras quando esbarra em Jens, que está parado, olhando em volta. Vejo alguma coisa, sussurra Jens. O quê? Não sei, algo se mexeu. O quê? Raios, eu não sei, uma sombra ou qualquer coisa assim; captei só um vislumbre, e depois desapareceu. Olham ambos em volta, inclinam a cabeça, tentam desse modo proteger os olhos e ver melhor, deixam que seus olhares deslizem por entre os flocos de neve, até a neve soprada. Estava... estava vivo?, pergunta o rapaz, de súbito hesitante. Que inferno, sussurra em resposta Jens, não seja infantil. Eu não tenho culpa de haver fantasmas! Jens não responde a esse último comentário e olham em volta, o mar está arquejante, em algum lugar por atrás da neve. Ali!, exclama o rapaz, apontando para uma forma que desaparece no mesmo instante. Ei!, grita Jens e, pouco depois, uma voz responde com relutância, Ei! Eles não se mexem, veem apenas o mar, esperam, o rapaz mexe os lábios mas então a voz volta a gritar, Estão vivos ou mortos? Boa pergunta, murmura o rapaz, mas Jens grita furiosamente em resposta, Raios, é claro que estamos vivos! A forma aproxima-se, lenta mas implacável, e adquire uma forma humana, embora branca como a neve; a cara, vermelha do frio, apresenta-se diante da deles e os lábios dizem, não é preciso ficar zangado, estava apenas perguntando; mas quem é você, oras? O carteiro responde que se chama Jens. Sim, agora vejo os sacos; o homem olha para eles e vê os sacos com a correspondência cobertos de neve. Não segue o percurso normal; e onde está Guðmundur?

O homem é um agricultor do litoral, um vizinho de Jón e María, três quilômetros separam suas terras e vários milhares de toneladas de neve. Jens pegou a garrafa; bebem todos um gole, incluindo o rapaz. O agricultor bebe um gole bastante grande mas, ainda assim, sente-se abatido; ele perdeu um de seus redis com ovelhas, é por isso que enfrenta esta tempestade incessante, ele construíra um ovil no último verão por baixo de uma extensão de rocha, talvez não tenha sido inteligente, admite de pronto; o redil alojava quarenta ovelhas, eles tinham ouvido algum balido na neve? Não, responde Jens, e o agricultor volta a fazer a mesma pergunta, porque perder um ovil não só dói como é completamente humilhante. Eu deveria ir buscar o cão do Jón, comenta desesperado o agricultor, e é quase levado pelo vento forte que sopra pela encosta abaixo. Talvez consigamos ajudar, diz o rapaz; isso seria bom, responde agradecido o agricultor, parecendo até mais contente. Eles estão dispostos num semicírculo, trocando algumas palavras, a neve agressiva empurrada pelo vento os obriga a olhar para baixo; é melhor, sugere o agricultor, que sigamos nesta direção, porque... ele afasta-se, apontando em frente, e o vento corta o que quer que estivesse dizendo, e seus contornos se tornam imediatamente difusos na neve, como se estivesse a se dissolver. Espera!, grita Jens, e eles correm atrás do agricultor, vagueiam pela neve, mas o agricultor desapareceu na brancura, como se fosse uma alucinação. Olham um para o outro, olham em volta, gritam várias vezes, Ei!, está aí?, e o vento responde, sim, estou aqui! Esperam, escutam e arrefecem. Ele estava vivo?, pergunta o rapaz com tom hesitante, mas Jens abana-se; María não conseguira secar completamente sua roupa e o frio do dia anterior espalha-se, como se houvesse se aninhado em seus ossos e estivesse agora a caminho de suas veias e órgãos. Temos que continuar, decide ele, por fim, e é isso que fazem, continuam a caminhar pela neve, escolhem uma direção, o que acham ser uma direção, mas de ambos os lados estão o mar e a montanha, tornando quase impossível que se percam — e alcançam a vila piscatória em três horas.

Entram na primeira cabana de pesca, pedem um cavalo e perguntam onde fica a casa onde mora um tal Jónas, que se intitula a si próprio como o chefe postal de Vetrarströnd; está ali, dizem os pescadores, apontando para a neve que cai; sim, e quem é que não está ali?, pergunta Jens, e eles voltam a sair para a brancura. Não há barcos no mar, os homens estão à espera, ociosos nas cabanas, escutando a neve amontoando junto aos edifícios e o vento atirando neve sobre eles; a primavera aproxima-se mas a vida está sendo enterrada cada vez mais fundo por baixo da neve, e não é certeza que a primavera volte a conseguir nos desenterrar vivos.

Jens e o rapaz vagueiam à procura de uma casa que nunca viram; o Jónas não é avarento com o óleo, conhecê-la-ão pela luz, disseram os pescadores otimistas na cabana de pesca seguinte a que chegaram, os quais apontaram para a neve e falaram de luz, mas, fora isso, mal levantaram o olhar das cartas, apontando e agindo como se não houvesse nada mais óbvio do que encontrar uma luz neste mundo. Jens e o rapaz passam por cima da igreja sem notar sua presença. Sentem simplesmente uma ligeira forma de colina, uma inclinação por baixo dos pés; suponho que seja um monte de esterco, pensa o rapaz, mas ao mesmo tempo rejeita a ideia; dificilmente haveria ali tantas vacas que conseguissem criar um monte tão grande em apenas um inverno. O esterco e Deus estão relacionados por natureza; a relva cresce a partir do esterco, fica verde, torna o mundo um lugar melhor e mantém nossa vida durante os longos invernos, e Deus faz o mesmo por nós. Dificilmente poderá ser um grande pecado confundir esterco e Deus, e, no entanto, como que por castigo, o rapaz atravessa a cobertura de neve; de súbito, há apenas ar por baixo dele, e o ar nunca segurou ninguém. Ele grita com medo e cai de cabeça, está de pé ao lado de Jens num minuto e, no seguinte, simplesmente desapareceu. Para onde você foi?, grita

o carteiro na direção da neve, o que aconteceu? O rapaz levanta-se com custo, cospe neve, prageja e grita, Jens, onde está? Estou aqui, onde você está? Aqui!, grita o rapaz, incapaz de pensar numa resposta melhor.
Onde?
Aqui!
Onde?
Aqui!
Aqui onde, raios?!
Aqui, ora!
E é assim que se encontram, duas almas perdidas neste mundo que se reencontram e ficam aliviados, mas que, no entanto, agem como se nada tivesse acontecido; foi estúpido desaparecer assim, observa Jens todo carrancudo, mas acrescenta automaticamente, desculpa. Está tudo bem, diz surpreendido o rapaz, contente com esta palavra, "desculpa", que percorre um trajeto tão longo e é tão sólida que pode ser usada para construir muitas casas e muitas pontes, tão grandes que se estendem ao longo de continentes e suportam grandes tempestades. Jens, contudo, não está falando com ele, e sim com a igreja; estão, na verdade, diante de uma janela partida e veem Jesus na cruz, embora vagamente. Está escuro lá dentro, o que lhes permite ter apenas um vislumbre do altar e do pequeno púlpito, que está coberto de neve; o sermão do dia é branco e frio. É uma igreja, constata o rapaz, como se tivesse feito uma descoberta importante. Sim, é, responde abreviadamente Jens, e ele tem razão, há ali uma igreja, por entre cabanas de pesca e casinhas, uma igreja de turfa com assentos para doze pessoas, o que é apropriado, tendo em conta que havia doze apóstolos; nenhuma igreja deveria ser maior. O pastor de Vík vai ali duas vezes por ano falar sobre Deus, mas nunca no pico do inverno; nessa altura, apenas a neve profere missa do púlpito, e o vento do telhado. A igreja não su-

porta bem as tempestades de nordeste; as janelas partem-se muitas vezes, o telhado afunda-se sob o peso da neve, e, no inverno, o edifício assemelha-se a um velhote cego prestes a ser engolido pelo tempo. Mas é certo que os desígnios de Deus são insondáveis; se não tivessem dado por acaso com a igreja, se o rapaz não tivesse caído de cabeça de cima dela e se não tivessem gritado um pelo outro como almas perdidas num mundo imenso, teriam possivelmente vagueado por entre as cabanas de pesca à procura da luz que os pescadores mencionaram, sentindo-se cada vez mais enregelados e cansados, os sacos com a correspondência mais pesados a cada passo, a cada minuto, e o coração de Jens teria começado a se cansar, o ataque do gelo ficaria mais pesado; e o inverno e a brancura os teriam desencaminhado, e teriam vagueado para fora da pequena aldeia e morrido com frio. Contudo, a igreja faz o rapaz cair; Jens e o rapaz gritam um pelo outro e pouco depois um homem vai encontrá-los, e o homem é precisamente Jónas, o chefe postal de Vetrarströnd e o chefe desta aldeia piscatória. Não reconheci as vozes, disse ele, depois de levá-los para sua casa, que se localiza a curta distância da igreja; eles viram a luz na janela quando Jónas apontou para ela. Os descrentes raramente veem a luz sem ajuda. Não, não as reconheci como pessoas daqui da aldeia ou de qualquer parte de Vetrarströnd, e acreditem em mim, conheço-os todos e tive certeza de que este era um caso de homens perdidos, mas quem andaria no exterior com um tempo destes?, disse eu à minha mulher, e respondi a mim mesmo de imediato, não me diga que é o carteiro, e cá estão vocês!

Eles pousam alegremente no chão os sacos e sacodem a neve de cima da roupa, é uma casa de madeira de dois andares que range acolhedoramente ao vento; como num navio, diz Jónas. Como num navio, meus rapazes, e, por favor, sigam para a sala, está quente e iluminada, como no paraíso! Talvez esteja também quente e luminoso no inferno, pensa o rapaz; o candeeiro a óleo brilha na sala, uma mulher entroncada está sentada junto à lareira e boceja. Este é o carteiro, como eu disse, minha querida, e vocês vão para a charneca, rapazes, bem, ela, na verdade, não está muito bem-disposta agora mesmo, coitadinha, e não apresenta seu melhor comportamento! Jónas acena com a mão e eles não percebem se está falando da charneca ou da mulher, que volta a bocejar carrancuda; ela mal responde aos cumprimentos, ergue-se lentamente e vai para a cozinha, sim, sim, diz o marido, agora comerão alguma coisa, é claro que devem estar com fome e frio, um homem fica com fome e frio em dias destes e eu lhes darei luz, calor e comida; ah, esta é a minha querida Ingibjörg, declara ele quando a mulher se afasta deles.

Jens vai buscar um dos sacos e retira lá de dentro as cartas e os embrulhos que de verão ser entregues ali, e Jónas verifica tudo entusiasticamente enquanto comem, enquanto se alimentam e sentem com prazer seus corpos se aquecerem junto à lareira. Ele separa os jornais e examina os endereços escritos nas cartas que saem do saco, murmura os nomes dos moradores, não há muitas cartas, na verdade, apenas seis, e uma delas fala sobre morte, outra sobre traição. A terceira: tenho saudades suas, muitas e muitas. A quarta fala de problemas respiratórios e de mingau queimado. A quinta: as crianças são difíceis, o Siggi é um sacana, e quando receberei uma carta sua? A sexta irradia tanta vida que Jónas sente claramente as pontas dos dedos tremendo.

Então terminaram de comer, seus corpos se aqueceram e Jens quer partir para chegar a Vík antes de anoitecer. Com este tempo?!, exclama Jónas, tão admirado que tem que parar no meio da frase, provavelmente a décima história que lhes contou enquanto comiam e se aqueciam; têm assim tanta certeza de que a charneca e a montanha querem companhia hoje? Jónas é baixo, chega apenas ao peito de Jens, mas levanta-se muitas vezes nas pontas dos pés, só por um momento, como que para aumentar sua altura, como que para dizer ao mundo: tenho, na verdade, esta outra altura. Ingibjörg, mais uma vez, está sentada junto à lareira; sentou-se quando eles se levantaram e agora concorda com a cabeça quando lhe agradecem a comida, mas não olha para eles, aproxima-se o máximo possível da lareira e absorve o calor, com o qual a vida é talvez um pouco avarenta demais. O rapaz observa discretamente sua expressão carrancuda. Suas pálpebras começaram a cair sobre os grandes olhos. Jónas fala, fala e fala, a charneca isso, a montanha aquilo, ele quer que passem lá a noite, que durmam durante a tempestade, sim, sim, deveríamos arranjar alguma coisa de que falar, há muitas histórias no mundo, havia, deixem-me que lhes diga, uma mulher aqui nestas paragens mais a norte que precisava arranjar um medicamento, seu marido tinha uma dor de dentes tão terrível que não conseguia fazer nada a não ser ficar deitado na cama, com a cara inchada, sim, na verdade, não conseguia se manter deitado e não havia homens em volta, estavam todos no mar, e os seus dez filhos eram novos, o mais velho com onze ou doze anos e o mais novo com a idade apropriada, estão percebendo, e o tempo estava feio, as piores condições atmosféricas para subir montanhas, um frio gelado e a mulher com leite nos seios, penso que sabem o que isso significa, uma mulher com leite nos seios não deve se expor ao frio, ela tinha que ter cuidado e é mortalmente perigoso andar nas montanhas no meio do inverno, estão percebendo, era pelo menos uma caminhada de quinze horas até o médico, e esperem um segundo, então... Porém, Jens aproveita-se de imediato da hesitação de Jónas, da brecha no seu fluxo cerrado de palavras, e diz, vamos embora, não devemos nos atrasar, e onde está o cavalo?

A mulher cochila junto à lareira quando partem.

5

Tem que acreditar em nós quando afirmamos que, aqui, as charnecas podem ser adoráveis no verão e muito bonitas com narcejas no ar, gotas de chuva na relva, um ribeiro correndo silenciosamente entre margens relvadas, arbustos em toda a volta, como cães adormecidos, e todos os sons tendendo de algum modo para o silêncio. Aquele que atravessa as charnecas num calmo dia de verão sob o sol pode sentir que chegou ao paraíso. Há também as noites de inverno tranquilas e sonhadoras sob a lua e milhares de estrelas que brilham como velhos poemas sobre a terra, mas tempo assim e algo tão bom pertenciam a uma existência à parte, a um sistema solar à parte quando Jens e o rapaz se afastaram da aldeia piscatória e sentiram a terra erguer-se com suavidade sob seus pés. Muitas vezes, o rapaz não vê nada além de flocos de neve e, às vezes, apenas seu próprio braço e a cauda do cavalo cinzento que Jens conduz na tempestade, na precipitação, na neve que o vento atira sobre eles, os que são obrigados a semicerrar os olhos e a virar a cabeça para sorver o ar, porque o homem precisa respirar senão morre; o fundamento da existência não é mais complicado do que isso. A égua, com dez anos, não ficou minimamente satisfeita com o fato de os homens a arrastarem para fora do estábulo, para longe do feno e para aquela tempestade. Um pouco maldisposta, a cinza, dissera Jónas. E como se chama a égua? Já disse, Cinzenta, e ela conhece a charneca, a montanha e o tempo daqui, vocês deviam lhe dar atenção e esperar até amanhã. Mas Jens não disse nada; limitou-se a prender os sacos com a correspondência à égua, e depois Jónas, o chefe postal de Vetrarströnd, foi obrigado a observá-los enquanto partiam, triste por perder a companhia; o que deveria fazer agora, como pode uma pessoa matar o tempo, sua mulher está dormindo lá dentro, talvez prefira acompanhar seus sonhos do que o marido, que se manteve de pé observando a neve e o vento engolindo homens e égua. Ficou ali de pé com tanta tristeza na boca que teve que abri-la para aliviar a pressão.

Preferia ser desviado de um lado para o outro pela tempestade do que pelas histórias dele, comenta Jens ao rapaz, e depois não dizem mais nada, separados pela égua e pela neve que cai enquanto sobem em direção à charneca, que se encontra a setecentos metros de altura, na estrada principal entre Vetrarströnd e Vík, e sobem durante tanto tempo que se poderia pensar que iam a caminho do paraíso. Mas é claro que não vão a caminho do paraíso, sobem antes uma montanha escarpada, apenas para voltar a descer assim que possível, seguir em frente e não parar até chegarem ao presbitério de Vík. Poderiam talvez ter seguido pela costa, tateando o caminho através das rochas e por baixo dos estonteantes penhascos, mas então o mar teria sem dúvida esbarrado contra eles, os ensopando, e o frio trataria do resto, um rochedo pesado teria caído sobre eles, os esmigalhando; é melhor atravessar a charneca, aquela maldita travessia de montanha, sim, opina Jens. Param para recuperar um pouco o fôlego, mais ou menos abrigados por uma grande rocha, seguem há mais de três horas, contra o vento que se enfurece em volta como um monstro branco; a barba de Jens está toda branca, suas sobrancelhas geladas, e embora o rochedo não forneça bom abrigo, bloqueia suficientemente o vento, permitindo-lhes respirar livremente, sem que suas bocas se encham de neve. Jens parte o gelo que se solidificou na barba e nas sobrancelhas, ambos contorcem os músculos faciais, que estão rígidos devido ao frio, e deformam a cara para fazer o sangue fluir. A Cinzenta olha para eles, mas depois se vira. Ela não gosta de nós, conclui o rapaz, e depois recorda o que Jónas lhes dissera, que a charneca, aquela maldita travessia de montanha, era pouco melhor do que o percurso costeiro, ele repete a descrição porque pode ser bom falar; Jens concorda, enquanto olha para a tempestade e espera que o rapaz pare de falar; descansa-se melhor em silêncio e, além disso, as palavras conduziram pessoas demais para fora do caminho. O rapaz observa seu silencioso companheiro de viagem, para no meio de uma frase, pensa na história que Jónas lhes contara sobre Núpur durante os poucos minutos que foram necessários para que Jens colocasse a sela e o arreio no cavalo.

Meu primo, começara Jónas, agarrando o braço do rapaz como que para evitar que ele fosse embora, partiu, há vários anos, com três homens à procura de um agricultor que havia ido para a charneca, naquela maldita montanha, e não tinha voltado. Eles partiram assim que foi possível, assim que conseguiram se pôr de pé diante da fúria da tempestade, mas não o encontraram e também não esperavam encontrá-lo, tendo por certo que ele caminhara para fora da Núpur. Caminhara para fora?, perguntou o rapaz. Sim, tinha caído. O rapaz observou Jens pondo os arreios na cabeça da égua. Qual Núpur?, indagou ele então, e, durante vários segundos, Jónas ficou admirado; não conheces Núpur, rapaz, e vai a caminho da charneca tal como agora está? Vocês dois deveriam ser fechados no interior de uma habitação até a tempestade acalmar, fechados como se faz com pessoas malucas. Núpur é a montanha daqui, rapazes, não é nada mais do que a montanha, é um miradouro sobre o Dumbsfjörður, soturna sob o sol de verão ou durante as tempestades de inverno. Aqueles que tentam atravessar a charneca a partir daqui, sob tempestades de neve que cegam, como esta que está ocorrendo aqui, e que avançam demais para nordeste, uma vez lá em cima, em vez de virarem enquanto é tempo para norte, sim, esses, meu rapaz, sofrem o mesmo destino do que o agricultor que meu primo procurou, junto com três outros: eles caminham para fora da Núpur e caem! Não se consegue ver nada em tempestades como esta, isso posso eu dizer, nem seu próprio traseiro nem o de mais ninguém, está tudo branco e não se distingue o céu da terra, ainda menos se tiver vento, como é o caso agora; nesses momentos, as pessoas vagueiam, desorientadas, perdidas, até caminharem desatentas pela borda e caírem. E quão alta é a queda? Setecentos metros até à praia, uma queda livre diretamente até o mar, se a maré cheia estiver, ou, caso contrário, até os rochedos. O rapaz fechou os olhos por um instante. A menos que se aterre numa saliência, acrescentou Jónas, voltando a abrir os olhos. Tal como o agricultor, ele caiu da borda da montanha mas aterrou numa saliência vários metros abaixo, aterrou na neve, numa camada espessa e macia, intocada. Estava salvo!, gritou alegre o rapaz, contente porque a vida, apesar de tudo o resto, era misericordiosa, mesmo ali, naquela parte do mundo. Salvo, sim, pode-se dizer isso, mas apenas para morrer de fome ou congelado nessa saliência; os caçadores de ovos o encontraram lá na primavera seguinte; os pássaros tinham lhe comido alguns bocados, abençoado homem, mas o embrulho que ele levava consigo estava praticamente intacto, um embrulho do pastor de Vík, uma tradução de uma história francesa e uma carta para a Dinamarca, os pássaros não têm interesse em poesia e em lixo como esse; eles sabem o que é melhor, afirmou Jónas, agarrando-se com tanta força ao braço do rapaz que ele só conseguiu com muito custo libertar-se para seguir Jens e a égua para fora do estábulo.

Jens, diz o rapaz no meio do silêncio, temos que ter cuidado naquela maldita Núpur! Ouviu a história que o Jónas contou no estábulo, sobre... sim, sim, diz Jens, que se põe logo de pé e recua para a tempestade, puxando a Cinzenta atrás de si.

Por que tem que nevar tanto; qual é o propósito disso?

Eles continuam a viagem.

Contra o tempo, o vento, a neve, limitam-se a seguir em frente, é a única coisa que podem fazer. Continuar ou desistir. Continuar, sim, no entanto, não por tempo demais, numa dada altura têm que virar, antes que o solo firme acabe e comece um precipício. Uma queda de setecentos metros. Não é nada divertido caminhar numa brancura total, mal vendo os braços e sabendo que há um precipício em algum lugar adiante. Sabendo que o vento sopra a neve sobre os picos das montanhas, formando, com o tempo, grandes plataformas que não se quebram até a primavera, a menos que alguém vagueie desamparadamente numa tempestade de neve que não deixa ver nada. Podemos contar com pouco neste mundo; os deuses têm tendência para nos desiludir e os homens o fazem vezes sem conta, mas a terra nunca trai; pode fechar os olhos com confiança e dar um passo, ela o receberá; tomarei conta de você, diz ela, e é por isso que a chamamos de "mãe". Assim, dificilmente se consegue perceber o desespero que se apodera de alguém quando ele ou ela espera que a terra desapareça no próximo passo e que a neve ceda, para ser substituída por ar, um precipício, uma queda. O rapaz caminha atrás da égua e do homem, é óbvio demais que a charneca não se preocupa nada com eles, Jónas estava certo, não se interessa muito por companhia momentânea. A neve cai espessa, o vento a sopra em rajadas, e embora esteja gelado e a cobertura de neve endureça quanto mais alto sobem, a neve não endurece rápido o suficiente para segurar homens e cavalos; eles se afundam constantemente, às vezes apenas vários centímetros, o que já por si é difícil e frustrante, enquanto, outras vezes, as pernas simplesmente desaparecem por completo e os homens ficam presos na neve, sendo obrigados a usar toda a força para se libertarem, primeiro uma perna, depois a outra. No entanto, os homens têm poucas desculpas; têm apenas duas pernas e uma forma vertical, como se o corpo fosse parte de uma eterna contenda entre o paraíso e o inferno; têm também mãos que podem usar para se libertar. É diferente para a égua, a Cinzenta; ela tem quatro pernas, esguias para seu peso corporal, que se assenta de forma igual em todas elas, as quais escorregam facilmente para baixo e ela fica lá estendida sobre a barriga, completamente presa. Então Jens tem que puxar e o rapaz tem que empurrar, ambos se afundando e cambaleando, e a égua se debate; é muito difícil mas de algum modo conseguem, a égua é libertada, apenas para voltar a ficar presa de novo alguns passos depois. O vento enfurece-se agora, estamos nos divertindo, uiva em volta dos homens e da Cinzenta, que deixou de se mostrar hostil, é cansativo demais; nem os homens nem o animal podem se dar ao luxo da hostilidade, não podem se dar ao luxo de nada, exceto continuar em frente, lutando, indo mais ao fundo e encontrando a força necessária, encontrando um motivo para continuar, encontrando um modo de animar sua sede de viver. Os homens estão úmidos de suor, suor que se transforma numa pele gelada sempre que tentam recuperar o fôlego, permitindo assim que o vento lhes entre facilmente roupa adentro e os mate. Há um refúgio no pico da charneca, grita Jens, que é obrigado a gritar para sua voz se sobrepor ao vento, pararemos lá e esperaremos até que passe o pior! E quando deveremos virar para norte?, grita em resposta o rapaz, decerto aliviado por ouvir falar de uma cabana ali em cima, ainda mais com aquele nome: refúgio, num lugar tão longe de toda a misericórdia; mas o medo de cair da Núpur e o desconforto que sente por não ser capaz de confiar na terra penetram tão forte em seu corpo que enrijece com medo sempre que a neve cede. Antes de cairmos, responde Jens, continuando a puxar a égua, contra o tempo, o rapaz empurrando seu lombo, os músculos trêmulos de cansaço; por quanto tempo podemos continuar?, pensa ele de modo apático, virando o rosto contra o vento, empurrando e esticando e dando pontapés, e ouve-se um gemido contido da égua quando se liberta; esperneia para se erguer e o rapaz cai, cai de rosto na neve, fica deitado imóvel e acha que nunca mais conseguirá se mexer, isso é na verdade maravilhoso, é como se ele simplesmente estivesse deitado por baixo do vento; aqui na neve está tudo silencioso. Ele ouve a própria respiração pela primeira vez em muito tempo, e é tão bom, é fantástico. Então é assim que respiro, pensa ele, e nunca se sentiu tão bem; o que importam ombros de luar, o que importam as palavras e o conhecimento, quando comparados com este sentimento, esta tranquilidade? A violência e a crueldade do mundo estão logo acima, mas ele está completamente a salvo.

Porém não por muito tempo.

Jens o arranca de forma abrupta da sua cama macia, o retira do silêncio e ele fica uma vez mais exposto ao vento cortante, numa tempestade de neve que nada deixa ver, sob um frio destrutivo; Jens ergue-o e o abana como um saco vazio. Está bem, está bem, declara admirado o rapaz, para com isso, mas Jens não para, abana até com mais força o rapaz, diga alguma coisa, as pessoas não morrem quando estão comigo, mas é muito difícil compreender as palavras quando uma pessoa é sacudida tão freneticamente, e é também insuportável. Tudo isso, a neve, a montanha, o vento, é absolutamente insuportável, tão insuportável que o rapaz se enche de fúria, está quase estourando de fúria, afasta-se e depois bate em Jens com os punhos fechados dentro das luvas, duas, três, quatro vezes, e Jens consegue evitar os golpes, mas a Cinzenta olha para os dois homens com seus grandes olhos, aparentemente pensando em algo que não lhes é favorável. Em seguida, a fúria do rapaz o abandona de forma abrupta como chegou, e Jens diz com um ar bastante calmo, vamos seguir em frente, não volte a deitar. Não, não, promete o rapaz com a mesma calma, como se estivessem a conversar na rua, longe do perigo, da tempestade, do precipício. Seguem em frente. A escuridão irá alcançá-los em breve. A noite os encontrará decerto no alto; pelo menos o céu parece escurecer um pouco à volta deles, a não ser que o cansaço torne tudo mais escuro, e eles continuam a não pensar, mas por que razão haveriam de pensar? O mundo é dolorosamente simples ali no alto; perde-se toda a tristeza, incerteza, culpa, vergonha; na verdade, nada instiga o rapaz, exceto o cansaço e o medo contínuo do precipício. Ele empurra com firmeza a égua, preparado para se lançar para trás se a terra desaparecer; por duas vezes, Jens e a Cinzenta parecem evaporar-se, e ele fica imóvel no local onde está, ouve até o mar muitas centenas de metros abaixo, sente a queda escura do precipício, mas então a tempestade devolve Jens e a égua dois ou três metros à sua frente. A encosta torna-se um pouco mais íngreme, eles se dirigem para o meio da tempestade, que se torna ainda mais forte, mas o vento deixa então de soprar de frente, soprando mais de lado. O vento mudou de direção? Não, grita Jens, a égua conhece o caminho e virou! Afastou-se do precipício, pensa o rapaz, tomado de alívio; o mundo dificilmente pode ser melhor, ele é abençoado. E há, claramente, poucos limites para a gentileza adorável deste mundo, porque Jens apoia-se por um momento na Cinzenta, inclina-se em direção ao rapaz e grita, acho que estamos mais perto do refúgio!

Um refúgio!

A melhor palavra do mundo! O rapaz empurra, agradecido, a égua, que os salvará uma segunda vez.

Um refúgio. Homens bons construíram aquela cabana na charneca alta há muitos anos; homens que se preocupam com seus vizinhos, respeitam a vida e não querem que os outros morram ali de frio no inverno, ou mesmo no verão, pois há tempestades que descem pelas montanhas abaixo durante todo o ano, nunca estamos a salvo, nem mesmo entre raios de sol no mês de junho, construíram-na no alto da charneca onde o tempo é pior e onde há menos esperança de misericórdia. Construíram-na para salvar vidas e para evitar que as pessoas se tornassem fantasmas. É suficientemente duro atravessar aquela área sem assombrações incluídas; é difícil lutar contra tempestades, mas é ainda pior debater-se com fantasmas. É sempre o mesmo, o homem é um inimigo mais perigoso do que as forças da natureza. Eles continuam a andar em frente, Jens está irreconhecível, tem a cara coberta de gelo e precisa partir o gelo de cima do nariz e da boca a todo momento para não sufocar. Mas ainda é aqui que se sente melhor, é aqui que cresce e se descobre a si próprio. Em terreno plano é silencioso, intratável, inclinado demais para a bebida e talvez fraco de espírito, mas aqui em cima, a uma altura de quase setecentos metros, rodeado de um tempo negro, a vida num lado, a morte no outro, sente-se em casa, floresce. Está, talvez, cansado, mas longe de se sentir destroçado; está cansado mas poderia carregar o rapaz se fosse necessário, durante toda a tardinha e noite, e é um pouco triste que esse homem não floresça em lugar nenhum a não ser numa situação de perigo mortal nas montanhas. Pode uma pessoa dessas encontrar a felicidade e ter uma vida em solo plano, com momentos tranquilos, palavras gentis, beijos e olhos meigos? O rapaz olha para Jens, sente sua força e sua confiança, e une sua coragem e sua esperança a esse homem que aumenta de tamanho na tempestade, empurra a égua para diante, avança à frente deles, abre caminho e torna a viagem mais fácil para a égua e para o rapaz, que seguem em seu encalço. No entanto, todas as coisas cansam. Estão há pelo menos dez horas na charneca e o dia anterior não foi fácil, o mar quase levara consigo Jens e o libertara apenas temporariamente; é quase como se o carteiro ouvisse às vezes o mar por trás da tempestade gritando, sei que está aí em cima e que uma hora descerá até mim! O rapaz cambaleia, ergue-se com dificuldade, a égua pende a cabeça e fica parada durante minutos, o vento os fustiga, a neve os ataca e seus espíritos combativos se tornam apáticos; se não fosse o refúgio, o rapaz desistiria. É indescritivelmente bom saber da existência da cabana, não há nada como isso, exceto, talvez, a crença em Deus e no Paraíso durante as atribulações da vida. Aquele que tem fé nunca está abatido, aquele que tem fé tem seu próprio refúgio; uma promessa de abrigo dá força imensurável a uma pessoa. Mas quanto falta para o refúgio? — e agora perguntamos em minutos, e não metros, a medida de distância é, obviamente, inútil; percorrer quinhentos metros pode demorar entre dez minutos e quatro horas; ainda nos falta meia hora, ou seis horas até lá? Esperemos que não sejam seis horas, porque então mais vale deitarmo-nos e morrer, desistir, fundirmo-nos com a brancura e desaparecer no silêncio. Meia hora, no máximo, grita Jens, aproximando-se tanto do rapaz que ele vê dois pequenos pontos negros no rosto do carteiro: seus olhos, soturnamente pretos, e ambos começam a puxar a égua para cima mais uma vez, retirando-lhe do lombo os sacos com a correspondência pela centésima vez, para aliviar a carga, e arrastam ou a levam ao ombro os pesados sacos até a égua estar de novo livre, renovando suas esperanças de que não se voltará a afundar, otimismo ridículo, claro, mas talvez justificável porque os poderes tomaram o lado deles, recompensando-os pela perseverança, chegaram tão alto, tão perto do céu que uma camada gelada se formou sobre a neve, logo por baixo da neve recentemente caída. Embora seja uma fina camada que a princípio segura apenas os humanos, a égua continua a afundar-se e fica presa duas vezes mais depressa do que antes, têm que se agachar e quebrar a película de neve à sua volta para evitar que as bordas machuquem suas patas, mas é tão indescritivelmente bom poder caminhar sobre a terra sem se afundarem a cada passo que se sentem completamente felizes; o vento sopra sobre o mundo e transforma a neve que cai em chuva gelada, a qual arranha a pele; os homens se veem obrigados a olhar para baixo, como que humildemente, mas o alívio não os abandona e a camada gelada endurece, e em breve sustenta tanto a égua como os homens, agora só precisam ter cuidado para não deixarem que o contínuo vento lateral os desvie do caminho certo. O rapaz olha para cima de vez em quando, verifica se a égua ainda está à frente, se ainda vislumbra Jens, mas volta depois a olhar para baixo, antes de a chuva gelada machucar seus olhos. E, por fim, a Cinzenta ergue a cabeça e choraminga baixinho. Jens olha para trás e o rapaz distingue algo parecido com um sorriso sob sua máscara gelada. É o abrigo. Estão salvos. Existe justiça neste mundo.

Abençoados sejam aqueles homens gentis que se preocuparam tanto com a vida de seus vizinhos a ponto de construir o refúgio, aquele abrigo universal, ali no alto, a caminho do céu, onde os ventos são tão severos que a neve raramente consegue enterrar a cabana ou escondê-la da humanidade. É claro que, no momento, está completamente branca devido à neve, mas a veem claramente, vislumbram seu beiral entre a água gelada que cai, ali atrás da neve que chega com o vento, uma fachada com janelinhas, como se a cabana estivesse à espreita na tempestade, à procura de almas perdidas e aterrorizadas, chamando-as. Não é grande, claro; na verdade, seria mais adequado chamá-la de barraco, mas agora é o equivalente a um palácio. Chegam em baixo do beiral, no abrigo, e aí sentem o cansaço, ele atinge os homens como o golpe de um punho, arfam para recuperar o fôlego e tudo fica momentaneamente escuro, como se tivessem gastado as últimas gotas de sua força para alcançar a casa, o abrigo, e raios, será bom, quase absurdamente bom, poderem entrar, deitar-se, mordiscar as provisões, ouvir a tempestade rugir contra a casa, indefesa e furiosa por ter perdido os homens e a égua. Mas agora precisam dobrar a esquina e encontrar uma porta, o abraço misericordioso da cabana. O vento os espera na esquina e os agarra de imediato, desejando atirá-los para o vazio, mas eles se recusam a ser afastados do abrigo, da felicidade e do descanso; estamos salvos, grita, confiante, o rapaz ao vento, quando vê o contorno da moldura da porta, e quer acima de tudo abraçar Jens e a égua e chamá-los de nomes bonitos. Não, não estamos, contrapõe Jens; ele não precisa dizer mais nada, não estão de maneira nenhuma salvos, o vento arrancou há muito a porta da cabana, destruiu a porta, e os três, homens e égua, olham para o refúgio, que se encontra um pouco mais do que até o meio cheio de neve e gelo; está transformado numa caixa de gelo e não salvará ninguém do tempo, contudo é com certeza um lugar excelente para guardar carne e homens mortos.

Eles voltam para a zona abrigada; então é assim que as coisas são: podem escolher ficar ali, suportando a fúria da tempestade e talvez congelar até a morte, morrer junto daquela cabana com todas as suas recordações, todos os seus sonhos de uma vida melhor e mais fácil, e com toda esta correspondência pela qual são responsáveis, ou continuar a caminhar e tentar alcançar a aldeia com vida. Mas, primeiro, precisam comer. Comem as provisões que Helga lhes preparara havia menos de quarenta horas; há energia na carne congelada, eles mordem e mastigam e absorvem energia. A Cinzenta enfia a cabeça entre eles e come um pouco de pão. Os homens dizem algumas palavras, mas a Cinzenta está em silêncio, com os olhos meio fechados. O vento sopra, uiva, e eles estão no único abrigo existente numa vasta área, que mal cobre dois homens e um cavalo, e os homens precisam apenas esticar as mãos para sentir a violência, o vento polar que parece envergonhado perante aquelas vidas. Raios, pragueja Jens, pegando sua garrafa.

Raios: porque a porta foi arrancada e a cabana está cheia de gelo e morte.

Raios: porque a tempestade é tão intensa que um indivíduo mal consegue se manter de pé no exterior, quanto mais caminhar; mas é isso que precisam fazer se quiserem chegar à aldeia.

Raios: porque estão a setecentos metros de altura.

Raios: porque ele tem sede devido à carne ingerida e ao esforço. A sede é o pior inimigo nestas viagens. É insuportável nos vermos em pleno inverno, com água gelada a toda a volta, mas ainda assim estarmos ressequidos de sede. É possível, claro, desfazer gelo por entre os dentes, mas isso concede apenas alívio temporário, aumenta substancialmente o frio e, depois, deixa a pessoa tão sedenta quanto antes.

Raios: porque ele está perigosamente frio; não foi capaz de se aquecer devidamente desde que saltara ao mar, sua covardia deixou entrar o frio, um frio tão bem entranhado que não se consegue combater vestindo mais roupa, e a única coisa que funciona é a pessoa manter-se em movimento, debater-se por entre a neve e o vento. Quanto mais tempo se mantém ali sentado, mais difícil se torna suportar o frio; mais meia hora, quarenta minutos, e ele estará morto, ou o mesmo que morto.

Raios: porque agora ele não é apenas responsável por si mesmo e pela correspondência, mas também pela égua de outro homem e por aquele rapaz agachado ao seu lado, olhando para a escuridão, pálido de frio e de cansaço.

Raios: porque além de tudo isso — setecentos metros de altura, frio, cansaço, sede, responsabilidade — o rapaz abre a boca e começa a falar. Aqueles que falam muito não são bons companheiros de viagem; desistem rápido.
Ele fala sobre sua irmã. Chama-se Lilja, e é um bonito nome. Não, chamava-se Lilja, ela está morta, o que, claro, é lamentável, é impossível negar, mas quem não está morto? Então o rapaz começa a falar sobre seu pai, que também morreu; fala sobre sua mãe, ela também morreu, essas malditas pessoas são frágeis; então não há ninguém vivo? Por fim ele para, o que é bom. Mas então pergunta, do nada, você vive sozinho? Eu?, diz Jens curioso, como se houvesse outra pessoa que pudesse responder. Sim, você. Não. Oh, achava que sim. Achava que sim? Sim. Bem, então, declarou Jens, num tom não completamente desagradável; aquele rapaz perdeu tanto que é difícil tratá-lo mal. Então não mora sozinho? Não. Isso é bom. O que você sabe sobre isso? Acho que é ruim morar sozinho, acho que não faz bem, o coração precisa bater pelos outros, ou então esmorece. Oh, que seja. Os seus pais moram contigo? O que interessa isso?, pergunta Jens, já mal sentindo pena do rapaz. Não sei; tudo, suponho; significa que há muitas pessoas vivas. Meu pai mora comigo, afirma Jens, insatisfeito por ter falado demais, mas então torna as coisas ainda piores ao acrescentar, e a minha irmã também. Então vocês são três, conclui o rapaz, ridiculamente contente, que idade tem a sua irmã? Ela chama-se Halla, revela Jens, e apenas porque ansiava dizer o nome, sentir o calor, a inocência. Halla, diz lentamente o rapaz, é bonito. Aqueles que falam durante viagens destas deviam ficar em terreno baixo, afirma Jens, erguendo-se; ele sente o frio cortante pelo corpo todo mas tenta ignorar, agarra as rédeas e sai para o vento.

* * *

Ou entra nele. O vento está tão forte que o bom senso exige rastejar; os humanos têm uma vantagem sobre os cavalos: conseguem deitar-se e se transformar em cobras, mas Jens não se rebaixará tanto e sai para a tempestade bem ereto, o cavalo seguindo atrás. O rapaz segue na traseira da égua, onde se abriga ligeiramente; o cansaço, que se desvanecera até um nível baixo graças ao pequeno abrigo e à comida, regressa e torna suas pernas duas vezes mais pesadas; o vento sopra, o frio espalha-se sobre seu rosto, enfia-se por sua roupa e endurece tudo, seus músculos, seus pensamentos, suas recordações. No entanto, nem tudo está contra eles; ali a neve é tão dura que aguenta o peso de todos. Quem sabe, talvez consigam descer até a aldeia, até terra habitada, até a comunidade e o presbitério de Vík.

A vida, em todo o caso, é bastante simples. Aqueles que põem um pé na frente do outro, e depois vice-versa, e o repetem o suficiente, chegam finalmente ao destino, se é que têm um destino. Esse é um dos fatos deste mundo. Todavia, para aqueles que estão numa charneca, sob uma tempestade de neve que nada deixa ver, mortos de cansaço, com sede, com o frio aproximando-se de seus corações lenta mas implacavelmente, os fatos são como outra coisa qualquer. Porque, como se percebe, eles atravessam estas charnecas há mil anos, gerações chegaram e partiram lá embaixo, travaram-se guerras no mundo, países foram criados e dissolvidos, cachorrinhos saltaram no ar e desceram como cães meio cegos e alguém se curvou sobre eles com uma faca afiada. Durante toda a viagem, seguiram adiante sob tempestades de neve que nada deixavam ver, uma égua e dois homens, três criaturas a caminho de um lugar que parece recuar continuamente. Porém, as dificuldades e o desespero os uniram; uma linha forte sai do homem à frente, passa pela égua e está amarrada ao jovem que segue atrás. A noitinha adensou-se ao redor deles, mas a linha os mantém juntos, e a certa altura encontram um abrigo decente. O rapaz suspira mas Jens não; em vez disso, esforça-se durante algum tempo para tirar sua garrafa, toma um grande gole, passa-a ao rapaz, a égua está entre eles e não recebe nada. Em seguida, escutam o vento rugir em volta do pedregulho, à espera deles. Que idade tem ela, a sua irmã Halla?, pergunta o rapaz quando Jens bebe o segundo gole, e talvez seja por causa da bebida, o maldito álcool que arruinou tantas coisas na vida, ou simplesmente por ouvir ali o nome de Halla, bem dentro da tempestade, longe de outros, que ele responde; tem vinte e oito, como se isso dissesse respeito ao rapaz. E ela nunca se casou? O quê?, pergunta, ofendido, Jens. Ela nunca se casou? Não. Hã? Ela nunca se casara. O que faz você ter tanta certeza disso, dificilmente se pode dizer uma coisa dessas, nunca se sabe o que o futuro trará. Ela é retardada, retruca Jens de modo seco. Isso é uma pena, lamento, diz o rapaz, como se a existência de Halla fosse triste, uma completa desilusão. Uma pena, replica Jens, e lamenta o quê, raios, o que sabe sobre ela?

O rapaz limpa a garganta, ganha coragem, seu pai, diz ele; ele é um velhote, diz Jens, partindo antes de o rapaz se conseguir levantar.

A terra começa a descer, a altitude diminuiu e começaram novamente a afundar na neve; o vento sopra há tanto tempo que a cabeça do rapaz começou a zumbir, os seus pulmões sentem o frio, ele não tem sentido de orientação e não resta mais nada além de neve e vento. No entanto, já não há apenas terra nua e rocha sem vida por baixo de seus pés, mas também arbustos e relva que sonham com o viço, e o zumbido de moscas; não trará algum conforto saber que coisas dessas estão sob nossos pés, não será a prova de um mundo um pouco mais bondoso? Por outro lado, a neve amontoa-se mais facilmente, é mais macia, e terão de tirar uma vez mais os sacos de cima da égua, abrir-lhe caminho e arrastar os sacos atrás deles. A noite está aproximando-se e a morte está aproximando-se, esse ser invisível, sempre à espreita, roubando joias, amontoando lixo, não vira o nariz diante de nada e envia cansaço, frio, desespero e rendição na dianteira, quatro cães selvagens que perseguem tudo o que estiver vivo em tempestades que nada deixam ver. Esta descida é rápida, diz Jens, descansando após voltar a puxar a égua de dentro de um buraco; ele volta a prender os sacos com a correspondência às costas dela e o rapaz repara que os movimentos de Jens enrijeceram, estão mais fracos. A Cinzenta tem a respiração pesada e, às vezes, Jens encosta-se nele para se apoiar, como que por acidente. Os dois homens caminham em frente, descendo ligeiros, a Cinzenta serve de guia, cada uma das pernas do rapaz pesa cerca de cem quilos; em breve, subirá para cento e cinquenta e então mal conseguirei continuar, pensa. Contudo, pouco depois distinguem uma casa. Chegaram.

Ou quase.

Na verdade não é a casa que procuram: o presbitério de Vík, que funciona como posto dos correios e também como alojamento temporário para o carteiro, onde esperam feno para a égua, água e abrigo do mau tempo; não, não, diz o agricultor à porta de casa, meio dormindo, é noite nas habitações humanas; eles estavam no meio do nada, no meio de uma tempestade escura, o tempo lá não é o mesmo. O agricultor tem sono nos olhos, eles detectam um ligeiro movimento na vizinhança de suas pupilas, onde seus sonhos se evaporam. Quando bateram à porta acordaram os cães, que começaram a ladrar pelo corredor obscuro e acordaram os habitantes da casa. No entanto, os cães não se arriscam a sair durante a tempestade, limitando-se a cheirar curiosos na direção dos dois homens e do cavalo; surgem os contornos de vários rostos mais abaixo na escuridão do corredor, bater à porta durante a noite é um grande acontecimento e nunca se deveria dormir quando isso acontece. Isso não é Vík, esclarece o agricultor, com um meio sorriso diante da ideia de tal ideia passar pela cabeça de alguém; o que é que eu deveria ser, então, o pastor?, acrescenta, obviamente achando difícil não rir; isso é muito engraçado, um absurdo completo e os sonhos desapareceram de suas pupilas, ele está desperto. Contudo, os dois homens e a égua que está entre eles parecem não estar particularmente divertindo-se, talvez Deus se tenha esquecido por completo de lhes dar sentido de humor; eles olham com ar carrancudo para o agricultor, os homens estão com as pernas bem abertas, como se temessem perder o equilíbrio; estão cobertos de neve e gelo e irreconhecíveis, embora, em todo o caso, o agricultor não os conheça, nem nunca os tenha visto, reconhece a égua; sim, reconhece agora o cavalo, aqueles olhos contemplativos; esta não é a Cinzenta?, pergunta ele, e o homem mais alto faz que sim com a cabeça. Então trouxeram o correio; o que aconteceu ao Guðmundur? Ele está doente, responde o homem mais alto, o outro não diz nada e olham ambos para o agricultor, que declara, ainda com um meio sorriso, vocês devem ir para ali, e aponta para norte, como se lhes mostrasse o caminho para o inferno. São apenas dois quilômetros, acrescenta. A Cinzenta conhece o caminho, diz ele quando repara que os homens não se mexem; eles se limitam a manter-se ali de pé, como mortos, olhando para ele. Devem ter sede, diz uma voz vinda do corredor, uma voz que ele conhece melhor do que qualquer outra coisa neste mundo; é sua mulher, e sem ela ele seria apenas um miserável trabalhador contratado, na melhor das hipóteses. Os dois homens aceitam, agradecidos, o leite que ela lhes dá, o bebem, mas a égua nem sequer olha para cima, talvez por cortesia, talvez para não atrair a atenção para o fato de ela também ter sede. O meu Jón pode levar vocês, sugere a mulher, com seu longo cabelo claro como a luz do sol e as mãos que estenderam o leite desgastadas pelo trabalho, enquanto seu rosto delicado mas corroído pelo tempo tem rugas que se assemelham a raios de sol estendendo-se a partir dos olhos. As atribulações da vida deixam alguns de joelhos, enquanto outros ficam mais bonitos; esta mulher é tão bonita que o rapaz se esquece de si mesmo ao olhar para ela, e seu marido, que se chama Jón, acorda às vezes em noites bem iluminadas pelo luar só para olhar para ela e admirar-se da graça do Senhor, porém, eles viveram aqui juntos durante quinze anos difíceis. Não é preciso, diz o homem mais alto, muito obrigado; se a égua conhece o caminho, ficaremos bem. Como se chama esta terra?, pergunta o mais baixo, tendo readquirido a voz, embora pareça um pouco incerta e danificada pelo gelo. Svörtustaðir, responde a mulher com um sorriso, talvez para diminuir a escuridão do nome. É um nome bonito, diz o rapaz, e olham todos para ele, surpreendidos.

Um nome bonito?, diz Jens em tom interrogativo e jocoso quando se dirigem de novo para a tempestade, para norte, como se sua tarefa fosse descobrir a origem do inverno e colocar sobre ela uma pedra enorme. Às vezes, mal se consegue viver neste país, o frio fecha algo dentro de nós, as más condições nos deixam mais brutos, limitam a alegria da vida — faz com que pareça que é preciso correr para apreciar a vida. A égua avança pela neve com as orelhas recaídas; sim, acho bonito, responde o rapaz, e olha concentrado para a frente, tão longe quanto o vento carregado de neve o permite. Então, sem reparar, aproximam-se de um cemitério, após terem atravessado o rio que curva logo abaixo deles; há tanta coisa que a neve e o gelo escondem de nós, quase toda a terra, na verdade. Quem haveria de suspeitar que, no verão, um rio amistoso e sonhador corre aqui entre margens cheias de relva, com falaropos flutuando na superfície, andorinhas-do-mar chiando no mar, trutas abrindo a boca em poças e groselhas pretas escurecendo ao sol? O presbitério é um edifício imponente de madeira, não uma casa subterrânea como Svörtustaðir; ergue-se um pouco acima de suas cabeças e o telhado desaparece na tempestade escura. Jens bate à porta, bate instintivamente com força porque o frio começou a abrir caminho em direção ao seu coração, como se uma represa se tivesse partido de súbito. Ele bate energicamente na porta, usando o resto de sua força para fazer com que seus golpes sejam ouvidos lá dentro. Volta a bater, mas não recebe resposta alguma. Talvez não haja nenhum cão em casa que ladre, raios, murmura Jens, e balança, pousa o braço sobre a égua e nem sequer olha para cima quando a porta, por fim, abre-se, hesitante, e só até meio; um homem aparece no vão da porta, relutante em abri-la por completo e, assim, deixar entrar a tempestade. Carteiro Jens, seu companheiro e o cavalo, diz Jens sem olhar para cima, com sua voz oca e baixa. E o pastor responde, porque este é de fato o pastor, o reverendo Kjartan, Kjartan, o francês, é disso que eu gosto, correio e companhia; grande é a misericórdia do Senhor!

6

Um homem pode manter-se de pé por muito tempo quando se trata de uma questão de vida ou morte; a vontade de viver é quase imensurável e Jens esteve de pé toda esta viagem, até setecentos metros de altura, enfiado em neve e gelo, com vento forte, em direção a um céu ameaçador e depois de volta em sentido descendente, afundando-se na brancura a cada passo, tirando a égua de buracos, com tanta sede como se estivesse no deserto, cansado depois da longa viagem postal de Dalir, os campos suaves onde seu pai se curva ao tempo e à sua irmã; é um dia de verão claro; quando volta o Jens?, pergunta ela trinta vezes por dia, quarenta vezes por dia, e seu pai olha apreensivo para a tempestade que engoliu coisas maiores do que um carteiro; Jens manteve-se de pé todo este caminho, não curvado, apoiando-se apenas na égua no último quilômetro, quando o frio do mar que se instalara dentro dele lhe arrancou toda sua força. Mas eles chegaram a uma casa; não ao último destino, é claro, a vida não é tão generosa, mas a um local onde podem descansar e, por esse motivo, não é completamente necessário que se mantenha de pé, descansar por um momento não significa morte certa. Jens larga a égua, acaricia-a, agradece a ela, vai para dentro de casa, lentamente mas perfeitamente ereto, caminha para o sossego e então é como se suas pernas lhe tivessem sido arrancadas e ele não passasse de um amontoado disforme tombado no chão. Raios, onde está sua dignidade; não serei mais homem do que isso?, pensa ele. O rapaz entrou e ajoelhou-se ao lado de Jens antes que Kjartan se desse conta do que acontecera; ele ficara honestamente aliviado e grato à noite por lhe enviar companhia, mas um dos homens está deitado, como morto, no chão; de modo algum preparado para conversar. De repente, Kjartan fica zangado, mas readquire então sua compostura e sente-se responsável; estes homens trouxeram, com toda a probabilidade, a correspondência através da charneca, e o fizeram sob aquelas condições atmosféricas. Deus nos ajude a todos, diz o reverendo Kjartan em voz alta, mas de forma involuntária; os dias se passaram, infelizmente, e já lá vai o tempo em que ele acreditava de forma sincera e com fé pura que o homem poderia esperar ajuda de Deus. Jens tenta praguejar, mas consegue apenas soltar um murmúrio indistinto; no entanto, consegue falar, tratem da Cinzenta, suficientemente alto para que o rapaz ouça, antes de ficarem em silêncio. A tempestade ataca a casa e um pouco dela é aspirada para o interior através do vão da porta. Kjartan olha para baixo, na direção dos homens. Ele não conseguira dormir, o que não é novidade nenhuma; muitas vezes o sono lhe escapa; parece não importar o quão cansado está quando se deita, pois assim que fecha os olhos fica completamente desperto. Ele vira-se e revira-se, diz velhas orações e ladainhas, tenta acalmar a mente e atrair o sono, na maior parte das vezes sem resultado, todos os outros dormem enquanto ele está acordado, privado da assistência do sono, privado da misericórdia de Deus, e de modo justo, murmura ele; vagueia pela casa ou senta-se no escritório, procura companhia nos livros, nas cartas que escreve, nas traduções, nos goles de álcool, e esses momentos podem também ser bons, mas é bastante entediante ficar assim sozinho, tardinha após tardinha, noite após noite, ano após ano; envelhece e aproxima-se da morte. Contudo, estes homens apareceram muito de súbito; Kjartan ficou surpreendido com as pancadas na porta, pensou por um momento que algo sórdido o viera buscar; não seja tão infantil, disse para si mesmo, mas ergueu-se hesitantemente de sua escrivaninha, saiu e abriu a porta, e lá fora estavam dois homens e a correspondência do mundo, um enviado de Deus que acabou por mostrar-se inadequado para outra coisa que não fosse ficar estendido no chão como um animal preguiçoso. Kjartan praguejaria intensamente caso se atrevesse, mas Deus está, apesar de todo o resto, num plano mais elevado do que todas as tempestades e homens; ele ouve tudo, não esquece nada e nos cobra as dívidas no dia do Juízo Final por todos os nossos pensamentos, palavras, toques e detalhes. Pode ser entediante e deprimente ter um Deus com essas características por cima de nós; é provável que nós o substituamos assim que houver algo melhor disponível.

Parece que ninguém acordou com sua chegada; pancadas nas portas não são nada de especial com este tipo de tempo, que sacode a casa e o céu acima dela. Rajadas de vento acompanhadas de neve golpeiam a casa e os habitantes dormem profundamente para esquecer sua fúria. O cão morreu de velhice no outono. Preciso arranjar um novo cão, eles não abandonam as pessoas, simplesmente morrem, pensa Kjartan, quando sobe ao andar de cima para acordar sua mulher. Cada um deles dorme na própria cama; já não há faísca entre eles, a vida extinguiu as chamas, a banalidade contínua, a distância do mundo e os três filhos que nasceram mortos. Mas o quarto está vivo, habita lá um jovem, que está estudando em Copenhague e se torna mais distante de seu pai a cada carta. Não passa pela cabeça de Kjartan acordar sua mulher com um beijo, embora os beijos consigam flutuar como flores de verão até as profundezas do sono e tudo se torne mais agradável por um momento, e a vida fique mais fácil. Ele pousa simplesmente a mão com firmeza no ombro dela, faz força uma vez, duas, e diz, chegaram alguns homens, estão arrastando-se, frios e molhados. E não é preciso mais; a mulher abre os olhos, chama-se Anna e está desperta.

Outrora, ela pensou que a vida seria diferente e muito melhor. Também era bom ser jovem e estar casada com Kjartan; estudos, Copenhague, uma viagem a Paris, Berlim, conversas e palavras que alargavam o mundo e tornavam as estrelas mais brilhantes, havendo poucos mais eloquentes que ele, mais bonitos, poucos tão cintilantes, tiveram seus momentos juntos que ainda brilham, ainda agora, mas de modo bastante opaco sob o peso escuro dos anos. Eles tinham planejado morar em Vík temporariamente, vários anos nos limites do mundo, mas já tinham se passado vinte e dois anos e a maior parte das faíscas que haviam partilhado estava apagada; no entanto, Anna parece esperar sempre o melhor desta vida, seu otimismo desregrado às vezes chega a deixar Kjartan abismado. Qual é a verdadeira diferença, pensa ele, entre o otimismo e a idiotice? Ele a observa piscando os olhos e de imediato repara no esboçar de um sorriso involuntário nos cantos de sua boca. Anna olha para ele parado no vão da porta e semicerra os olhos.

Escurece cada vez mais à sua volta, a visão falha; olhos que se desvanecem. Ao início, as montanhas em frente à propriedade, escarpadas e imponentes, estavam escondidas numa neblina; depois, o próprio cume de Maríufjall, que se ergue sobre a casa, a igreja e o cemitério, começou a desaparecer, a montanha que os monges irlandeses abençoaram há mais de mil anos, a única montanha cristã nesta área. Em alguns dias, parece mais feita de ar do que de pedra dura, como se estivesse a caminho do paraíso; era uma montanha sagrada na época católica e os pescadores ainda a evocam em momentos de perigo, e na angústia da morte chamam pela montanha que surgiu a muitos homens em tempestades escuras e os salvou, como se tivesse ido para o mar para salvar seres humanos aterrorizados e frágeis. Maríufjall desapareceu de sua vista há pouco mais de um ano, e no último verão o solo pantanoso em volta da casa começou a desvanecer-se; já mal vê os pássaros, transformaram-se em música. Mas ela distingue o que está mais próximo e também os contornos das pessoas, se ficarem quietas, e consegue apreender a silhueta de Kjartan a alguns metros de distância. Deve ser noite por esta altura, ela emerge de uma grande profundeza, de um sonho profundo. A cama dele está disposta no pequeno espaço logo à saída do quarto, já não se deitam juntos há muitos anos, e ela já mal se lembra de como é sentir o calor de carne humana. Contudo, acredita, não consegue deixar de acreditar, que mais cedo ou mais tarde o mundo se iluminará, que o nevoeiro se levantará de seus olhos, que a escuridão se dissipará em volta de Kjartan, que, uma noite, ele irá se deitar com ela, a carne encontrará a carne, os lábios encontrarão lábios, as almas encontrarão almas.

Ela se veste com rapidez. Dorme nua apesar do frio que se faz sentir na casa de madeira, o frio passa através das paredes, mas ela é robusta e dorme nua, enquanto outros tremem deitados nas camas, embrulhados em roupa e cobertores. Kjartan olha para seu corpo, para os pequenos peitos que uma vez desejou, compondo para eles dois sonetos, um para cada peito, acreditando, na altura, na misericórdia, ele e o mundo; nessa época, eles eram firmes e sãos e tão quentes, agora são apenas sacos vazios e seu corpo esguio está velho. Kjartan encosta-se à moldura da porta e pensa, para onde foi a alegria, para onde foi o desejo?

O rapaz ainda está ajoelhado ao lado de Jens quando o pastor e sua mulher descem. A Cinzenta está lá fora, olhando para dentro como se perguntasse, então e eu?, motivo pelo qual ele acabou por não fechar a porta, apesar de a neve e o frio serem empurrados para dentro de casa, preparando-se, em vez disso, para deslocar Jens para o quarto contíguo ao vestíbulo, obviamente o escritório do pastor; mal se consegue ver a escrivaninha sob os montes de papel e livros, e infelizmente o rapaz esqueceu-se tanto de Jens como da Cinzenta por vários segundos, esqueceu-se por completo de seus companheiros de viagem exaustos, um deles até perigosamente adormecido pelo frio. Ele se esqueceu deles e olhou simplesmente em volta; a sala era bastante pequena, sem muito espaço em volta da escrivaninha, as prateleiras por detrás dele achavam-se repletas de livros com várias encadernações bonitas, algumas meio desgastadas, como homens velhos e ressequidos, outras melhores; muitas delas são bonitas, até deslumbrantes, e ainda aquele maravilhoso cheiro de livros e de pó. Ele o inspira profundamente; o paraíso não deve ser muito maior do que isso, deve ser uma bênção morar aqui.

Sim, vejo que temos aqui homens congelados, diz a mulher, descendo as escadas com o pastor; além de portas abertas, acrescenta ele, passando para o vestíbulo mas hesitando em fechar a porta, quando depara com os olhos antigos da égua; algo toca nele, algo desperta bem no fundo dele, vou enviar alguém para tratar de você, murmura então à égua antes de fechar a porta, pedindo-lhe desculpa. A mulher do pastor, sem dúvida, pensa o rapaz, vendo Anna aproximar-se dele, com as mãos livres esticadas como se temesse cair; como se, enquanto caminha na escuridão, temesse a ponte no fim do mundo. Sim, e uma égua fria, declara o rapaz, ouvindo o pastor fechar a porta. A égua será tratada, diz Kjartan da escadaria, indo buscar um ajudante, que desce as escadas, um homem de meia-idade, baixo mas robusto, que ainda vem se vestindo, com o rosto inchado de sono; sem dizer uma palavra, sai para tratar da égua, leva a Cinzenta para um abrigo, lhe dá água e feno, aliviando-a de suas preocupações. Eu me chamo Anna, diz a mulher aos visitantes, encaminhando--se na direção do rapaz, com os olhos arregalados como se estivesse surpreendida com o mundo, a cara redonda e o nariz muito pequeno. À primeira vista, não parece bonita; seus olhos arregalados lhe dão um aspecto quase de abobalhado, mas há algo profundo dentro deles que faz com que o rapaz sinta que ela não está olhando para ele, mas antes para dentro dele, investigando seus rins e seu coração. O rapaz está completamente parado, quase não se atreve a respirar, pestanejar ou olhar para qualquer um dos lados, inspira suas respirações quentes e suaves, distingue o pastor atrás da mulher, que está encostado à parede e observa o que o rodeia com expressão impenetrável. Ouve-se alguém descer e entrar em outra parte da casa. Eu vejo muito mal, diz em tom de desculpa Anna, e tenho que me aproximar muito das pessoas para distinguir o rosto, que revela mais do que a maior parte das pessoas pensa. É claro que muitas pessoas acham desagradável ter uma mulher velha parcialmente cega à sua frente, mas eu prefiro a verdade à cortesia; já agora, não precisa de ter vergonha de seu rosto, acrescenta ela, e depois ajoelha-se ao lado de Jens, toca-o, sente o quão frio ele está, enfia a mão por baixo da camisa para sentir sua pele e começa a dar ordens. Fala com frases concisas, dizendo apenas o que precisa ser dito, tendo como resultado que tudo decorra rapidamente e sem falhas; pouco depois, o rapaz está sentado junto à lareira, tirou toda sua roupa e vestiu roupa seca que lhe deram, e sorve café quente, enquanto Jens dorme nu na cama. Recuperou os sentidos no chão e conseguiu caminhar sem ajuda até o quarto, mas não muito mais do que isso; uma vez estendido na cama quase inconsciente, colocam pedras aquecidas por baixo das cobertas, dispostas como pensamentos quentes dentro da cama. Então trazem-lhe sopa de peixe-lobo, quente e poderosa, que é capaz de erguer homens da morte; não estou assim tão mal que não consiga comer sozinho, diz Jens, e tira a tigela da mão da criada, sua voz soando como se tivesse vindo do fundo do oceano, atravessando um mar revolto, e a criada permanece sentada ao lado da cama, olhando para aquele grande homem que a noite e a tempestade trouxeram, para seu espesso cabelo louro, sua barba selvagem, para seus olhos um pouco escuros e seu nariz enorme. Está sentada com as mãos no colo, descansando-as; tirou sua roupa fria, ele estava frio e gelado, e esfregou vida e calor em suas pernas, teve que esfregá-las por muito tempo, apesar dos queixumes de Jens, suas mãos jovens e calosas acariciaram suas pernas até abaixo da virilha, e naqueles três ou quatro minutos que os dois passaram sozinhos no quarto, ela podia tocar no que se atrevia e queria tocar, o homem estava praticamente inconsciente e dificilmente é pecado tocar, dificilmente é pecado sentir a vida; ela fez por simples curiosidade. Ele também estava gelado até os ossos e seus gestos não tiveram nenhum efeito visível durante algum tempo. Os desejos humanos são muitos. Jens termina sua sopa, lhe devolve a tigela vazia, agradece e seus olhos se encontraram por um segundo. Agora preciso descansar, diz ele a Kjartan, que está à porta, observando, esperando por uma oportunidade para falar com o carteiro, para ouvir notícias do mundo, o mundo que esqueceu ou deixou à margem um pastor com insônia. Contudo, Jens não está só cansado, está completamente exausto, tem dentro de si o frio do mar, que sorve todas as suas forças. Jens fecha os olhos, tenta esquecer a boca meio aberta da mulher e o toque de suas mãos, ele fará, não imediatamente, mas em breve, e então acalma-se e adormece. É de noite.

Com a noite chega o sono, chegam os sonhos, chega o silêncio, mas não diminui o vento, que continua a sacudir a casa, fazendo-a ranger e estalar; a neve rodopia e flutua como fantasmas brancos na noite de abril semiescura. E os habitantes da casa vão dormir. Regressam aos seus sonhos, dormem uma vez mais. Os sonhos são o outro lado da vida, tudo tem pelo menos dois lados: a lua, as rochas, a felicidade, o arrependimento e a traição. Anna fecha os olhos, fecha seus olhos cansados, afunda-se nos sonhos e aí contempla todas as escarpas e pedregulhos de Maríufjall. Ela sorri enquanto dorme. Por que já não me agrada ver este sorriso?, pensa, às vezes, Kjartan quando se senta acordado na borda da cama da mulher, olhando para ela; onde me levou a vida? A criada, aquela que cuidou de Jens e se chama Jakobína, dorme numa das três camas existentes no quarto, em frente àquela em que Jens está deitado, permitindo-lhe ver sua cabeça; ela não consegue vê-la claramente na semiescuridão, é óbvio, mas é suficiente, e ela se toca e mexe as mãos.

O rapaz, que deve dormir no quarto do ajudante da casa, ainda está sentado no escritório do pastor, tonto de cansaço, mas Kjartan, o pastor de uma paróquia com trezentas pessoas, escassamente povoada e isolada, um mundo que pode hibernar durante meses seguidos por baixo de uma camada pesada de neve, não o quer deixar ir. Dificilmente se desloca ali alguém durante os meses de inverno, exceto pessoas de diversas propriedades distantes, trazendo o cadáver de um parente ou os restos mortais de um pobre, algum velhote que mal deixa para trás um nome, quanto mais uma recordação. Mas vai dar tudo no mesmo: seu ajudante precisa abrir as sepulturas, partir o gelo que às vezes se estende para baixo até uma distância infernal, achando difícil não amaldiçoar os mortos por falecerem naquela época do ano. Caso contrário, ninguém vai ali, exceto o carteiro local, Guðmundur, e embora ele lhes traga notícias, jornais e cartas, ele próprio tem pouco para contar, preso às suas queixas banais, completamente indiferente em relação à poesia e a pensamentos profundos, capaz de, no máximo, recitar poucos versos e baladas, que raramente ultrapassam o nível da boçalidade e que são na maior parte das vezes balelas entorpecedoras e tristes. Uma vez, Kjartan tentou falar a ele de Søren Kierkegaard, mas mais valia ter ido até o ovil falar com as ovelhas, ou, pior, com os carneiros, que sabem apenas ruminar e ansiar pela digestão. Um homem perigoso, Kierkegaard, diz Kjartan ao rapaz, que naturalmente não consegue se abster, embora esteja cansado de pegar em livro após livro e que tentara folhear o início de uma obra da autoria daquele dinamarquês. Por que é que ele é perigoso?, pergunta o rapaz, erguendo os olhos do livro. Ele ameaça nos mudar, nos faz duvidar, nos obriga a reconsiderar o mundo, e homens assim foram sempre considerados perigosos. Preferimos a satisfação à provocação, a abstração ao estímulo, a apatia à ação. É por isso que as pessoas preferem baladas, em vez de poesia, é por isso que não põem mais as coisas em questão do que as ovelhas; mas dá para perceber que você é diferente. Você pega em livros, olha para eles. Pode-se conhecer uma pessoa avaliando para onde olha e aquilo para que olha. Acho que a sua mente não se perde com porcarias e versos jocosos. Kjartan encosta-se para trás e olha pensativamente para cima; se seus olhos conseguissem penetrar a madeira, ele veria a criada mesmo acima dele, suas mãos e seus pensamentos. O rapaz está sentado numa cadeira no canto, pensando em María de Vetrarströnd, em como ela olhou para ele, no seu anseio por livros. Ele tenta ler algumas vezes mas está cansado demais, as letras se despedaçaram, as palavras perdem o significado. Kjartan sorve cuidadosamente seu uísque, é a última garrafa, guardou-a durante muitas semanas, sem saber quando poderá ir à vila de novo, o inverno parece interminável e as pessoas mal têm conseguido se deslocar entre as propriedades há semanas, metade dos paroquianos poderia estar morta sem que ninguém soubesse, e sem nenhuma outra companhia além de sua mulher e dos trabalhadores da casa; eles são o que são, dificilmente haverá algo surpreendente no comportamento deles, são pessoas decentes e sem dúvida melhores do que ele, sim, muitas vezes melhores, no entanto não há poesia nelas, não há cultura, no melhor dos casos, um relancear despreocupado ou dois pelas sagas islandesas, fora isso, apenas vestígios de versos e baladas de arrasar a alma. Passaram-se dias, chegaram noites e nada se ouve além do gemido do vento, do suspiro do gelo e, às vezes, um uivo que parece vir de longa distância; escuro, impuro, talvez um urso polar ou o Diabo chamando pela alma de Kjartan. A minha vida não é bonita; o que fiz de mal?, pensa ele, olhando para a garrafa. Bebo demais, negligencio a palavra de Deus, amaldiçoo a vida e penso demais — e de modo sórdido demais — em outras mulheres. Agora, ouço-o de novo!, pensa ele, tendo um sobressalto. Também ouve?, pergunta ele ao rapaz. O quê? O uivo lá fora. Uivo, lá fora? Sim, há pouco, veio dali, diz Kjartan, apontando para trás. Só ouço o vento, responde o rapaz. Apenas o vento, sim, está certo, oh, é tão bom ser jovem, declara Kjartan, nascemos puros através de Deus, mas a maior parte de nós afasta-se dele com o passar dos anos; minha alma é uma pedra negra, uma pedra negra, jovem amigo, continua ele, e esvazia inadvertidamente o copo, engolindo uma quantidade que deveria ter durado duas horas; lá foi ela, é o que acontece quando se perde a concentração, e a garrafa está quase vazia, só há o suficiente para tapar o fundo do copo. O mundo é um lugar escuro. E fiz bastante questão de desperdiçar minha vida, confessa ele. O rapaz se retesa, olha para todos os livros que se encontram atrás do pastor e não entende nada. Aquele que tem poesia e conhecimento é feliz, afirmou Bárður depois de terem lido pela décima vez o artigo de Gísli sobre Goethe e a dor no coração.

Lá fora, na noite, o vento sopra e Kjartan fala; é bom falar em voz alta junto de outra pessoa, as palavras precisam de ouvidos, e não faz mal se a outra pessoa perceber um pouco da vida. Eu não percebo, não percebo nada, objetou o rapaz. Sim, sim, os olhos não mentem, não conseguem mentir, e a sua resposta implica dúvida, aquele que duvida vai a caminho de algo. É jovem, tem tudo pela frente, todos os erros, todas as vitórias; olha bem para mim agora e perceberá que caminho não deve seguir... se pelo menos eu tivesse um pouco mais de uísque. Kjartan passa a mão pelos dois montes de papel que estão em cima da escrivaninha: um, traduções de um escritor francês, o outro, fragmentos da história da vida. Fragmentos da vida neste local, revela Kjartan, antes de falar ao rapaz sobre Svörtustaðir, felicidade e beijos; leva um tempo, e a tempestade e a noite estendem-se sobre a casa. Em seguida, ele suspira e pede ao rapaz que lhe passe o saco do correio com toda a correspondência para seus paroquianos. Vamos olhar o que o mundo nos envia, diz ele, retirando o conteúdo do saco, esvaziando-o todo; é um saco a menos para transportar. O rosto de Kjartan ilumina-se quando vê o embrulho de Gísli, toca-o com cuidado, quase amorosamente, em algum lugar no andar de cima dorme Anna, em seus sonhos ela vê perfeitamente e não o tocam há mesmo muitos anos. Ele põe o embrulho com gentileza de lado e examina o restante material que sai do saco: há jornais, alguns embrulhos para pessoas da paróquia, uma carta de um velho amigo de Kjartan, um pastor que se encontra no leste. Sacana egoísta, murmura Kjartan, tendo se esquecido da presença do rapaz; uma carta de seu filho, que também deixa de lado, embora sem antecipação, anima-se quando vê um anúncio de duas vagas disponíveis para pastor, Staður no Steingrímsfjörður e Höfði, suas costas e ombros endireitam-se num reflexo inconsciente, mas voltam imediatamente a se curvar à medida que vai lendo e descobre que o prazo para a candidatura em ambos os casos termina em menos de vinte e quatro horas; as mensagens percorrem estradas longas e difíceis até chegarem ao seu destino aqui no fim do mundo. Levanta-se de um modo estranho, vai até a janela, é noite lá fora e o tempo é triste. Vai dormir agora, diz ele à noite, vou me debater um pouco mais com Maupassant e dar uma olhadela no embrulho do Gísli. Desculpe minha estupidez ainda há pouco, estou envelhecendo e comecei a dizer asneiras, nem tudo correu como talvez devesse ter corrido. O rapaz levanta-se com cuidado, sem ter certeza se seus pés cansados aguentarão seu peso, coisa que estes conseguem, e com a certeza absoluta de que o descanso que está quase chegando lhe dará força; ele vira-se para trás, olha para as prateleiras cheias de livros, cheias de palavras que conseguem abrir novos mundos, novos céus, mas Kjartan olha para a noite lá fora. É possível perceber como uma pessoa se sente tendo em conta aquilo para que olha. Eu achava, diz ele do vão da porta, apático demais devido ao cansaço para ser tímido, que não se podia ser infeliz rodeado por tantos livros. Kjartan vira-se e olha demoradamente para o rapaz, mas nada diz.

Jens o acorda na manhã seguinte.
É difícil dizer que horas são; as janelas estão cobertas por pequenas cortinas, além de se encontrarem tapadas até o meio por máscaras de gelo. É preciso tempo para despertar totalmente; Jens está dizendo algo sobre o dr. Sigurður e o rapaz pergunta, o quê? Não darei àquele homem o prazer de me atrasar mais; nós vamos embora, mantendo o plano. Jens fala em tom sereno mas a voz é forte, está desprovida de frio. A roupa do rapaz secou durante a noite e ele veste-se, não se ouve nada lá de fora, talvez a tempestade tenha acalmado. Talvez o vento tenha, por fim, desistido de expulsar as pessoas deste país. O ajudante da casa e uma criada estão lá fora tratando do gado, os dois homens recebem algo para comer enquanto a mulher do pastor conta o teor da carta de seu filho à criada doméstica Jakobína; seu nome é Sigfús. Não se vê Kjartan em lado nenhum, me pergunto se es-

tará dormindo, pensa o rapaz enquanto devora seu *skyr* diluído; ele come com vontade, precisa do alimento, e bebe café, enche o corpo com a bebida quente, à frente deles estende-se uma longa viagem e um frio penetrante. Os homens não dizem nada, o rapaz é tímido demais e Jens não o faz porque prefere o silêncio acima de todo o resto, o silêncio é um refúgio, é paz. Em seguida, Kjartan entra vindo do exterior, bate com os pés para limpar a neve e traz consigo o frio da manhã. Ele enche uma xícara de café quente, a povoação estaria deserta se não fosse o café, afirma ele com um sorriso, como se estivesse contente. Vocês não vão seguir o percurso marítimo hoje, já agora, diz ele, e para de sorrir. Ali, sim?, diz Jens, depois de fazer os outros esperarem por essas palavras. Não, Kjartan descera até Svörtustaðir e os rochedos na ponta do porto estavam bem visíveis.

Anna: Bom, então está decidido.

Kjartan: Exatamente, é assim mesmo. Quando esses rochedos surgem do mar, podem esquecer a ideia de navegar até ao Dumbsfjörður. Seria um grande erro.

Jens: Um grande erro?

Kjartan: Um grande erro. Ninguém navega com um tempo destes, exceto, é claro, homens que estão terrivelmente cansados da vida.

Jens: Ali, sim?

Kjartan: É assim que são as coisas.

Jens: Muito bem.

Kjartan: Então estamos assim, e não há mais nada a fazer.

Jens: Então vamos caminhar.

Kjartan: Tenho minhas dúvidas.

Anna: Não, não, fiquem aqui e recuperem as energias hoje e amanhã, se necessário. Os rapazes levam vocês de barco quando o tempo permitir. Traga a estes homens algo de bom para comer, Jakobína. Anna olha na direção da criada, seus olhos parecem duas pérolas limpas. O rapaz engole o café para afastar o cansaço; ele teria preferido dormir mais tempo, Jens está sentado com a cabeça abaixada quando Jakobína regressa com torradas e manteiga; ela é alta, seus movimentos são fortes e graciosos, seus olhos castanhos encontram os do carteiro, ela coloca o tabuleiro entre eles, tocando, como que por acidente, na mão de Jens, que se apoia solidamente na mesa. Uma mão que toca em outra mão desse modo diz alguma coisa, Jens sabe mas não se atreve a responder. Anna não vê o que se passa entre eles; ela vê tão pouco com suas pérolas desgastadas, e Kjartan parece perdido em seus pensamentos. É má ideia ir agora, diz Jakobína, sentando-se à mesa, em frente a Jens, já está escuro e não se prevê nada de bom, ajudaremos vocês a passar o tempo, podemos fazer isso e mais aquilo, ela sorri sem retirar os olhos de Jens, que desvia o olhar, como que por covardia, depois endireita o corpo, rapidamente; muito obrigado por tudo o que nos deram, mas agora vamos embora.

Que tolice, diz Kjartan.

Contudo, é impossível fazer Jens mudar de ideia. Suas grandes mãos estão embrulhadas em volta da sua xícara de café; este homem de ombros largos tem uns olhos cinzentos e firmes sobre um nariz espetacular. Jakobína olha para ele um pouco mais, deliciando-se; suas mãos pousadas na mesa guardam nas palmas a recordação da nudez dele. Bem, diz Kjartan, suspirando, vão embora então.

Anna: Não é inteligente.

Jens: Sei pouco sobre a inteligência.

Anna: Mas acho que sabe o suficiente.

Jens: O homem simplesmente faz o que tem que ser feito.

Kjartan: É difícil argumentar contra isso.

Anna: Isso não é verdade; mas arranje algumas provisões para eles, Jakobína?

Eu gostaria muito de ter vocês aqui, para dizer a verdade,

declara Kjartan; a monotonia matou mais pessoas além de mim, e vocês precisam saber que não é brincadeira viajar nesta área com mau tempo; ainda estamos em pleno inverno aqui. Ele esfrega os olhos, como que para afastar o cansaço, seu cansaço sempre presente, sua insônia; ele conseguira cochilar durante duas horas antes da alvorada, afundando-se num sono profundo antes de algo acordá-lo de repente, como uma faca fria enfiada perto do coração; sem dúvida a infelicidade, sem dúvida a culpa guiando suas cabeças, escrevera ele numa carta ao professor Gísli, quase concordando com a cabeça ao escrever. "A minha alma está cheia de cracas e em breve se afundará ainda mais na escuridão. É assim. Já leu aquele norueguês, Knut Hamsun, de quem meu colega do leste escreve, por entre traços de autoengrandecimento? Eu mal dormi, não durmo bem há semanas. Não me surpreenderia se Deus me estivesse castigando, com certeza eu mereço. Mas quem é este rapaz que veio com o carteiro? Foi enviado aqui por Deus ou pelo amaldiçoado? Devia ouvir o que ele disse: achava que ninguém poderia ser infeliz rodeado por tantos livros. Caro Gísli, como estamos tratando das nossas vidas? E de nós mesmos? Sou horrível para minha Anna; já faz tanto tempo que a abracei, às vezes acho seu corpo feio e aquele seu estranho otimismo a torna uma imbecil ou uma santa; eu não suporto nenhuma delas. Oh, vi um servo mais bonito e melhor do que eu, meu velho amigo!"

Eles recebem mais comida. Estão cheios, mas a embrulham. Comam agora, diz Anna, seus olhos enevoados percorrendo a divisão. No entanto, não entendo por que querem partir. As pessoas fazem o que têm que ser feito, diz Kjartan; sempre fizeram assim, embora, é claro, isso não faça muito sentido.

Anna: Sim, está certo. Durante séculos, os homens se apressaram a partir, se apressaram a morrer, deixando suas mulheres e seus filhos sem nada. Esquecem-se de que a vida é bonita e de que se deveria cuidar dela, acima de tudo. Ou fazer apenas isso. Kjartan: A vida, obviamente, é cheia de variedade.

Anna: Por outro lado, acho que os homens são irresponsáveis e que se preocupam só com eles, e somos nós, mulheres e crianças, quem precisamos arcar com as consequências disso. Mas comam mais alguma coisa; o Senhor quer o melhor para todos nós.

Jens limpa a garganta e diz, quase como uma desculpa, seremos cuidadosos, mas temos que seguir nosso itinerário e entregar o correio, foi para isso que fui contratado. E então estão prontos.

Nem as palavras, nem a sabedoria podem detê-los; despedem-se dos habitantes da casa com apertos de mão, Anna passa as mãos pela cabeça deles antes de colocarem o chapéu, tendo que se erguer na ponta dos dedos dos pés para chegar à cabeça de Jens. O ajudante deve acompanhá-los, mas os conduz primeiro ao local onde está a Cinzenta, que se levanta quando vê Jens e o rapaz, ao que parece acha-se preparada para partir com aqueles homens, a tempestade e as provações tinham unido os três; mas não, infelizmente, diz Jens, tem que ficar aqui, mas voltaremos para buscar, daqui a dois dias, ou algo assim. Jens costuma ser mais falante com cavalos do que com homens; os cavalos, é claro, não entendem uma única palavra e, portanto, nunca respondem, mas têm olhos grandes e, às vezes, é como se contivessem a verdade do mundo. O rapaz coloca os braços em volta da grande cabeça da égua e ela pisca os olhos.

O tempo está calmo e a chuva é fraca. Os flocos de neve flutuam em redor, transportando o silêncio entre eles e, na verdade, não adianta nada falar. A neve não está tão densa; eles conseguem ver as montanhas que rodeiam a baía. Maríufjall fica à esquerda, dificilmente mais do que quatrocentos metros, mas tão íngreme e escarpada em alguns locais que parece uma espada gigante. À direita estão quatro montanhas juntas, semelhantes na aparência, com penhascos negros entre elas, formas arredondadas e aparentemente cheias de fúria, como se em certa altura quatro gigantes tivessem violentamente retirado a cabeça da terra e tivessem se transformado em pedra. O rapaz escuta o silêncio entre os flocos de neve, aprecia-o, mas não por muito tempo, infelizmente; o ajudante quer falar, é conversador, estas são montanhas como deve ser, rapazes, diz ele, apontando com o braço para a direita. E então conta uma história de quatrocentos anos atrás sobre um pastor.

Está nos registos do presbitério, afirma o trabalhador, Kjartan leu para nós este inverno, uma história há muito esquecida que ele conseguiu descobrir naquelas suas andanças incompreensíveis. Bem, pelo menos, levou a alguma coisa. Esse pastor estava consideravelmente aborrecido com estas quatro montanhas, as cabeças, como às vezes lhes chamamos, e numa manhã de verão partiu cedo de sua propriedade com outros quatro homens para consagrá-las. Subiu a primeira e depois fez com que descessem por uma corda, levando com ele água benta e a palavra de Deus, atirou água ao penhasco e abençoou a parte a que chamamos testa, mas subiu com uma expressão estranha na cara. No entanto, dirigiu-se logo em seguida para a próxima, tão depressa que seus companheiros tiveram dificuldade em segui-lo. Desceu, passaram-se vários momentos em silêncio, o sol brilhava e sentia-se uma brisa ligeira. Desçam-me uma boa faca, rapazes, ouviram eles dizer então, com muita calma; e assim o fizeram: amarraram uma corda em volta dela e a desceram. Pouco depois, ele deu um esticão na corda e eles puxaram a faca, que estava cheia de sangue. O ajudante para, espera no silêncio que a neve transporta do céu para a terra, espera no silêncio paradisíaco, e, por fim, o rapaz pergunta, com relutância, mas sabendo que não pode evitar, como assim cheia de sangue? Sim, meus rapazes, sobe uma faca cheia de sangue. Naturalmente, eles se assustaram e gritaram para o pastor lá embaixo, mas não receberam nenhuma resposta. Então, começam a puxar, primeiro determinado, e depois freneticamente, mas tiveram que se esforçar muito, como se de repente o pastor tivesse engordado uma tonelada, ou como se alguém os estivesse puxando do outro lado, mas, por fim, ele surgiu sobre o precipício, assustando-os de tal maneira que perderam o controle e o pastor caiu e foi feito em pedaços nos rochedos muitas centenas de metros abaixo. Jens e o rapaz não dizem nada, limitam-se a continuar a caminhar entre os flocos de neve e o silêncio, e depois o ajudante acrescenta, num tom de voz mais sombrio: o pastor cortara seu próprio pescoço, de orelha a orelha; tinha o pescoço completamente aberto, parecia um sorriso infernal.

A queda de neve torna-se mais densa, fechando uma cortina sobre as montanhas que mataram o pastor há muitos séculos. Suponho que eles simplesmente atiraram o desgraçado lá para baixo, afirma de modo brusco Jens. Podem mesmo ter feito isso, responde o ajudante da casa com uma gargalhada, a parte superior de seu corpo treme, ele ri, ou relincha, como um cavalo, mas logo se contém, para poder continuar a falar, sim, rapazes, diz ele; ele relincha mais duas vezes mas consegue então suprimir seu riso, e começa a falar sobre o reverendo Kjartan e Anna. Eles deixaram há muito de dormir juntos, ele passa o tempo num quartinho logo à saída do quarto, quando dorme, quero dizer, algo que raramente faz, o desgraçado. Ela, a pobrezinha, é terna e alegre, doce como um belo dia de verão, digo eu a eles, e tem um efeito imensamente bom em tudo o que a rodeia; os empregados domésticos gostavam de trabalhar para eles por causa dela; por outro lado, não se consegue arrancar uma única palavra do homem durante dias seguidos; para dizer a verdade, creio que ele tem mais interesse naqueles malditos livros velhos do que sua própria vida, opina o trabalhador, antes de cuspir. Não toca na Anna, não mostra interesse pelas criadas, nem sequer pela Jakobína, mas um homem tem que estar morto para não olhar para ela de vez em quando, como vocês sabem, rapazes! Ele relincha várias vezes e diz algo sobre Jakobína, mas por essa altura já quase perdeu a atenção dos outros. Jens acelerara quando o ajudante começara a falar sobre a criada, o rapaz acompanhou o ritmo dele e o homem teve que correr para alcançá-los, e agora, e agora, diz ele, sem fôlego, ao lado do rapaz. Embora sejamos às vezes entediantes, continua ele depois de recuperar o fôlego, e Kjartan seja mal-encarado como um carneiro velho e impotente, nós vivemos mesmo ao lado do cemitério e está sempre acontecendo alguma. Às vezes, as pessoas trazem cadáveres. A morte, caros, não deixa que nada a pare, e nenhuma oração valerá de nada quando ela se mexe! É verdade. E neste inverno vieram seis pessoas da costa norte, vocês sabem, bem lá da terra de ninguém, seis deles, e eles tinham passado um mau bocado, enfiados num verdadeiro inferno. Um homem de uma casinha qualquer morreu; há uma ou duas dessas em cada baía ou em cada pequeno fiorde e é quase impossível ir de uma propriedade para outra no inverno, também é difícil no verão, aqueles tipos se mantêm em suas propriedades e não podem ir para lugar nenhum, não sabem nada, nunca ouvem notícias e dificilmente eles próprios são alguma coisa, e depois alguns deles adquirem o hábito de morrer em pleno inverno, o que, naturalmente, deveria ser proibido. Porque é preciso levar o cadáver a um cemitério, embora alguns não sintam vontade para cumprir uma tarefa tão trabalhosa e armazenem os cadáveres enquanto o tempo está gelado, às vezes, durante meses, algo que eu acho absolutamente compreensível; o morto dificilmente se queixa do local onde jaz. Mas esse homem fez tanta questão de ser enterrado em solo consagrado que as pessoas não se atreveram a fazer outra coisa a não ser o que ele havia pedido. Assim, juntaram-se alguns homens para transportá-lo até aqui. Não sei se vocês conhecem bem este local, mas lá em cima, no norte, pode levar bastante tempo para reunir cinco ou seis homens de idade adequada para transportar um cadáver, chega a demorar uma semana. Por fim, eles chegaram juntos à casa em questão, mas justamente quando iam embora abateu-se uma tempestade que durou três dias. Eles já tinham esvaziado grande parte das provisões da casa quando a tempestade enfim acalmou, e depois se puseram a caminho. É perigoso seguir um atalho sobre o glaciar. Homens corajosos, tenho que dizer, ou ingênuos, porque embora não exista nada mais bonito do que o glaciar sob céus limpos e claros, tampouco existe algo mais ameaçador em tempestades escuras. E quando estavam em cima do glaciar foram atingidos por outra tempestade, mas já tinham subido tanto que não havia como voltar para trás. Durante horas, debateram-se para continuar a caminhar em frente, carregando o caixão, obstinados, tendo visto tudo aquilo antes, mas, no fim, tiveram que desistir, pois não podiam avançar mais para a frente, nem para trás. Mas nem pensar em deixar o homem para trás, ali no topo do glaciar, por isso lhe cortaram a cabeça; continuaram em frente mas deixaram o corpo para trás, uma vez que a alma está na cabeça, algo que, naturalmente, todos sabem. Dois dias depois, chegaram a Vík, abatidos pelo tempo e cansados. Aqui está o velho Einar, disseram eles, dando a Kjartan sua cabeça. Foi algo difícil de esquecer, deixem-me dizer. É assim que as coisas são nesta área e agora já têm uma ideia mais concreta sobre aquilo em que estão se metendo, meus caros, portanto limitem-se a ficar neste percurso e não se desviem. Num dia bom, mal levam duas horas para atravessar a charneca e chegar à povoação; digamos três, no verão, quando se para e se comem amoras e se ouvem os pássaros, mas os bons dias parecem estar desaparecendo rapidamente deste mundo, sabem o que quero dizer. Que Deus esteja com vocês, meus caros!

A charneca que se estende à frente é larga, mas não tão alta quanto aquela de que escaparam no dia anterior, esta está longe do azul do céu, é mais terrena e não tão perigosa para os homens, pois não se aproximam tanto da noite. Uma charneca adorável no verão, em alguns locais a vegetação é densa e o verde enrola-se entre montanhas sombrias; é também chamada Charneca Verde. Já se passaram pelo menos cinquenta anos desde que alguém morreu ali, um agricultor e um adolescente. Tinham subido numa hora em que o tempo estava duvidoso, dissera Kjartan ao rapaz durante a noite, e foram encontrados vários dias depois num monte de neve, o agricultor colocara os braços em volta do rapaz e o apertara com força, sem dúvida tomado pela culpa, pois levara consigo o rapaz apesar dos pedidos feitos pela mãe para que seu marido não o levasse à charneca com um tempo incerto. Por outro lado, Jens e o rapaz não deveriam correr um grande perigo, ou pelo menos assim pensava Jens, tão experiente que era, atravessara charnecas mais duras do que aquelas e com um tempo pior, saíra vivo de todas elas, talvez não devido ao seu sentido de orientação, que era apenas mediano, mas devido à sua força, resistência e teimosia.

A terra eleva-se ligeiramente, a neve cai mais intensamente, eles têm vislumbres ocasionais dos contornos das montanhas, quais sombras escuras. No entanto, a cobertura de neve é navegável, ultrapassável, eles quase não se afundam profundamente e o rapaz ajeita o saco da correspondência, quase cheio de cartas e jornais, *Ísafold*, *Þjóðólfur*, notícias que envelhecem a cada passo que dão. Ele não começou a arfar, pelo menos não de modo significativo, mas sente-se cansado devido à falta de sono. A neve amontoa-se à sua volta, neve contínua desde o chão até o céu, a neve une o ar e a terra, já não há nenhuma diferença entre eles, tudo se funde, eles podem esperar encontrar anjos vagueando na eternidade. O tempo passa ao redor, segundos, minutos e depois horas. As pernas mexem-se instintivamente, não sabendo o que mais fazer, nada mais lhes vem à cabeça e eles se encontram brevemente a cada passo; oh, é você, diz o pé esquerdo ao direito, contente por ter companhia.

Jens vai na dianteira.

Acontece de modo bastante automático, o homem mais forte vai na dianteira e abre o carreiro que a neve tapa rapidamente, em apenas poucos minutos é como se nunca tivessem estado ali. Jens carrega o saco mais pesado mas não sente seu peso; ele queria carregar ambos todavia o rapaz não quis nem ouvir falar disso, eu o levo quando estiver cansado, dissera Jens, brusca e calmamente, assim é que as coisas foram, é assim que seria, porém o rapaz jurou a si mesmo, murmurando para si, tome cuidado para que não aconteça o contrário. Palavras grandes, grandes demais, maiores do que ele, e agora, à medida que a terra se ergue e as condições atmosféricas pioram, seria bastante bom ver-se livre do saco. Ele olha para baixo e tenta pensar em algo notável, algo grandioso, utilizar o tempo desse modo e esquecer o esforço, deixar a mente controlar seu corpo, e não o contrário. É diferente, afirmara Kjartan, dizendo-o como um elogio. Ah, é?; então ele não deveria ser capaz de pensar em algo notável, algo grandioso, e pensá-lo incessantemente, não permitindo que sua falta de concentração o afastasse a todo momento? Ele começa a pensar em poesia e começa bem, mas então pensa em Ragnheiður, e apenas em Ragnheiður. No calor que sentiu quando ela se aproximou dele no hotel, a combinação de calor, rigidez e suavidade que se encontra apenas no corpo humano, o melhor e o mais perigoso deste mundo:

Chegue bem perto de mim e nunca mais sentiremos frio.
Chegue bem perto de mim e nossa solidão será aliviada.
Chegue bem perto de mim e tudo será bonito.
Chegue bem perto de mim e nunca mais recearei a morte.
Chegue bem perto de mim e eu trairei tudo.

A terra já não se ergue, chegaram ao cume da charneca, deixando cerca de cinco quilômetros de descida até terreno plano. Limita-se a manter um percurso mais ou menos reto, embora o rapaz não perceba como Jens conseguirá fazer isso naquela tempestade que não deixa ver nada, mas que não é muito perigosa, desde que não aumente o vento. Aqui não há pássaros, nem raposas, dificilmente um ratinho do campo, apenas aqueles dois, a neve e possivelmente um agricultor morto com um adolescente nos braços; ele os tinha colocado em volta do rapaz, pressionara o corpo jovem e gelado contra o seu e murmurara, perdoa-me, pode me perdoar, e tentara segurar com força suficiente a jovem vida, mas morreram ambos, longe dos seus. Morrer é frio, diz o agricultor, que de súbito surgiu ao lado do rapaz, o adolescente que se mantém calado ao seu lado, eles caminham ligeiramente na neve, não deixam pegadas para trás; a culpa foi minha, assume o agricultor enquanto se dissolvem.

E então começa a ventar, é claro.

A calmaria fora momentânea, apenas o suficiente para fazê--los subir mais a charneca. A princípio, brisas de vento suaves, como que pedindo desculpa e murmurando, não, não, não queremos fazer mal, simplesmente continuem, estão a salvo, não prestem atenção em nós. O vento faz rodopiar a neve, como que numa dança ligeira que aos poucos torna-se mais rígida, aumenta de velocidade e torna-se mais selvagem, até já não ser possível diferenciar entre a neve que vem com o vento e a que cai; isto se tornou demasiado familiar, raios, pragueja o rapaz, mas Jens continua seguindo em frente, sem descansar, nunca olha para trás, e uma distância de dez a quinze metros entre eles vai crescendo de forma gradual. Não é muito agradável da parte dele, murmura o rapaz, que se sente receoso, mas é estupidamente orgulhoso demais para gritar, tentando, em vez disso, acelerar, mas tropeça, como se alguém lhe tivesse passado uma rasteira, e fica estendido na neve, olha para cima e vê Jens desaparecer na tempestade, ou atrás dela; por outro lado, o agricultor e o adolescente regressaram, estão sobre ele e seus olhos cobertos com gelo olham para ele, três é muito melhor do que dois, declara o agricultor. Não morrerei aqui, raios, sussurra o rapaz à neve, e tenta se levantar sem tocar nos dois homens, o que é difícil; eles estão mesmo encostados nele, os mortos são atraídos pelo calor da vida. O agricultor aproximou-se tanto que já não pode se aproximar mais, seu braço direito pende sem força para o lado e parece faltar-lhe um pouco à frente, mas o esquerdo chega até o rapaz, tateia o caminho como uma cobra cega à procura de um coração vivo; não somos assim tão maus, diz ele e procura algo, e a charneca é bonita com bom tempo. Eu quero viver, arfa o rapaz, tentando desesperadamente se livrar da mão fria e morta; o que é isso?, grunhe Jens, tendo enfiado sua pata no peito do agricultor, vai me dar a mão ou vai simplesmente morrer aí na neve?

Então, acontece; começam a descer. Com tempo bom, em breve veriam chão firme, oito a dez propriedades alinhadas ao longo da costa do Dumbsfjörður, alojando cinquenta, sessenta, setenta vidas que vão e voltam, vão e voltam, veriam fiordes rasgados na terra no outro lado; feridas profundas e antigas, e ao lado deles vales rasos e depois charnecas, ainda mais charnecas com ossos brancos de ovelhas, pessoas mortas, lagos sonhadores e adoráveis tufos de relva. Vislumbrariam casas individuais na relva, algumas com penhascos assomando sobre as terras, embora estejam tão próximos da linha costeira quanto possível. Há uma grande distância entre as propriedades e o percurso terrestre quase nunca é transponível, exceto no pico do verão, e nessa altura as pessoas costumam estar tão sobrecarregadas de trabalho que não podem ir a lugar nenhum; esforçam-se a apanhar feno para o gado, saem para pescar quando as condições permitem e afogam-se quando alguém corta a linha. Jens abana às vezes a mão direita, um pouco como se estivesse ficando fria; corremos risco de cair?, grita o rapaz, presumindo, com razão, que existe um precipício em algum lugar mais à frente; descobriremos se isso acontecer, grita em resposta Jens, dizendo suas primeiras palavras em muito tempo, ou desde que atravessara a morte ao ajudar o rapaz a se levantar, é a sua primeira comunicação e é assim: uma pergunta preocupada e uma evasiva. A vida islandesa numa só expressão: somos completamente incapazes de expressar nossos sentimentos junto dos outros; não se aproximem do meu coração.

Os dois homens avançam em frente e para baixo.

Afastam-se dos perigos da montanha e aproximam-se da morte no mar.

O vento diminui pouco apesar da descida, mas a neve torna-se mais macia e difícil de transpor. Jens parece confiante no percurso, que não é terrivelmente complicado, desde que o vento forte sopre diagonalmente em suas costas, seguem na direção certa. Mas que maldita direção? O rapaz grita mas não recebe nenhuma resposta, grita a Jens, que provavelmente perdeu a audição e recomeçou a avançar, o rapaz não consegue diminuir a distância por mais que tente, pelo menos quinze ou vinte metros entre eles, a qual vai aumentando de forma gradual. Não poderiam arranjar um barco numa propriedade, alguém que os levasse de barco até Dumbsfjörður. É claro que não seria uma ideia muito popular com aquelas condições atmosféricas, com o mar tão maldoso e completamente cego, mas Jens paga em dinheiro vivo e alguns aqui já viveram muito tempo sem ver, quanto mais ter, um fenômeno desses. No pior dos casos, poderiam se alojar na casa de alguém, esperar que passasse o pior da tempestade, mas agora na verdade estão afastando-se a cada passo do Langafjörður, aumentando a viagem marítima. Foi uma má ideia partir de Vík e é uma estupidez continuar avançando por terra, a única coisa de que se aproximam é do glaciar, que reina sobre todo o resto nesta área; aguarda-os na retaguarda a tempestade, ergue-se alta e enche metade do céu; aquele que se aproximar demais perderá Deus. E talvez Jens tente fazer precisamente isso, perder Deus, ou que outra razão o levaria a continuar andando assim; afunda-se em buracos, afasta-se, perde o rapaz, surge de novo; o rapaz está ensopado de suor devido ao esforço e tropeça num buraco. Quando consegue sair do buraco, Jens já desapareceu.

Sim, ótimo.

Estava destinado a acontecer.

Simplesmente perfeito.

Na melhor das hipóteses, ele ficará enterrado na neve e o Diabo levará seu cadáver à primeira oportunidade. O rapaz olha em volta mas não vê nada através da neve que o fustiga com o vento e não sente mais nada além do cansaço; agora, ele poderia estar junto de uma casa sem nem saber. Continuarei simplesmente a andar e tentarei encontrar uma casa antes do crepúsculo, pensa, e começa a se sentir bastante esfomeado; como seria bom poder visitar agora a cozinha de Helga. E então, de modo bastante inesperado, tão inesperado que é quase um choque, ele sente saudades, uma saudade enorme. Ele tem que parar, mantém-se imóvel, encosta-se ao vento agressivo. Ele tinha que andar todo aquele caminho até ali, atravessando um fiorde obscuro num barco a remo com um companheiro aterrorizado, atravessando duas charnecas e depois tendo perdido a orientação numa tempestade de neve ofuscante com um glaciar ímpio por trás da tempestade, para descobrir isto: que ele se sente quase ótimo na casa de Geirþrúður? Pelo menos, suficientemente bem para sentir saudades. É uma experiência completamente nova sentir saudade de perder algo que não desapareceu na eternidade. Essa nova saudade é mais fácil e contém em si uma luz. Mas saudades de quê? Das pessoas, do trio autossuficiente, da segurança, das possibilidades de viver naquela casa? Toda sua vida, desde que seu pai morrera, ele tem partido, nunca soube para onde ia, mas seus sonhos são sobre isso, sobre ir embora. Existe nisso esperança e motivo para se manter de cabeça erguida. Fugir do peixe, das dificuldades, da colheita, da incessante e destrutiva labuta cotidiana, do moer constante que desfaz as pessoas muito antes de ter chegado sua hora, que lhes retira o brilho dos olhos e o calor do toque. Fugir antes de ser tarde demais. Ele viveu três semanas numa casa onde todas as regras estão de algum modo viradas ao contrário, e é suposto que comece sua educação quando regressar, se regressar. O rapaz luta contra o vento só para se manter de pé enquanto tenta apreender isso, rever as últimas semanas, os livros que lera, as conversas, o descuido peculiar e quase perigoso patente em algumas de suas atitudes, o capitão estrangeiro que viu na primeira manhã naquela casa, o amante de Geirþrúður, Geirþrúður na banheira, um pouco velha mas completamente diferente de velha, e as manhãs com Helga e Kolbeinn, pouco mais do que três semanas de uma nova vida, e é apenas agora, com incontáveis montanhas entre eles e perdido na maldita tempestade e possivelmente mais perto da morte do que da vida, que se dá conta de que se sentiu bem... ou quase bem. Percebe isso agora e provavelmente tarde demais, porque de súbito vislumbra um movimento pelo canto do olho, algo grande e branco que se aproxima dele a uma velocidade espantosa, que atira a pata contra si, agarra com força num dos seus ombros, por que está aqui perambulando?, pergunta de ímpeto Jens; tentando compreender esta maldita vida, grita o rapaz, é preciso morrer para se dar conta, responde Jens, toca no rapaz, ordena que o siga, e depois estão abrigados.

7

Jens encontrara uma casa para eles se abrigarem, uma casa intacta com porta, paredes e telhado; é um luxo indescritível. Simplesmente abrir a porta, entrar ou cambalear lá para dentro, fechar a porta e sentirem-se abrigados. Uma medalha para aqueles que construíram ali uma casa e puseram uma porta para deixar lá fora este tempo monstruoso. É indescritivelmente bom poder respirar normalmente, não ter de engolir ar num movimento furtivo para não deixar a neve entrar na boca e é fantástico ouvir de novo a respiração. Jens se mantém de pé mas o rapaz está de joelhos, foi ele, claro, que quase entrou aos trambolhões. A casa não é grande, apenas o suficiente para alojar as vinte ovelhas que olham consternadas para os dois homens que começaram a tirar de cima de si neve e gelo sem lançarem um único olhar às ovelhas, como se não estivessem conscientes dos quarenta olhos que os observam. As ovelhas estão tão admiradas que nem se atrevem a balir. Nunca vai ninguém ali, exceto, obviamente, pessoas da propriedade, as poucas pessoas que os animais conhecem como seus próprios focinhos; dois homens novos, portanto, é uma notícia tremenda. Medo e curiosidade brilham em quarenta olhos que observam e, por fim, uma delas não consegue resistir mais, simplesmente não consegue se conter, abre a boca e bale. Um único balido, uma exclamação, na verdade, e depois as outras têm que fazer o mesmo, como é óbvio. Vários segundos depois, o barulho tornou-se ensurdecedor. Vinte ovelhas que balem sem parar, como se estivesse iminente uma catástrofe terrível; esticam o pescoço, balem sem parar e sobrepõem-se ao som do próprio vento; amontoaram-se juntas o mais próximo possível da traseira do ovil, enquanto atrás delas, separado na sua solidão e perpétua má disposição, está um grande carneiro silencioso como pedra que de início age como se não tivesse nenhum interesse nas ovelhas ou naquela visita que a tempestade lhes trouxe, mas que, no fim, é levado pela histeria das ovelhas, abre suas grandes mandíbulas e começa a balir. No início, suavemente e para si mesmo, mas, em pouco tempo, perde todo o controle que tem sobre si e acrescenta seu balido profundo, trêmulo e triste ao coro de balidos ruidosos e em pânico. Então Jens dá um passo na direção dos animais e ordena lacônica e agressivamente: calem a boca! E não é preciso mais. Elas se calam, o carneiro também, sua mandíbula inferior afunda-se, sua boca meio aberta devido ao medo e seus grandes cornos tornaram-se tristemente pesados na cabeça; nunca é bom estar só, mesmo quando se tem cornos. Reina um silêncio mortífero no interior, apenas se ouve um balido curto e temeroso que uma ovelha deixa escapar, completamente por acidente, mas, fora isso, impera silêncio total; as palavras podem ter muita influência, se forem ditas de modo correto. Mas o vento, é claro, não dá a mínima àquilo que se diz no interior das casas e continua a soprar. Vinte ovelhas e um carneiro olham para Jens. O rapaz dá uma espiada no grupo, prageja, raios, e depois deixa-se afundar num monte de feno velho no canto, onde pretende permanecer durante a próxima década, ou algo do assim. Ele poderia ter adormecido logo, cansado, depois de ter ficado acordado até tão tarde com Kjartan, exausto da subida e dos esforços dos últimos dois dias, se Jens não tivesse começado a percorrer os últimos passos que o espaço permitia, tendo tirado o gorro e as luvas e pousando-os numa pedra, com uma expressão ameaçadora e de fisionomia carregada. O que o rapaz sabe sobre Jens? Ele finge cochilar mas deixa os olhos ligeiramente abertos e observa o carteiro grande a andar de um lado para o outro, sente um pouco de medo quando vê os punhos dele cerrarem-se, tão grandes quanto a cabeça de um bebê, as ovelhas não tiram os olhos de cima do carteiro, porém o carneiro olha para baixo e pensa que naquele momento seria divertido chifrar alguém. Então as ovelhas começam a ruminar. Há poucas coisas mais relaxantes neste mundo do que ver uma ovelha a ruminar; o rapaz olha, depois fecha os olhos e começa a cantarolar qualquer coisa de um modo bastante gentil, quase silencioso, algumas notas, poucas, que em pouco tempo se convertem numa melodia encantadora mas ligeiramente triste, tornam-se o sinal de partida que Benedikt tocou em sua última noite neste mundo, antes de levarem os barcos para a praia, para o mar alto e remarem em direção ao local da morte de Bárður. Andrea ficara na costa e os vira se afastar; o que ela estará fazendo agora e onde está Bárður? Para onde vão aqueles que morrem; é possível ir até lá, será que uma nova alvorada nos aguarda por trás de todas as tempestades, por trás da vida, por trás da morte, uma nova alvorada, um horizonte brilhante e uma melodia frágil para aliviarem nossa dor depois da vida? Ele começa a afundar-se no sono, que é como afundar-se num lago quente e pesado, um lago tranquilo, mas então sua perna direita recebe um pontapé, o véu de sono é rasgado, ele está de volta a um ovil mal iluminado, o vento gemendo

lá fora e Jens de pé sobre ele com os punhos fechados. O que foi?, murmura o rapaz, mas Jens curva-se, o sacode como palha e o puxa para perto de si, o rapaz sente o frio da barba gelada de Jens, vê as pequenas veias em seu nariz grande e olha diretamente para seus olhos cinzentos e zangados. Ele deixa os braços penderem de lado, não se atreve a fazer outra coisa, este carteiro deve ser louco e as ovelhas observam; elas pararam de ruminar. O que está fazendo?, pergunta Jens, numa voz baixa mas ameaçadora.
O rapaz: só adormeci, só cochilei, na verdade.
Jens, apertando-o com mais força: não me refiro a isso; é assim tão estúpido? Ou será que me acha estúpido?
O rapaz: Não sei... quero dizer, você não, não, de maneira nenhuma... mas às vezes é como se eu fosse estúpido, quero dizer, às vezes...
Jens: Quer que bata em você?
O rapaz: Prefiro que não.
Jens: Então me responda!
O rapaz: Mas como? Quer dizer, não sei como deveria responder. E por que está tão zangado?
Jens ergue tão alto o rapaz que seus pés balançam no ar, mas uma ovelha bale mansamente, dois balidos curtos, dizendo, talvez, olhem para isso. Em seguida, Jens liberta o rapaz, tão bruscamente que este cai num monte de palha e rebola para o lado. Quando ele olha para cima, Jens deu vários passos atrás; está ali de cabeça baixa, inspira profundamente e indaga, como me comportei? Como se comportou?, repete o rapaz, sentando-se.
Jens: No barco a remo.
O rapaz, surpreendido: O que quer dizer?
Jens: A minha covardia. Falta de coragem. Por que não contou aquele episódio a ninguém?
Por que motivo deveria ter contado?, pergunta o rapaz, admirado, mas aliviado por ser apenas aquilo; e o que deveria eu

contar, as coisas simplesmente acontecem, e as pessoas são diferentes, por que falar nisso? Olham um para o outro, com dois ou três metros de distância entre ambos e quarenta e dois olhos os observam. Não agradeci adequadamente o que você fez, afirma Jens, lacônica e calmamente. Não é preciso, responde o rapaz, sentindo-se agora seguro para se pôr de pé. O rapaz: E como recompensa você também salvou minha vida; três vezes, na verdade. A vida?, pergunta Jens, como se nunca tivesse ouvido essa palavra misteriosa. Sim, foi impossível evitar, estava estendido na neve, não se tratou de salvar, mas apenas de pôr você de pé. Além disso, estava lá estendido porque não prestei atenção. Porém, o que eu queria mesmo era agradecer pelo que mencionei antes e peço desculpa pelo meu comportamento, foi vergonhoso, ter deixado você duas vezes para trás, mas agora temos que nos separar. O quê?, indaga o rapaz, pensando que talvez o uivo do vento tivesse distorcido o que Jens acabara de dizer. Separar? Sim, porque é assim que deve ser: Jens segue numa direção e o rapaz em outra, chama-se isso de separar, e antes disso as pessoas deveriam despedir-se. Adeus.

Jens: Eu levo o seu saco, é claro.

O rapaz: Não estou entendendo.

Jens: Ajudo você a encontrar a propriedade a que pertence este local; volta para trás quando a tempestade acalmar e devolve a Cinzenta ao Jónas e o barco ao Ágúst e à Marta; leve alguém com você, pelo menos para atravessar a charneca. Consegue atravessar de barco sozinho, não consegue?

Sim, responde sucintamente o rapaz, aliviado por não ter de continuar em frente sob aquele tempo incrível, aliviado por não ter que passar mais tempo na companhia do carteiro, embora a palavra "companhia" de maneira nenhuma seja adequada a Jens; ele terá que se safar mesmo que seja obrigado a permanecer um ou dois dias naquela casa, seja qual for a casa; talvez seja insuportavelmente entediante, mas talvez não, nunca se sabe o que nos aguarda em casas desconhecidas, banalidade ou aventura, talvez olhos claros e poesia, e quem se importa mesmo que seja entediante e banal, são necessários mais de dois dias de tédio para matar um homem. Jens colocou ambos os sacos aos ombros, há algo tranquilo naquele grande homem, ele observa as ovelhas e o carneiro, que olham todos para os dois homens como se esperassem algo eminente, algo não dito. Por quê?, também pergunta o rapaz, e a calma do carteiro desaparece. Vou caminhar, responde laconicamente, olhando com firmeza para o rapaz, como se o desafiasse a não dizer nada ou a protestar.

O rapaz: Caminhar; quer dizer até Langafjörður?
Jens: Sim.
O rapaz: É um longo caminho.
Jens: Três dias. É longo?
O rapaz: Um barco poderia encurtar dois dias.
Jens: Dois dias e, o que é isso?
O rapaz: Não precisa cumprir o programa que foi estabelecido?
Jens: Preciso me manter vivo.
O rapaz, hesitantemente: Uma viagem de barco não é assim tão má, arranjaremos um barco maior e esperaremos até a tempestade acalmar. Todas as propriedades nesta zona têm um barco.
Jens: O mar é desnecessário. Somos animais terrestres.
O rapaz: Então nós esqueceremos o mar.
Jens: "Nós" quem?
O rapaz: Oh, nós dois.
Jens: Está sozinho, eu estou sozinho, por isso não há nenhum nó aqui. Agora, vai; encontrar pelos seus próprios meios a casa, é impossível ficar com uma pessoa que fala tanto.
As ovelhas e o carneiro olham para eles, respiram rapida-

mente, formando uma nuvem de vapor. Eu sigo você, diz o rapaz, completamente do nada e de um modo bastante absurdo. Porque deveria seguir um carteiro com medo do mar e possivelmente louco naquela tempestade, vaguear em volta de fiordes, atravessar charnecas e despenhadeiros percorrendo dezenas de quilômetros entre propriedades, quando não tinha vantagem alguma nisso, mas antes imensas desvantagens? No entanto, para alguns é natural tomar decisões de vida ou de morte sem pensar; não é muito sensível, mas talvez seja menos provável que se degradem. A sensibilidade pode danificar a vida; pode facilmente sufocá-la. Jens não diz nada, de modo que o rapaz acrescenta, não serei um fardo, mas não posso prometer ficar calado e, além disso, falar com você é muito divertido.

E então acontece.

Jens ri.

Não muito, é claro, e não em voz alta nem por muito tempo, mas ri; o riso não é forçado mas está um pouco enferrujado pela falta de uso, e as ovelhas param na hora de ruminar; logo em seguida, cerca de cinco delas abrem as pernas traseiras e urinam. Os homens as observam, e então é a vez deles de urinar. Há uma diferença entre fazer uma coisa destas dentro de casa ou sob um tempo miserável, meio dobrado e talvez ensopando-se com urina, tremendo de frio, frio este que é tão rápido a esgueirar-se através de fendas inesperadas. Dois homens urinando, lado a lado, às vezes sentem-se unidos; por um momento ou dois, têm algo em comum e talvez digam alguma coisa que, de outro modo, nunca diriam em voz alta.

Jens: Preciso pensar.

O rapaz: Precisa pensar?

Jens: E para isso é melhor viajar, caminhar.

O rapaz: Algumas pessoas acham que é bom ficarem sentadas enquanto pensam.

Jens: Não tenho grande fé em coisas assim, há algo que não é muito natural nisso; a única coisa sensata a fazer é caminhar, e preferencialmente por muitos dias. O rapaz: E por que precisa pensar? Mas, naquele momento, terminaram de urinar, o cheiro ácido da urina desapareceu quase imediatamente, cancelando a cumplicidade. Esse é um problema meu, declara Jens, sacudindo as últimas gotas. Tem toda a razão, admite o rapaz, acrescentando que ele também precisa pensar; não sei por que estou vivo, na verdade. Jens olha para o rapaz, abana ligeiramente a cabeça, retira um pouco da sua comida do saco, dá uma parte ao rapaz, depois muda os sacos de correio que carrega aos ombros e avança para a porta. Espera, pede o rapaz, tendo subido até ao redil com as ovelhas, que se agrupam, aterrorizadas, num dos cantos. O que está fazendo aí?, pergunta impacientemente Jens, e o rapaz responde, abre a cancela do carneiro, o agarra pelos cornos e o arrasta até as ovelhas, coloca uma delas no seu lugar, fecha de novo o portão, volta a ir para junto de Jens com uma expressão satisfeita e ri baixinho quando vê o carneiro ali empacado, parecendo sentir-se extremamente insultado no meio das ovelhas. Por que fez aquilo?, pergunta Jens, com o dedo pousado na tranca da porta. A surpresa é uma coisa saudável, diz o rapaz. Eles saem e a tempestade apodera-se deles.

Dois homens imersos em seus pensamentos enquanto viajam sob um temporal daqueles não é uma coisa simples, tendo em conta que é preciso de usar toda a energia apenas para continuar a caminhar em frente, ir de um lado para o outro sem morrer, o que significa que pensar e, além de tudo isso, tentar perceber a vida deve ser algo épico. Abrem caminho através da neve e do vento, dois homens à procura de si mesmos; encontrarão ouro ou apenas pedras cinzentas? A princípio, caminham um pouco acima da costa, mas, depois, são obrigados a se deslocar mais para baixo, para mais perto do mar, e em alguns locais mesmo junto à praia, o que pode ser perigoso, não por causa das ondas azuis que quebram, frias, em terra, mas devido à neve que se acumulara ao longo das margens mais altas; a maré abre caminho por entre a neve e deixa espaços vazios, grutas, até certa medida significando que muitas toneladas de neve podem ficar suspensas praticamente no ar durante semanas e tombar diante de menor perturbação. É fácil para os locais evitar as armadilhas, como chamam a estes montes de neve, em plena luz do dia, e continuar a caminhar com suas ovelhas, mas agora Jens e o rapaz não veem, obviamente, nada e não têm consciência desse perigo. No entanto, Jens se dá conta dele quando o som da tempestade se desvanece e se ouve apenas um silêncio peculiar. Ele para, olha em volta, escuta, agarra no ombro do rapaz e calmamente explica a ele o risco: há várias toneladas de neve penduradas acima da cabeça deles: não diga uma única palavra, uma única palavra pode nos desgraçar.

 Sentem-se aliviados por se afastarem da praia e permanecerem vários momentos lado a lado, como que para contemplarem o fato bizarro de estarem ainda vivos, e depois continuam em frente, passam por propriedades sem reparar nelas, propriedades de turfa enterradas em neve, invisíveis à luz, quanto mais numa tempestade escura; há pessoas e animais a respirar por baixo da neve, como a relva que espera pelo canto dos pássaros e pela luz do sol. Eles caminham e pensam. Mas não é fácil para uma pessoa comum controlar seus pensamentos; podem ser mais desordeiros do que qualquer ovelha e fugir assim que se solta um pouco o aperto, fugir e desaparecer na distância ou se dissipar como fumaça. Na verdade, a mente do rapaz está sobretudo cheia de tolices. Uma ou duas recordações, acontecimentos da estação de pesca, Andrea rindo entre ele e Bárður, Pétur calado, Pétur recitando versos obscenos para combater o frio enquanto esperam diante de suas linhas de pesca, o rosto amigável de Árni, os passos de dança que Guðrún deu para o rapaz e Bárður verem, talvez especialmente para Bárður, enquanto, à noite, o rapaz sentia que nunca adormeceria devido àquilo que ele pensava ser, na altura, amor. Ele pensa em Bárður e é tão bom que se esquece de si próprio por muito tempo, o percurso torna-se mais fácil, como se Bárður estivesse mesmo ao seu lado, ele *está* ao seu lado, não frio e morto ou enfurecido, mas bastante aquecido pela vida, e exala uma energia que parece tornar mais fácil a existência e eliminar todas as dificuldades. O rapaz pensa em Bárður e tem saudades dele. Aquele que morre nunca regressa, perdemo-lo, nenhum poder no universo nos consegue trazer o calor de uma vida desaparecida, o som de uma voz, os movimentos das mãos, o toque do humor. Todos os detalhes incluídos na vida e que lhe dão validade desapareceram na eternidade, desapareceram apenas para deixar uma ferida aberta no coração que o tempo gradualmente transforma em cicatriz inchada. No entanto, aquele que morre nunca nos deixa por completo, o que é um paradoxo que conforta e atormenta ao mesmo tempo; aquele que morre está igualmente perto e longe. Está morto, mas está aqui, murmura o rapaz, e Bárður sorri, e é mais fácil caminhar, o vento frio o fustiga, fazendo com que cambaleie um pouco, mas está tudo bem; devia entregar-lhe uma mensagem da parte deles, diz Bárður, eles estão a observá-lo, têm esperança e acreditam — assim, sabe o que deve fazer. Não, diz com sinceridade o rapaz, é exatamente isso o que não sei e que me provoca dor. Diga o que deveria fazer? Mas, então, não há Bárður nenhum, o rapaz está simplesmente falando com a neve que cai e o glaciar encontra-se em algum lugar para além da tempestade, tão maciço quanto o fim de todas as coisas. A neve ergue-se do chão em redemoinhos e é atirada contra o rosto deles. Se pretendem sobreviver a esta noite, precisam descobrir um abrigo, mas onde poderão encontrá-lo? Jens não gosta da ideia de abrir uma gruta de neve, criar um abrigo dentro do próprio inimigo; um refúgio tão arriscado que constitui pouco mais do que uma armadilha de morte. Eles continuam em frente, dois homens, dois seres vivos, duas vidas que se deslocam sob um tempo hostil demais. O rapaz sente-se tentado a apoiar seu peso no braço de Jens; tome conta dele, dissera Helga, e Jens respondera, sim. De que valem as palavras se não as honramos, de que vale então um homem? E quem decide se vivemos ou morremos, se morremos de frio na neve, congelamos no mar ou morremos de solidão? Por algum motivo, Jens continua a caminhar em frente contra a tempestade. Ele está meio cego devido à cobertura gelada que lhe cobre o rosto, no entanto, encontram uma casa; está quase toda enterrada na neve e há muito que se encontra em ruínas. Mas é um abrigo, até mesmo um bom abrigo; descobrem um lugar para descansar e comer qualquer coisa; o rapaz murmura alguma coisa, recita um poema, pensa nas pessoas que moraram ali e depois tremem enquanto tentam adormecer. Dormir na casa degradada. Ou cochilar. O que aconteceu às vidas que flamejavam aqui, por que é que todas as horas do homem se evaporam, para se perderem por completo; não há ninguém que anote tudo, todos os acontecimentos, o riso das crianças, os beijos? A noite passa. Em seguida, a manhã chega e ainda estão vivos. Porém, o rapaz murmura, mal estamos vivos, ao rastejar para fora do abrigo atrás de Jens, tão rígido devido ao frio que é como se tivesse envelhecido cinquenta anos.

8

Os homens piscam e observam em volta. É o início de uma manhã de primavera, mas a luz primaveril, ora dura, ora suave devido à luz do sol, mal se vê; cai em fragmentos entre os flocos de neve que o céu liberta sobre eles. E, uma vez mais, partem. Não veem o glaciar, mas o sentem; está à direita, estendendo-se por trás da neve que cai. Um glaciar é apenas uma massa gigantesca de neve velha, flocos de neve com muitas centenas de anos, mas consegue mudar todo seu ambiente. Tudo se torna maior quando o sol de verão brilha sobre ele, um pouco como se o campo fosse abençoado, e então as pessoas prefeririam morrer a mudar-se dali.

Tem certeza quanto ao caminho a percorrer?, pergunta o rapaz no primeiro abrigo, muitas horas depois de terem partido. Haviam se recuperado da rigidez, às vezes eram até capazes de afastar o frio. Ainda a mesma chuva, ainda o mesmo vento, ainda o mesmo vento acompanhado de neve. Tem certeza?, pergunta, mas apenas para dizer alguma coisa; pessoas que falam umas com as outras não ficam tanto à mercê do mundo. Jens olha em frente, silenciosamente, retira gelo da barba, sim, sim, responde ele por fim.

O rapaz: É bom saber o caminho.

Jens: Vamos para nordeste, depois, noroeste.

O rapaz: Quando viramos?

Jens: Quando for a hora.

É bom saber o caminho, diz mais uma vez o rapaz, porque também é bom se expressar em poucas palavras diretas, sem tolices, sem bobagens, apenas fatos. Ele senta-se ao lado de Jens e isso o faz crescer. Ser homem é saber para onde se vai e não desperdiçar muitas palavras com isso. As mulheres são atraídas por homens assim. É assim que são as coisas. E então, é claro, ele começa a pensar em Ragnheiður, não há nada que ele possa fazer quanto a esse assunto, mas ela é filha de Friðrik e isso não pode ser bom, de maneira nenhuma. É bom que ela vá para Copenhague perder-se por entre as torres e as pessoas, com seus olhos frios, com seu corpo que é um fio esticado, com seus peitos firmes. Mas ele nunca fora beijado. E, então, ela o beijou, com lábios macios e úmidos.

Como é possível esquecer isso?

Se ele pudesse apenas tocar em seus seios; deve acontecer alguma coisa quando um homem toca no que nunca deve ser visto.

Ele olha para o vazio, em silêncio. É bom sentir o membro erguer-se sob um frio intenso, sob uma tempestade escura. Aquece um pouco a pessoa. A pessoa esquece de si. E depois deixa de ser bom; na verdade, é apenas vergonhoso. Também não é bom não dizer nada; o mundo não é assim tão interessante e no silêncio há risco de se começar a pensar naquilo em que é melhor não pensar. Sabe alguns poemas?, pergunta ele. Não, responde

Jens, sem olhar para cima. Devemos cantar, então? Não. Mas tem que saber alguns poemas, talvez de Bjarni, um homem como você... não, responde Jens. De Jónas? Não. Nesse caso, não poderíamos conversar um pouco? Não. Por que não? E por que sim? Bem, somos dois homens numa tempestade, longe de habitações humanas, caminhamos em condições difíceis durante vinte e seis ou vinte e oito horas, e ainda com um longo caminho pela frente. Jens não diz nada. E a pessoa sente-se menos sozinha. Jens não diz nada. Está pensando? Estou descansando. Pensa muito? Pensar para quê? Disse que precisava pensar, lembra, e eu... pensar, sim, não falar. Às vezes, andam juntas. Dificilmente. Reforçam-se uma à outra. Não. Como é que ela se chama? Quem? A mulher. Que mulher? Aquela em quem está pensando. Quem disse que é uma mulher? Então é um homem? Você me cansa. Quer dizer, quer caminhar durante dias e dias sob tempestades e neve para pensar; tem que ser em alguma mulher! Jens está calado. Bem, diz o rapaz, sendo assim, vou só recitar alguns poemas para mim mesmo, perdoe-me se recitar em voz alta, simplesmente acho que é melhor, sinto melhor as palavras desse modo. Para que serve isso?, pergunta Jens de um jeito carrancudo, mas o rapaz não diz nada e começa a recitar, no meio da tempestade e da neve, junto a um homem que não gosta de palavras, dois poemas de Jónas, dois de Steingrímur Thorsteinsson e dois de Kristján Fjallaskáld, ele os recita bem e Jens não protesta, simplesmente recua e desvia o olhar, como que para escapar. E depois, após inúmeras palavras sobre rebentos, amor, tristeza, claridade e escuridão, o rapaz recita um poema de Ólöf de Hlaðir. Os livros antigos dizem que é mau agouro recitar poemas escritos por mulheres durante uma tempestade. Amor retribuído é algo que nunca peço, declara o rapaz, pousando sua luva gelada no coração abatido pelo tempo e:

Amor retribuído é algo que não lhe peço,
— só as jovens perguntam e esperam do amante. —
Conheço a vida, e agora sei,
Ter já dela os tristes sinais no meu semblante.

E em silêncio e por palavras vem a assimilar
Que os desejos se escondem na profundeza abissal,
E sabe que nunca abri a mão para flores secas revelar,
Nem nunca beijei seus lábios pálidos e frios como tal.

Mas eu ainda te amo, como uma perdição,
Sem isso, a minha vida seria morte.
Nem Deus nem o homem poderiam consertar meu coração,
Tendo o meu coração privado da sua sorte.

9

Nem sempre é fácil tolerar a poesia; pode conduzir uma pessoa a direções inesperadas. Foram-me dadas asas, mas onde está o ar para onde eu possa voar? María não tem nada de Ólöf, pensa o rapaz durante o segundo verso, María de Vetrarströnd, e é pouco provável de encontrar essa coletânea de poesia em Sléttueyri. Há muito que se esqueceu de Jens; um poema de Jónas e esse rapaz desapareceu na poesia, já mal se dando conta da tempestade; ele recitou os poemas em voz alta para si mesmo, recitou-os como feitiços mágicos e contemplou o outro mundo. Nada para mim é doce sem ti. A poesia mata, dá asas, mexa-as e sinta as penas. Conduz a outro mundo e depois nos traz de volta, para uma tempestade, para a confusão do lugar-comum. Sem isso, a minha vida seria morte; por algum motivo, o rapaz precisa repetir esse verso, e então Jens levanta-se, sem isso, a minha vida seria morte, levanta-se e apressa-se a sair para a tempestade ou a entrar nela, e desaparece. Então o rapaz liberta-se do poder da poesia e corre atrás de Jens, para não se perder.

Jens continua a andar em frente, ataca a neve e o vento,

ataca-os diretamente, mudaram de curso, para noroeste. Sem isso, minha vida seria morte. Ataca a tempestade como se fosse uma pessoa que tem de obrigar outra a ajoelhar, numa luta até à morte. Ele ataca a tempestade, que o rodeia com risos uivantes e trocistas. Ri jocosamente dele, de Jens Guðjónsson, do homem, de sua vida, de suas fraquezas e traições. Nem Deus nem o homem poderiam consertar meu coração, privado de sua sorte. Passe por aqui quando voltar, tinha lhe dito Salvör antes de ele partir para a charneca; uma semana antes, eles estavam no exterior da casa, tendo ambos dormido pouco. As olheiras dela estavam bem visíveis à luz intensa, as marcas do tempo, as marcas da vida. Sim, respondera ele, é claro. Vai pensar em mim? Sim. Quando? Sempre. "Sempre" é uma palavra bonita, e o que fará quando regressar? Beijarei você, respondeu ele, e partiu para a charneca. Amor retribuído é algo que nunca peço. Eu amava meu marido, confessou ela uma vez, quando estavam deitados juntos, aquela besta. Era nova, disse Jens. Sim, mas é estranho que eu pudesse amar um homem daqueles; ele me batia mas eu ainda o amava, até começar a odiá-lo. Lembro que era bonito e amável, na verdade, ele não era suficientemente forte para encarar a vida e isso o tornou uma besta e um desgraçado. Eu achava que nunca mais voltaria a amar, disse ela na escuridão do quarto, e provavelmente estavam ambos gratos pela escuridão, é mais fácil dizer palavras assim na escuridão, ouvi-las e recebê-las. É claro que Jens não disse nada, mas colocou os braços em volta dela, deixou que seus braços falassem. Sabe que te amo, disse ela, mas tapou a boca dele com um beijo, antes que ele pudesse dizer alguma palavra. Mas que se saiba por todo lado que ainda te amo, que sem este amor a minha vida seria morte; o que fará quando regressar?, beijarei você. Ela queria ouvir uma resposta diferente? Por que um beijo, o que é isso? Ela não estava pedindo uma vida, não estava pedindo tudo o que ele pode dar, todos os seus dias, toda a sua força, toda a sua fraqueza? — e ele lhe ofereceu um beijo! Jens luta para seguir em frente e a tempestade uiva, é um riso trocista, porque embora ele quisesse pensar apenas em Salvör e em nada mais, na sua voz, nos beijos, na covinha do seu pescoço, nas suas pernas compridas, no seu calor, pensa também na criada em Vík, Jakobína; não consegue evitar. Ele não estava dormindo quando ela esfregou suas pernas frias, ele estava bem acordado, mas não a impediu, embora mão dela tivesse subido e tocado naquilo em que nunca deveria tocar; ele não conseguiu parar, não quis pará-la.

Aqueles que traem seu país e seu rei na guerra são executados, mas o que devemos fazer com quem trai a si mesmo, que trai a própria vida?

Por que ele nunca pediu a Salvör para ir com ele, de um modo sério, determinado, em vez de se contentar em dizê-lo em tom quase despreocupado, à luz do verão, e aceitar uma meia resposta? De que ele tem medo, qual é sua fraqueza? De não ser melhor do que a besta, seu marido? E ela receia o mesmo, que ele seja fraco e, assim, acabe como o seu marido? Bater nela, desgraçá-la? Talvez esteja tão avariado quanto aquele diabo, pensa Jens, cambaleando freneticamente pelos montes de neve; ele abre a boca e grita.

Grita em voz alta, sem dúvida, ressoa dentro dele, treme por baixo desse grito, mas o rapaz não o ouve, ouve apenas o vento, há muito que se perdeu de Jens, esse diabo desaparecera na tempestade, o deixara sozinho de novo, maldito cabrão maluco, aquele carteiro, deve haver algo de errado na minha cabeça para querer continuar a segui-lo em vez de ir embora, como ele propôs. O rapaz continua a andar em frente, tropeça duas vezes e grita o mesmo número de vezes pelo impetuoso carteiro, mas só o vento responde; afunda-se, desliza uma vez por uma encosta abaixo, uma longa distância, não faz ideia de onde está quando finalmente para, não tem a menor ideia de qual é a direção mais sensata e, por esse motivo, não se dirige para lugar nenhum, na verdade, apenas vagueia, baixa a cabeça, tenta proteger os olhos ao perscrutar em todas as direções, espreita por entre flocos de neve, mas, claro, não vê nada além de neve. Maldito sacana, pensa ele, amaldiçoa Jens, contudo, em breve, deixa de o fazer, já não tem a energia necessária para isso, só continua a caminhar em frente. Bem, ele não segue exatamente em frente, não é assim tão fácil; na verdade, ele vagueia sozinho no mundo, enquanto o vento o sacode e o fustiga. Eles subiam a colina quando se perdeu de Jens, subiam fazia bastante tempo e, portanto, é provavelmente mais seguro continuar a subir. Mas quanto mais alto sobe, mais difícil se torna a caminhada. Às vezes fica preso, afundado em neve até os braços; demora muito tempo para se libertar e perde uma energia preciosa e fugidia. Então desliza para baixo, uma longa distância, e não se atreve a voltar a subir; na verdade, desce ainda mais, mas tenta dirigir-se para noroeste, para onde acha que é o noroeste. Então também desiste disso e pensa apenas em se manter vivo, o que também é um objetivo maravilhoso. Ele é desviado do percurso pelo vento, procura os caminhos mais fáceis, evita os montes de neve, recua quando começa a se afundar na neve, tenta outro local, mas então não tem mais forças, tropeça, afunda-se de joelhos e não consegue se levantar de novo. No entanto, engatinha um pouco, tenta encontrar abrigo e o encontra, talvez não seja um abrigo, não exatamente, mas é um lugar que não está tão exposto e deita-se ali. É fantástico.

 O vento enfurece-se acima dele, mas o rapaz já não quer saber.

 Porém, aquele local é extremamente solitário, parece que está sozinho no mundo e que todos já morreram uma segunda vez, tudo o que é bom está morto, toda a esperança se desvaneceu. Sente também algo estender-se do meio do seu coração ao pescoço, é um monte de lágrimas, chega agora até ali e quer subir mais, quer sair, ergue-se e enche sua caixa torácica e o pescoço. Para se reconfortar, começa a cantarolar uma canção de embalar que recupera das profundezas da sua infância, uma velha canção popular, uma melodia extremamente simples e frágil com quatro versos que contêm os sonhos e o consolo de mil anos. Seus pais cantarolavam muitas vezes esses versos para ele, baixinho, e as melodias melancólicas o acompanhavam no sono e até nos sonhos. Ele cantarola para si, cantarola e envia a melodia frágil para a tempestade, cantarola até ela ser transportada e chegar à sua mãe, que a toma nas mãos, que a segue até ele, então é aqui que está, meu querido, diz ela, ergue-o ligeiramente e o leva consigo; para onde, ele não sabe, espera apenas que seja para longe daquela tempestade. E para longe desta solidão chamada vida.

10

Pode-se pensar que tem alguém tomando conta de você, diz Jens, que emergiu de súbito da tempestade, ergueu o rapaz, o acordou e o abanou; não durma. Oh, é tão bom. Pois é, mas não volta a acordar. E por que deveria acordar?, pergunta o rapaz, mas Jens não diz nada, não precisa, o rapaz estava acordado e conseguia sentir de novo a tempestade, o frio, e sua mãe tinha desaparecido. Jens está de pé sobre ele e sua cara está tão gelada que se parece muito mais com um mensageiro do inferno do que com um homem. Eu achava que isso aqui era quente, declara Jens. Não, o inferno é frio, é um labirinto de gelo. Onde foi buscar isso? Não sei; onde foi buscar a ideia de que o inferno é frio? Não está na Bíblia? De qualquer modo, a Bíblia não foi escrita aqui na Islândia, retruca o rapaz, não, isso é verdade, responde Jens, antes de acrescentar, existe alguém que cuida de você. O que quer dizer com isso?, pergunta o rapaz, um pouco irritado por ter de regressar ao frio e à vida; a tranquilidade era muito doce e sua mãe estava com ele.

Sim, Jens deixara o rapaz para trás, avançara simplesmente sem se importar com nada, mas recuperara a razão bem no alto da montanha, onde deu por si sozinho. Caminhou muito depressa; tentei gritar. Fracassei, declarou Jens, sem rodeios. Fracassou? Deveria ter tomado conta de você, prometi, e mesmo que não tivesse prometido nada, não se pode deixa ninguém para trás com um temporal destes. Só caminhou depressa demais para mim; isso não é fracassar. Deixei você para trás, mais uma vez, essa é que é a verdade. Bem, então por quê? Jens não responde, a fúria o tinha abandonado quando estava na montanha e o rapaz longe. Não foi bom descobrir aquilo: sentiu desprezo por si próprio. Dificilmente é possível encontrar uma pessoa com um tempo daqueles; em hipótese alguma, na verdade. Mas também é inútil viver neste país, embora aqui resistamos há mil anos. Jens pegou a corneta postal e soprou, recomeçou a tarefa e soprou várias vezes. Reconheceu que o rapaz rapidamente cedera ao vento e à inclinação, procurou-o com isso em mente, mas estava prestes a desistir, era tão inútil, começou a se cansar, a perder o sentido de orientação, a energia fugia depressa, mas então vislumbrou um contorno diante de si. Pensou que era o rapaz, gritou, caminhou naquela direção, praguejou quando o vulto pareceu recuar, e ele mal conseguia acompanhá-lo, mas então quase caiu sobre o rapaz, que dormia na neve.
 Eu estava dormindo?
 Como um bebê.
 Raios.
 Sim.
 Um vulto?, pergunta o rapaz, pegando no pudim de sangue gelado que Jens acabara de lhe dar; com o que se parecia?
 Jens: Não vi.
 O rapaz: O que estaria fazendo aqui?
 Jens: Foi uma miragem, foi apenas o tempo.

O rapaz: Acha que era uma pessoa?
Jens: Uma miragem, já disse.
O rapaz: O que é que conduziu você até mim?
Jens: Não deveria ter falado nada.
O rapaz: Deve ter sido uma pessoa; me pergunto, sabe, se estava viva...
Jens: Ainda não acabou de comer o raio do seu pudim de sangue?
O rapaz: Jens, não é muito pouco provável que estivesse vivo?
Jens: Os mortos não andam por aí. Não existe probabilidade nenhuma de isso acontecer.

O rapaz: Não sei onde estamos, exceto que nos encontramos longe de qualquer coisa viva, em algum lugar bem no alto das montanhas, com este tempo horrendo, está escuro e tempestuoso há dias, o que significa que não anda ninguém por aqui, mas alguém aparece na sua frente e guia você, traz até mim e desaparece. O que é estranho, fosse ela uma pessoa viva ou morta. E os mortos raramente querem salvar vidas, bem pelo contrário; chamam a si os vivos. Então o que este vulto está fazendo, e já desapareceu, está vendo algo agora, com o que se parece? O rapaz olha em volta e abocanha o pudim de sangue, e Jens agacha-se, pensando que dificilmente é possível outra coisa neste pequeno abrigo que quase não é um abrigo, o vento o embala como um seixo na praia, ele balança a cabeça.

O rapaz: Isso quer dizer que não?
Jens: Se assim preferir.
O rapaz: E não o quê, exatamente?
Jens: Precisa falar sobre tudo?
O rapaz: Não.
Jens: Não é isso o que ouço.

O rapaz: Não falo assim tanto. Mas, às vezes, precisamos refletir sobre as coisas, não é assim?

Jens: Por quê?

O rapaz: Ah, para chegar a uma conclusão, suponho. Sabe, duas pessoas juntas, completamente perdidas numa tempestade escura, e aparece um fantasma que parece querer salvar vidas; isso não é motivo suficiente para falarmos um com o outro?

Jens: Está na hora de irmos andando, e não se faz isso com palavras.

As palavras são ótimas, retruca o rapaz, sentindo-se insultado; nos ajudam a viver.

Jens: Nunca reparei; termine seu pudim de sangue, vamos embora.

O rapaz: Algumas palavras trazem felicidade.

Jens: Existem tantas pessoas, e eu tinha que ficar logo com você.

O rapaz: E algumas trazem infelicidade. Verdade seja dita, acho que as palavras são a sétima maravilha do mundo.

Jens: Alguém deve ter batido em você.

O rapaz: Aquele que bate em outra pessoa em geral faz isso para encobrir sua própria insignificância e falta de talento.

Jens: Agora, vamos embora. A menos que prefira conversar comigo até a morte.

Não, o rapaz não queria fazer isso. Mas precisa se libertar de alguns fardos antes de continuar rumo ao desconhecido, à tempestade. O que quer dizer com isso? Que preciso defecar. Defecar? Precisa cagar, merda é merda e palavras bonitas não o mudam. Mas mudam você, diz o rapaz, e começa a fazer aquilo a que atribuem tantos nomes diferentes, mas que, independentemente das palavras que forem usadas, não é nada confortável com aquele maldito frio e com a neve trazida pelo vento. O rapaz tenta destapar o mínimo possível sua carne, não é fácil, a roupa está congelada, os dedos dormentes do frio, encolhem-se com a dormência mal tira as luvas, tenta respirar quando destapa o traseiro e sente o vento frio. Uma súbita rajada de vento o faz cair, ele fica deitado na neve com as calças em volta dos tornozelos e Jens ri. O rapaz põe-se de pé, ajeita-se melhor, inclina-se contra o vento, tenta se apressar para acabar, se o vento morresse de súbito, como é habitual, o rapaz cairia para trás, mesmo com a merda meio de fora, e então Jens riria até o inferno, mas espera que não caia para trás, pensa o rapaz tristemente e, por fim, consegue espremê-la toda para fora, grande, dura como pedra, e depois puxa as calças para cima com tanta pressa quanto possível.

    O vento é transparente, é apenas ar em movimento, ar que está com pressa, sem ter para onde ir. Sopra sem motivo aparente. Dificulta, assim, que as pessoas mantenham sua rota, obriga-as a ceder a esse fenômeno transparente e, embora as pessoas tenham um objetivo, são obrigadas a ceder à completa falta de sentido.

    O vento, que sopra agora ligeiramente do oeste, os conduz de forma lenta mas certeira para o norte, bem para o interior das montanhas. O rapaz pensa uma vez, nos dirigimos para o norte, e não para o noroeste, mas prefere não continuar pensando, não tem força, e não poderia se importar menos com isso, está cansado demais para ter uma opinião, apenas segue Jens, deposita sua confiança neste homem que não gosta de palavras. E Jens tenta continuar a caminhar com o vento, encontrar modos mais fáceis de deslocamento, embora nada seja fácil e eles tenham apenas duas escolhas, difícil ou inconquistável. Ele escolhe a primeira, não tem confiança suficiente no rapaz para mais nada, ele próprio se tornou apático, não se importa com o caminho, é absolutamente ridículo ter de correr para entregar a correspondência num determinado horário, é ridículo sobrepor à vida humana a pontualidade e o rancor. O que importa é continuar a avançar, é irrelevante para onde, urge simplesmente escapar vivo dali, encontrar abrigo e esperar que passe a tempestade e depois entregar o correio sem pôr em perigo a vida de uma pessoa e a do rapaz. Chegar em casa, onde Halla o espera perguntando ao seu pai trinta vezes por dia, o Jens não vem? Mas, primeiro, ele tem que parar na casa de Salvör e tomar a iniciativa, dizer o que precisa ser dito; a dada altura, é provável que seja necessário dizer alguma coisa, um indivíduo deve se abrir, abrir o coração, caso contrário pode-se perder a vida, desperdiçar a felicidade e condenar-se à solidão. Mas o que ele deveria dizer; e conseguirá? Por que tem que ser tudo tão complicado entre as pessoas?, pensa ele, avançando; o frio os ataca, estão completamente perdidos, sem dúvida, mas não importa. Ri às vezes, pensa ver um vulto e o segue, embora signifique mudar ligeiramente de direção; faz isso quase no automático, o que importa se é um morto, os vivos não provaram ser particularmente bons para ele, a existência é dura demais e por que não confiar nos mortos, o que eles ganham ao trair a vida? E o vulto os conduz ao abrigo. A um bom abrigo. Ao melhor abrigo da viagem, e é tão bom escapar do vento e do frio e da neve que cai que se sentem emocionados, estranhos; olham um para o outro, brancos e exaustos, Jens já não consegue mexer a cabeça, a barba está congelada e presa à roupa, a boca está congelada, olham um para o outro e pensam: que tipo porreta!

Que grande porcaria, pensa Jens, antes de conseguir se libertar da sua armadura de gelo.

Eles se sentam bem juntos, sentindo a presença um do outro muito perto, tanto que para Jens deveria ser desconfortável e completamente intolerável estar tão próximo de outro homem! No entanto, ele não se mexe e o rapaz acha isso muito bom; ele colocou os braços em volta deste homem grande numa cama em

Vetrarströnd, e a vida procura a vida, é natural, e por esse motivo aperta-se mais contra Jens, como um cachorrinho. Jens olha para ele; está com frio?, pergunta, não de modo muito agressivo, apenas um pouco, e o rapaz afasta-se. Foi errado deixar você para trás, afirma Jens, quando o rapaz se afastou o suficiente dele. Você voltou. Seria uma desculpa esfarrapada se tivesse morrido. Voltam a se calar, o rapaz não se atreve a falar com medo de arruinar aquele momento bom que inesperadamente partilham, e então Jens diz, nunca disse a ninguém. O quê?, pergunta o rapaz, quase assustado por essa proximidade inesperada e sem ter certeza de querer ouvir mais.

Jens: Eu vi e ouvi coisas, o que me causou um pouco de preocupação. Estive em charnecas e vi coisas. E ouvi coisas. Em noites de julho vi montanhas que pareciam pássaros adormecidos. E, então, ouvi as montanhas cantarem. Mas elas não cantam, é ridículo.

O rapaz não se atreve a olhar para Jens, não diz nada até ter certeza de que nada mais sairá da boca do carteiro, e depois, com hesitação, também ouvi cantarem, as montanhas. Fiquei com medo disso, diz Jens. Uma vez mais, silêncio. Por fim: por que ficou com medo? Não é saudável ouvir montanhas a cantar. Não são pássaros, os pássaros são pequenos, voam, e as montanhas são enormes e não voam. Uma vez mais, silêncio. Por fim: e nunca contou isso a ninguém? Está maluco? Nem sequer uma vez, hein?, a ela? Não, embora isso não lhe diga respeito. Uma vez mais, silêncio. Por fim: ela tem que saber quem é você. Como se ela não soubesse. Mas não lhe contou sobre o canto das montanhas. Ela pensaria que eu sou maluco; eu sabia que seria um erro contar para você. Não foi um erro. Agora, vamos comer, diz Jens, pegando no resto das suas provisões. Eles comem em silêncio, alimentam-se e, entretanto, nenhuma montanha canta para eles. Em seguida, Jens ergue-se. Vamos continuar a seguir o vulto?, pergunta o rapaz. Que vulto? Aquele que você viu, o que temos seguido. Viu alguma coisa? Eu não tenho seguido nada. Mas viramos na sua direção duas vezes e desapareceu mal mudamos de rota. Não estamos seguindo nenhum vulto; confia em você mesmo e em mais ninguém, e menos ainda num maldito vulto, vamos embora agora. Não tenho olhos na parte de trás da cabeça, deve manter o ritmo comigo. Não temos certeza de que vamos chegar à civilização, precisa se dar conta disso, mas um homem luta, mesmo quando não tem escapatória; é isso que significa ser homem.

É uma grande felicidade ter um objetivo claro. Muitas pessoas atravessam a vida sem vislumbrar isso. De algum modo, seguem em frente, vivem passando de uma coincidência para outra, um beijo aqui, uma lágrima ali, o toque de uma mão, solidão, traição, mas nunca com uma ideia clara do porquê, do motivo e do local para onde caminham. Aquele que vive a vida sem um objetivo pode ter seus momentos de felicidade, mas são dolorosamente aleatórios; são sorte, não resultado, e agora o rapaz tem por fim um objetivo claro e dolorosamente simples: não se perder de Jens. Ser conduzido por essa tempestade que não deixa ver nada e que gela os ossos, que o deixa congelado, com sede, com fome, e de preferência nunca perder de vista aquele homem grande que parece incansável, que ouviu as montanhas cantar como pássaros, que permitiu que o rapaz se sentasse perto de si e que expressou essas coisas belas, tão estranhas vindas da sua boca, mas que pouco depois ficou um pouco nervoso e que nunca olha para trás para ver se o rapaz ainda lá está, continua simplesmente a caminhar em frente, não olha nem para a direita nem para a esquerda, sabe talvez para onde estão indo, ou talvez não, porém, enquanto se mexem estão vivos, o que realmente é alguma coisa neste inferno. Mas que horas são? Chegarão a tardinha, a noite e depois de novo a manhã? Ou o tempo continua em frente com um clima tão adverso, vai mais longe do que os homens, o tempo não divaga perdido, e onde acabarão então? Atrás do mundo, sem dúvida, pensa o rapaz, onde as tempestades nunca acabam, onde nunca fica quente e nunca deixa de nevar. Tenta por duas vezes comer neve para aplacar a sede, mas fica com mais sede ainda, sente-se até tentado a falar consigo mesmo e a recitar versos, porque há momentos na vida de um homem em que ele não consegue se orientar, exceto por intermédio de determinados versos; de modo incompreensível, alguns deles têm o essencial nas suas profundezas, o próprio entendimento, o caminho, o contentamento, embora o poeta possa ter estado perdido e nas mãos de gigantes encontrar toda a sua vida miserável. Mas os versos se desfazem em bocadinhos nos seus lábios gelados, também se desfazem em bocadinhos na sua mente, ele não consegue manter as ideias ordenadas, pensa em Andrea e esta transforma-se em versos do *Paraíso perdido*, que por sua vez se transformam na boca mastigadora de Kolbeinn à mesa do café da manhã, e o comandante transforma-se num corvo que vagueia pela casa onde o rapaz viveu mais ou menos como um forasteiro depois de o seu pai se afogar, e o corvo transformou-se no cabelo de Geirþrúður, que se transformou num sonho molhado sobre Ragnheiður, que se transformou em ratos moribundos.

 E Jens desapareceu mais uma vez. Engolido pelo tempo, e o rapaz está sozinho. Mais uma vez esquece-se de si mesmo, perde-se num poema e Jens desaparece.

 Ele para, deixa de se debater e fica imóvel, obriga-se a ficar parado, embora a tentação de simplesmente se afundar seja muito atraente; fica imóvel, em pé, e fecha os olhos. Agora, fecho os olhos, e se devo continuar a viver, pensa com otimismo, Jens estará diante de mim quando os abrir. Ele se mantém de pé com as pernas muito afastadas para não ser empurrado pelo vento e é incrivelmente bom ter os olhos fechados, é como se tivesse chegado a um abrigo inesperado. O vento ainda sopra frio contra ele, mas já não lhe diz respeito. Tornou-se distante, já não é ameaçador. Seria fácil demais, perigosamente fácil dormir assim; abre os olhos, ordena a si mesmo, e é isso que faz. Abre os olhos e vê uma mulher em pé diante dele, à distância de apenas um braço. Bastante alta, ereta, a cabeça descoberta e o longo cabelo escuro a esvoaçar sobre seu rosto rígido, para longe, os olhos mortos penetram seu crânio e furam até o centro da sua mente. Então ela se vira e se afasta, caminhando contra o vento, e ele a segue. Segue sem pensar. Não consegue resistir, não se atreve a fazer outra coisa. Segue uma morta com olhos frios como o gelo, não afasta dela seus olhos vivos enquanto ela se desloca sem esforço pela tempestade. Não se atreve a pestanejar com medo de ela desaparecer ou de, o que é ainda pior, se virar para trás e olhar daquela forma para ele, se enfiando dentro do crânio dele com seus olhos gelados, e ele ainda sofre com o frio da primeira vez. Mas simplesmente não é possível manter os olhos abertos sem pestanejar, é impossível encarar esta tempestade sem desviar o olhar de vez em quando, e ele faz uma vez. Pisca os olhos, desvia o olhar bem rápido, volta a olhar para trás e a mulher fundiu-se com Jens, que avança à sua frente.

Passou muito tempo desde que pela última vez se aninharam num refúgio, terminaram a comida e puderam respirar decentemente, sem serem perturbados pela tempestade; o rapaz não sabe calcular há quantas horas foi, mas no seu corpo, em cada célula, sente que foi há tempo demais. É por isso que fica tão aliviado e grato quando Jens, por fim, para num local abrigado, e consegue imaginar-se abraçando o carteiro, algo que não faz é claro; não se abraça um homem como Jens, de maneira nenhuma, nunca. Mas o espaço é tão apertado que precisam virar um para o outro, enfrentar o outro muito de perto, como amigos próximos; são obrigados a fazê-lo se querem evitar que a neve caia em sua cara. Se o Diabo criou alguma coisa neste mundo, além do dinheiro, foi o vento acompanhado de neve nas montanhas. Está vivo, afirma Jens, ou, antes, murmura algo nesse tom, sua barba está tão gelada que acha difícil falar. Suponho que sim, responde o rapaz, de modo também pouco claro devido aos seus músculos faciais, dormentes por causa do frio; treme devido ao frio e a uma emoção estranha, antes de perguntar, acha que ela nos está conduzindo ao inferno e ao fim do mundo?, e faz essa pergunta para, de certo modo, acalmar-se, evitando sofrer com a vergonha de abraçar Jens. O quê, quem?, indaga Jens depois de se debater com o gelo que se acumula na barba.

O rapaz: A mulher que temos seguido.

Jens: Do que você está falando, concretamente? O rapaz observa o carteiro arrancar cristais de gelo da barba; a expressão de Jens é tão vazia que se torna desencorajadora, seus olhos acinzentados são rígidos e gelados; preferiria cortar os pulsos a abraçar este cabrão, pensa o rapaz, sentindo de súbito o desprezo aumentar dentro de si, completamente descontrolado, violento, mas também acolhedor e libertador, seu maldito idiota, diz ele. Jens continua a raspar o gelo com a faca sem ponta que pegou.

O rapaz: Ouviu o que eu disse?!

Jens, raspando: O quê?

O rapaz tenta erguer a voz, embora seja difícil, exausto como está, e, além disso, tudo parece fraco diante deste vento: É um idiota, disse eu! Um imbecil, um merda!

Sim, sim, declara o carteiro, como se o rapaz estivesse afirmando algo tão óbvio que não valeria a pena reagir. Em muitos momentos, o nojo e o ódio se acumulam no rapaz, seus braços se torcem como se ele estivesse se preparando para bater, mas então tudo se desvanece, é inútil odiar num tempo daqueles, naquele lugar. Eu me referia à mulher, esclarece então, quase calmamente. Que mulher?, pergunta o carteiro, sem largar a faca.

O rapaz: Ora, aquela que estamos seguindo, é claro; você viu mais alguém, não tem muitas pessoas por aqui.

Uma mulher, disse Jens, deixando a faca afundar-se; uma mulher, repete, como se tentasse se lembrar de algo.

O rapaz: Vai insistir que não a viu, quer dizer, o vulto, que na verdade é uma mulher?

Jens volta a raspar: O vulto, sim. Nestas circunstâncias é difícil dizer o que se vê e o que se pensa que se vê.

O rapaz: Vê-se o que se vê.

Jens: Você não sabe nada.

O rapaz: Não, mas tenho bons olhos, e uma mulher de cabeça descoberta e malvestida neste buraco infernal não é algo que passe facilmente despercebido.

Jens: Homens cansados, com frio, com fome e desorientados veem muitas coisas. Já me perdi junto com outros homens e tive que prender as pessoas à força para que não corressem pela tempestade atrás de alguém que julgavam ter visto.

O rapaz: Sim, mortos, fantasmas, quer dizer, tentam às vezes enganar os vivos. Já li histórias sobre isso.

Jens: Os únicos fantasmas que vi são pessoas vivas.

O rapaz: Então não viu a mulher?

Jens: Nem sempre tenho certeza do que vejo. O rapaz: Mas temos seguido essa mulher há muito tempo. Jens: Não sei nada sobre isso. Vi um vulto antes; está bem, duas, três vezes, talvez fosse um pedregulho, acho muito provável até. Você vê alguma coisa agora?

O rapaz, olhando para a tempestade: Não, agora não.
Jens: Viu?
O rapaz: Mas vejo de vez em quando! Não tão nítido, é claro; é impossível ver com este tempo.
Jens: O que é que eu disse?
O rapaz: Mas eu vi muito bem quando me perdi de você.
Jens: Perdeu-se de novo de mim?
O rapaz: Fechei e abri os olhos, e ela estava na minha frente, não tão perto como você agora, no entanto, não muito mais afastada do que um braço.
Jens: Me perdeu de vista?
O rapaz: O quê? Sim, por algum tempo. E então, de repente, ela estava diante de mim, fazendo sinais, ou eu acho que fez, e depois foi embora. Eu segui a mulher e foi assim que encontrei você. Não viu nada?
Jens: Não pode confiar em nada quando está este tempo. Pode confundir.
O rapaz: Eu vi, não é mentira.
Jens: Se você está dizendo...
O rapaz: E ela deve estar morta.
Jens: Se você está dizendo...
O rapaz: O que é que uma morta anda fazendo aqui no alto das montanhas, e o que ela deseja de nós? Quero dizer, quando é que os mortos quiseram ajudar os vivos, ajudar a viver, quero dizer? E vi a mulher tão claramente como vejo você agora. Ela tem os olhos mais frios que já vi, e eu já vi muitos olhos diferentes; já olhei para olhos mortos e os dela eram muito mais frios. Talvez ela seja a própria morte!
Jens: Meu Deus, como fala.

E eles encostam-se no abrigo, uma rocha coberta de gelo. Tentam automaticamente se afastar, mas então a neve bate na cara deles como mãos frias e tateantes. Se vão ficar aqui, sob o abrigo deste maldito rochedo, precisam se aproximar mais um do outro do que seria suportável. Sentir a respiração um do outro; o rapaz vê todas as veias acima da barba do carteiro, pequenas veias vermelhas, minúsculas, como riachos vermelhos por baixo de um véu de gelo. É doloroso estar tão próximo de outro homem. Muito doloroso. Fisicamente doloroso. Como se precisassem sacrificar algo, e aquilo pica e irrita. Dois homens cujo destino maldoso uniu e lançou numa viagem sem sentido. Vocês atravessam duas charnecas difíceis, dissera Helga, e, fora isso, são só viagens de barco, que são responsabilidade sua; por outro lado, confia no Jens em terra. Certo. Confiar neste homem que tentou deixá-lo para trás e que agora olha para ele como um touro enraivecido. O rapaz conhece bem homens assim; são rígidos, inflexíveis, tão rígidos que afastam toda a suavidade, toda a brincadeira, todo o desprendimento, tão rígidos e inflexíveis que tentam instintivamente subjugar seu ambiente. Tão rígidos que estragam a vida. Tão rígidos que matam.

O rapaz: Não dou a mínima para sua masculinidade. A Geirþrúður tinha razão.

Jens: Acha que estamos no fim do mundo?

O rapaz: Quem quer que esteja na sua companhia chegou ao fim do mundo.

Jens: O que quer dizer?

O rapaz: Onde raio estamos?

Jens: Escuta.

O rapaz: Escuta o quê, o tempo e a sua respiração?

Jens: Escuta. O que é que você ouve?

O rapaz: A maldita tempestade, o que mais?!

Não, diz Jens, escuta nesta direção, e ele aponta para o que o rapaz imagina ser o norte. O inferno e o fim do mundo, murmura para si mesmo; ele afasta o gorro do ouvido e escuta, vira mais um

pouco a cabeça e põe-se à escuta. A princípio, ouve apenas o vento gemendo, o vento assombrado, e o assobio da neve, mas quando começa a puxar o gorro para baixo, para tapar sua orelha gelada, distingue algo distante, por trás de tudo aquilo. No começo de modo vago, como uma suspeita, mas aumentava à medida que captava o som — um estrondo pesado e baixo. Ele se apressa a puxar o gorro para cima da orelha.
Jens: É o mar ártico.
O rapaz: O mar ártico?
Jens: Mas pode chamar de fim do mundo e morte. As palavras não têm influência sobre o mar.
O rapaz: Estamos fora do percurso, nós nos afastamos muito da rota!
Eles viram a cabeça para longe um do outro; em algum lugar lá fora, o mar ecoa em penhascos íngremes. Não deveríamos dar meia-volta?, solta o rapaz, com um nó de medo crescente nas vísceras. É claro, se está assim tão cansado da vida, responde Jens.
O rapaz: Raios.
Jens: Está com medo?
O rapaz: Que vá tudo para o inferno!
Jens: É apenas o mar. Já esteve no mar.
O rapaz, abanando o punho ao carteiro: Que se dane sua masculinidade! Quem não tem medo deste som é completamente estúpido. Quem não tem medo de cair de um precipício abaixo com um tempo destes é uma besta quadrada. Um homem com menos imaginação do que um verme. Estou me lixando para a sua masculinidade. Agora percebo o que a mulher do pastor queria dizer quando afirmou que os homens eram irresponsáveis, quando disse que eram as mulheres e as crianças que tinham constantemente de arcar com as consequências. Ela queria dizer que a masculinidade não é apenas ridícula, mas também perigosa, porque pensa apenas em si mesma, em parecer boa; é isso que interessa pra você: parecer forte, corajoso, deste-

mido, dar espetáculo; no fim das contas, para você parecer bem importa mais do que a própria vida! Jens endireita-se e chega mais perto do rapaz: A masculinidade significa ousar. Nunca desistir. E nunca vergar! O rapaz: Às vezes, homens como você são simplesmente covardes, não se atrevem a parar. Meu pai afogou-se com um tempo horrível; eles foram para o mar apesar da má previsão, enquanto a maioria ficou em casa. O Pétur conhecia o capitão. Um grande homem, disse ele, não tinha medo de nada, nunca. Deveria ter visto os olhos do Pétur quando falou sobre aquele capitão, deveria ter visto como se iluminaram quando descreveu a coragem do homem que se atrevia a não ceder a uma tempestade, que ousava não ceder ao perigo. Todos os seis morreram. E sabe como muitas crianças perderam seus pais? Como muitas famílias foram despedaçadas por causa da masculinidade do capitão? Quantas precisaram ser criadas em casas espalhadas aqui e ali e nunca mais viram ninguém que importasse porque eles morreram todos? Pensar que você foi deixado sozinho neste mundo maldito porque o capitão era tão terrivelmente másculo. Essa sua maldita masculinidade sufoca tudo o que é bom, sensível e bonito, mata a própria vida, e que vá à merda essa maldita masculinidade, à merda. Agora, vou virar para trás; não sigo mais em frente!

O rapaz grita estas últimas palavras. Voa cuspe da sua boca na direção de Jens, acerta o nariz dele e congela na hora. Jens não se deixa perturbar; ele simplesmente absorve todas essas palavras, essa explosão, antes de dizer com calma, de jeito nenhum você vai voltar. Vou, com certeza, diz em voz alta o rapaz, tão zangado que quer desesperadamente bater no carteiro. Ali, diz ele, apontando para a tempestade, na direção do som baixo, não há nada além da morte, e eu espero viver um pouco mais, tenho alguns assuntos para tratar, adeus e deixe-me ir, e que o Diabo te leve e te faça desaparecer!

Jens agarrou o rapaz pelo braço: Ele me levará mais cedo ou mais tarde, mas você morrerá se voltar.

O rapaz: Vida ou morte, o que importa para você?

Jens: Só sabe fazer perguntas. É sempre assim, está sempre perguntando, acha que existem respostas?

O rapaz: Me largue ou eu bato em você.

Não consegue, afirma Jens, e vamos para norte, em direção ao fim do mundo, se quer chamar assim. Não estou planejando morrer. Só para que saiba. Embora não lhe diga respeito. Meu pai é velho e não pode viver sem mim. Assim como a Halla. Eles precisam de mim e dependeriam ambos da paróquia se eu não regressasse. Seriam colocados junto de desconhecidos e não no mesmo lugar. Não sabe como é a Halla. Não faz a mínima ideia. Tudo se torna melhor na sua presença, embora ela seja apenas uma pobre desgraçada que se mija e caga pelas pernas abaixo quando não tratam dela. Em alguns lugares, pessoas como ela são amarradas como cães na parte da frente da casa ou fechadas em cubículos, para onde atiram comida, restos de comida. Ela ficaria nojenta e ninguém pentearia seu cabelo. Meu pai penteia seu cabelo todas as manhãs e ela fecha os olhos, você nunca viu isso. Quando o Jens volta?, perguntaria ela nos primeiros meses, muitas vezes por dia, tantas vezes que as pessoas se cansariam disso e dariam pontapés nela. E nem sequer pode falar mais alto com ela, pois começa logo a chorar. Depois, ela deixaria de perguntar por mim apenas porque se teria esquecido de mim, esquecido nosso pai, esquecido tudo, e acreditaria que sua vida deveria ser assim, sempre fora assim, amarrada na parte da frente da casa, fechada num cubículo, suja e espancada. Pode fazer o que quiser e o que achar certo. Eu caminho no sentido do vento, para o norte. Se quer viver, me siga; é o que recomendo com veemência. A única coisa que sei fazer bem é sobreviver a tempestades longe da humanidade. Que caminho você escolhe?

11

A vida é tão variada que é absurda, incongruente, está além da maior parte das palavras; é muito mais sensato assobiar algumas notas aleatórias e divertidas do que tentar descrevê-la em palavras. No início, Jens solta tudo, falando de coisas que lhe são queridas, dos seus medos, do que o faz continuar, e toda a fúria desaparece de dentro do rapaz. Então, diz Jens, talvez estejamos nos aproximando de uma baía, onde encontraremos uma casinha. Uma casa para nos abrigarmos?, pergunta, com dúvida, o rapaz, e eles saem do abrigo do rochedo, encaminham-se para a tempestade, em direção ao vento maldoso, a neve está amargamente fria e cai com a ajuda do vento, o rapaz é lançado pelo ar dois ou três metros antes de readquirir o equilíbrio, e quase se perde de Jens de novo.

Dirigem-se para o norte. Cambaleiam em frente e não veem nada, nem a mulher que talvez não seja uma mulher, mas sim uma alucinação atraída pelo cansaço, fome e sede. Jens tem razão; a mente de um homem é misteriosa, mais misteriosa do que o mar profundo, e é impossível prever o que ele pode inventar. É claro que o rapaz não viu nenhuma mulher morta! Os mortos não perambulam pelas montanhas, nem sob o sol de verão nem no inverno impiedoso, embora, é evidente, agora devesse ser primavera, exceto que aqui na Islândia, onde nunca há primavera, para falar a verdade; não conhecemos esse prazer, é inverno e depois chega relutante o verão; não há nada no meio. Os mortos não vão a lugar nenhum, simplesmente jazem parados no chão, sua carne apodrece, seus ossos se transformam em pó e terra, e com o passar do tempo tornam-se fertilizante para a vegetação que absorve a luz do sol e a chuva e que anima a existência. Assim, tudo tem seu objetivo, ou tentamos, às vezes, nos convencer disso. A terra começa a se inclinar; desce. O estrondo do mar ártico transforma-se num grito próximo; maldição, grita o rapaz, mas Jens continua a marchar em direção ao som, que aumenta; as almas condenadas devem fazer um som destes, pensa o rapaz, e, quem sabe, talvez a maioria dos mortos desapareça no mar e grite aí durante mil anos por consolo ou esquecimento. Eles sentem a umidade do mar frio e Jens é percorrido por um arrepio, como se o frio e o medo tivessem por um momento espalhado pelos seus ossos. Jens para tão abruptamente que o rapaz esbarra nele e, por um momento, ficam imobilizados na encosta, tomados pela incerteza do que vem a seguir, receosos do trovão, mas então Jens continua e, pouco depois, distinguem o contorno de uma casa.

 Olha, grita o rapaz, agarrando o carteiro gelado; uma casa, raios, grita ele, rebentando de riso e abanando as mãos. Uma casa que está enterrada na neve, é óbvio, embora não da mesma forma que a casa onde o agricultor tem medo das palavras, uma mulher anseia por livros e uma menina tosse com tanta força que tem a vida presa por um fio fino; como estará se sentindo agora, e me pergunto se encheram o papel com desenhos, poemas, palavras, e se pegaram o papel muitas vezes por dia para o apreciar; será que a folha chegará a ficar com um deles e será examinada durante muito tempo, décadas, quando quase todos estão mortos, analisada por olhos decrépitos, provocando choro, riso, saudades, e sendo lembrada? Esta casa, erguendo-se na neve, meio cega e abatida pelo tempo, raramente fica enterrada por inteiro; aqui, o vento é tão forte que nem as maiores nevascas do inverno conseguem tapar a casa por completo. Mas onde está a maldita porta?!, grita o rapaz depois de procurarem em vão algo que se pareça com uma porta, tornando muito difícil entrar na casa. Não sei!, grita em resposta Jens, mas então ouvem o ladrar insistente de um cão, seguido do som de uma voz humana aguda gritando: Olá, quem está aí? Jens grunhe algo como resposta enquanto eles se debatem para avançar em direção à voz e ao latido; a voz no interior volta a gritar, um pouco mais alto, ou mais perto, não tão aguda, chegaram vivos ou mortos — fique quieto, Nellemann! O latido cessa e Jens grita, meio preso num monte de neve, a qual está insuportavelmente macia, tornando-se cada vez mais difícil atravessar quanto mais perto da casa se encontram; raios, morreremos se não encontrarmos a maldita porta!

Um homem barbudo os espera no vão da porta, com o cabelo desgrenhado, começando a rarear. Ele recua até ao corredor quando os dois chegam, ou seja, quando mais ou menos caem lá dentro. *Fique quieto!*, ordena bruscamente ao cão, que começou a latir de novo; para mas depois uiva suavemente, um grande animal com pelo escuro. Quem são vocês?, pergunta o homem, olhando para Jens e para o rapaz, que tentam se manter direitos no corredor estreito e escuro, tontos depois de escaparem de forma tão súbita da tempestade, tão brancos devido à neve e ao gelo que mal parecem humanos. Jens abana-se e as palavras vão saindo de sua boca enquanto recupera o fôlego, Jens... carteiro, sou... o carteiro. O rapaz encosta-se na parede de barro, tão exausto que até vê estrelas. Era capaz de esperar qualquer coisa, exceto uma visita do carteiro, diz o homem; Bjarni, acrescenta ele, agricultor aqui em Nes, e então agarra gentil mas com firmeza o focinho do cão e ele para de rosnar e recua para o corredor. Bjarni os leva até ao quarto, onde os outros habitantes os esperam e muitos olhos curiosos os observam. Há uma pequena lareira no meio do quarto; vocês precisam despir essa roupa, aconselha Bjarni, e o rapaz começa a tirar a roupa gelada, debilmente. Jens hesita, esperando talvez ajuda; retirar a roupa é trabalho de mulher, porque sempre foi assim; os homens chegam em casa desgastados, úmidos, enregelados ao voltar do mar ou dos campos, atiram-se para cima de seus catres e as mulheres retiram sua roupa e tratam deles enquanto descansam, secam sua roupa enquanto dormem, vão para a cama tarde mas se levantam antes de todos os outros, preparam e servem a comida enquanto os homens dormem, enquanto leem, aprendem a escrever, enquanto eles se educam e adquirem vantagem, o poder invariavelmente provoca injustiça, e embora a vida possa ser bonita, os humanos são imperfeitos. Vocês ficarão doentes se não tirarem a roupa, diz Bjarni, com a voz grave, não aguda, tal como soou lá fora na tempestade que uiva sobre a casa. Ficam ali tremendo junto à lareira, envergando apenas a roupa de baixo e, pela primeira vez, olham atentamente ao redor. O cão os observa de um canto escuro, sua ferocidade desapareceu; a cauda mexe-se ligeiramente quando o rapaz olha para ele. Quatro crianças olham para os visitantes; dois rapazes e duas meninas, o mais novo não deve ter mais de dois anos e a mais velha é uma menina com onze ou doze anos que logo se dirige à cozinha. Um homem grande com aspecto taurino está sentado com a criança mais nova nos joelhos; tem lábios grossos, cara arredondada e olhos pequenos. Ele pousa a criança e levanta-se, quase batendo com a cabeça no teto, aproxima-se dos visitantes, dá dois passos e lá está ele, estende-lhes a mão grande, Hjalti, trabalho nas terras daqui. Ele e Jens apertam as mãos, são tão grandes e entroncados que o quarto é pequeno demais para ambos. A lareira não fornece muito aquecimento, apenas um pouco, e às vezes algum calor é absolutamente magnífico, faz a diferença entre o suportável e o insuportável. Os visitantes esfregam as mãos, mantêm-se próximos do calor, tentam expelir os arrepios mais profundos de seus corpos antes de retirarem a roupa extra dos sacos, fria e úmida mas que ainda assim é melhor do que nada. A criança menor engatinha pelo chão de terra, mantendo-se muito afastada dos estranhos, engatinha rapidamente até o cão e aninha-se ao seu lado. O animal levanta-se para se posicionar melhor, lambe a cara da criança e depois enrola-se em volta dela. Em breve, terão pássaros marítimos salgados e café, diz Bjarni, precisando erguer ligeiramente a voz para se fazer ouvir acima do gemido do vento, e então um monte de trapos que se encontra num dos catres mexe-se e uma velhota ergue-se sobre o cotovelo, com a cabeça murcha pela idade e o rosto que parece bolorento de tantos pelos brancos. Café, pronuncia ela com uma voz rouca. Sim, vai beber café, mãe, grita Bjarni, antes de ela se voltar a deitar e de se converter novamente num monte de trapos.

    Servem pássaros marítimos salgados e eles os engolem, sorvem o café aguado junto, tentam se conter o máximo possível e manter alguma aparência de boas maneiras, a menina está sempre a sair para ir buscar neve, que converte em água. Eles sentam-se lado a lado, meio dobrados sobre a comida e tremendo de frio, aliviados pelo som da tempestade preencher o silêncio. Os habitantes não tiram os olhos de cima deles, os seguem a cada dentada, a cada gole, exceto a velhota, que se deitou de novo depois de Bjarni ter ajudado a menina a verter alguns sorvos de café boca abaixo, uns goles escassos que lhe correram tanto pelo queixo quanto pelas goelas, antes de ela se deitar de novo meio gemendo de satisfação e se afundando no silêncio e no nevoeiro da velhice. Não temos visitas há quinze semanas, diz Bjarni, por fim, depois de terem percorrido um longo caminho com os pássaros, tão salgados que mal se sente o sabor rançoso; dezesseis, grunhe Hjalti. Sim, assente Bjarni, quinze ou dezesseis, que diferença faz uma semana? Mas o carteiro nunca veio aqui, acrescenta, após um longo silêncio. E para dizer a verdade, não entendo como vocês dois conseguiram chegar aqui e muito menos por quê. O Diabo os chutou até aqui, diz Hjalti, e depois ri, escancarando a boca e revelando às gengivas e os dentes castanhos. A velhota resmunga, Bjarni olha com uma expressão impenetrável ora para sua mãe, ora para Hjalti. Fomos apanhados por uma tempestade, declara Jens, e nos perdemos um do outro. Eu me perdi, diz o rapaz, e me afastei muito do percurso; ele me encontrou a tempo, a tempo mesmo. Não havia muitas opções, dadas as circunstâncias, afirma Jens, é cansativo percorrer longas distâncias, sob uma tempestade, sem ter certeza do percurso. Sim, articula o rapaz, e depois... mas cala-se quando vê a expressão de Jens.

Bjarni: Sim?

As crianças e Hjalti olham para eles, exceto a criança mais nova, que dorme aninhada junto ao cão. O rapaz e Jens trocam um olhar rápido e depois desviam os olhos — é como se reparassem agora pela primeira vez, e ambos ao mesmo tempo, na notória ausência da mãe naquela casa.

Bjarni: E depois o quê?

Jens endireita-se, ficando de súbito com o dobro do tamanho do rapaz. Este rapaz acha que uma mulher apareceu no nosso caminho nas montanhas e nos conduziu até aqui.

O rapaz, obstinadamente: Eu sei que foi ela que me salvou. É tão simples quanto isso. E nos conduziu até aqui.

Bjarni limpa a garganta; uma mulher, diz ele, isso é interessante, como ela era? Bem, declara o rapaz; é alta, diria eu, sim, alta e com olhos escuros e brilhantes e cabelo comprido e escuro, magra, sim... e... coça a cabeça passando os dedos pelo cabelo sujo e gorduroso, preocupado demais em lembrar-se da cara da mulher para sentir a atmosfera estranha, se não insuportável, ali na sala. Os ombros de Jens começam a encolher, como se estivesse a diminuir de tamanho.

Hjalti: Porra.

O rapaz mais velho, de sete ou oito anos, com cabelo ruivo, deita-se na cama devagar como se estivesse cansado. Fica deitado, imóvel, durante vários minutos, antes que seu corpo magro comece a tremer ligeiramente. Bjarni olha demoradamente para o rapaz, aproxima-se dele com ambas as mãos, para, recua as mãos e as pousa no seu colo vazio.

A casa é sacudida por uma rajada de vento poderosa, impossibilitando a comunicação. Em seguida, a tempestade acalma, tudo acaba por se acalmar, a felicidade e a infelicidade, a dor e o prazer, e então chega o som de choro contido, que é tão débil que poderia passar despercebido. A menina mais velha levanta-se furtivamente, aproxima-se do irmão e pousa o braço no seu corpo trêmulo. Ela não diz nada, e é como se pousasse lá a mão por acaso; temos de descansar os nossos membros cansados em algum lugar. Ela até vira o olhar para o outro lado, para a criança mais nova que dorme no conforto quente que o cão lhe proporciona, mas seu braço pousa no corpo trêmulo e diz, não está sozinho, irmão, também estou aqui, não vou te abandonar. Em outros lugares do mundo, acrescentaria, provavelmente, eu te amo, mas não se dizem coisas assim no fim do mundo, nem os braços conseguem dizer essas palavras preciosas. Alguns candeeiros a óleo ardem, dando uma luz decente, mas deixam sombras aqui e acolá, como se o mundo fosse despedaçado pela escuridão em alguns lugares. Há olheiras escuras por baixo dos olhos de Bjarni, bem como sob os olhos da menina que reconforta com seu braço silencioso e sua palma da mão quente; ela é tão cadavérica que seus olhos parecem sobrepor-se ao rosto. As outras pessoas que estão no quarto deixam pender a cabeça, como se faz quando se pretende evitar as palavras, quando há algo ameaçador ou doloroso no ar, e quem falar primeiro não poderá deixar de invocá-lo nas suas palavras.

Bjarni fecha as mãos, transformando-as em punhos, abre a boca para dizer alguma coisa, mas tem primeiro que limpar a garganta, faz isso com tanta força que todos, exceto a velhota, se sobressaltam. O cão olha para cima bruscamente e espeta as orelhas, a criança começa a murmurar e a choramingar, mas a língua do cão lambe seu cabelo até voltar a adormecer. Uma mulher, você disse, com este tempo, lá em cima, acho duvidoso. E o que essa mulher estaria fazendo lá em cima? Esta tempestade já dura dez dias e ninguém anda a circular por aí; aqueles que se arriscam a ir longe de casa estão praticamente mortos... ela era alta, você disse? Estas últimas palavras, a pergunta, são quase cuspidas por Bjarni, como se fosse doloroso indagar, como se temesse a resposta, e todos os habitantes, excetuando a mais nova e a mais velha, olham para os visitantes. O rapaz observa o cão e a criança, que fazem companhia um ao outro e se aquecem, têm seus momentos felizes independentemente do mundo.

Bjarni, com calma: Quero dizer, alta para mulher?

O rapaz, tremendo ligeiramente devido a um frio profundo: Sim, ela era alta.

Bjarni: Cabelo escuro e espesso?

O rapaz: Sim.

Bjarni: E viu seu rosto? Não, dificilmente se via alguma coisa...

Jens: Nunca se sabe bem, com um tempo destes, no meio

do nada. As pessoas muitas vezes veem coisas que não existem, que são só fruto da imaginação, miragens.

O rapaz, rapidamente: Eu vi a mulher com nitidez. Assim como seu rosto. Quando ela me salvou.

Bjarni: Te salvou?

Hjalti: Como assim?

O rapaz: Eu tinha me perdido do Jens, estava vencido pela fadiga, e ela simplesmente apareceu ao meu lado.

Bjarni: Viu seus olhos? E seu nariz, era um bocadinho curvado, recortado?

O rapaz: Eu vi com nitidez, mas não pensei muito no seu aspecto; também era tão, bem, irreal. Mas o nariz era curvado, é verdade.

Bjarni, quase indiferentemente: E os olhos?

Hjalti, bruscamente: Como se entrassem dentro de você?

Por um momento, o rapaz vislumbra os olhos da mulher, gelados devido à morte. Sim, responde ele, como se me atravessassem.

Hjalti: Diabo.

Bjarni, pálido: Sem dúvida, essa, não é a palavra certa.

Papá, diz a menina mais nova, olhando para o pai. Papá, diz ela uma vez mais, assertiva, de forma suplicante. E mais nada. Bjarni levanta-se, volta a se sentar, tenta sorrir, depois olha para as duas crianças, agora deitadas e aninhadas juntas na cama, filho e filha, vocês vão molhar os lençóis com suas lágrimas, meus pobrezinhos, acaba por articular, sua voz quase tão aguda como quando foi transportada através da tempestade, e depois pede à menina para pôr Sakarías na cama com Steinólfur; e você se deite com a Beta, é melhor dormirem agora. Não podemos fazer nada, acrescenta, talvez como explicação, ou consolo, consolo inútil, e a menina ergue-se e suas mãos de doze anos esfregam os olhos envelhecidos. Ela chama-se Þóra e afasta o pequeno Sakarias do cão, que geme baixinho e dolorosamente quando o rapaz é levado. Este é Nellemann, diz Bjarni, referindo-se ao cão. Como o ministro dos Assuntos Islandeses?, pergunta Jens, e Hjalti ri enquanto Bjarni sorri com tristeza, não é mau poder cultivar homens tão elegantes e poderosos. Os quatro homens olham para o cão, acham graça ter esse nome. Mas a mente de uma criança não é tão ágil para fugir da dor, e Beta ergue-se quando Þóra se deita ao seu lado, olha com os olhos vermelhos para o pai, foi a mãe quem trouxe estes homens, não foi? Bjarni lança à filha um olhar quase aterrorizado e o bom humor desencadeado pelo nome do cão se desvanece. Vai dormir, minha querida, diz com calma, de um modo gentil, Hjalti, é melhor. Beta deita-se obedientemente ao lado da irmã, mas volta logo em seguida a se levantar; acham que ela ainda está lá fora, deveríamos abrir a porta, ela deve ter frio. Ela morreu, diz Þóra, puxando Beta para baixo, por isso não tem frio, está simplesmente morta. Mas por que ela não entra e se junta a nós se estava lá fora com estes homens? Þóra vira-se e diz papá, papá. Não podemos fazer nada em relação a isso, afirma Bjarni. Mas talvez ela não esteja morta!, grita de súbito Beta, levantando-se mais uma vez; ela grita tão alto que o rapaz mais novo acorda, começa a chorar e o cão gane baixinho, mas Steinólfur coloca os braços em volta do pequeno e ele volta a adormecer. Tenho medo, papá, diz Þóra. Está tudo bem, estou aqui. Eu sei, responde ela.

    Tenho certeza de que eles gostariam de tomar mais café, declara Hjalti, após um longo silêncio, enquanto o vento balança a casa. Bjarni não tem nenhum problema em deixar Hjalti aquecer outra cafeteira de café num período tão curto de tempo, e até mesmo o dobro da quantidade habitual; ele não tem nenhum problema quanto a isso, embora o café esteja acabando, restava apenas um fornecimento de dez dias quando os homens apareceram. É claro que ele está prestes a gritar a Hjalti, faz fraco, mas é orgulhoso demais para dizer. O rapaz boceja, não consegue evitar, anseia por dormir, mas tem que aguentar ainda um pouco mais. Bjarni limpa a garganta, cospe, levanta-se para ver as crianças; crianças chorosas adormecem mais depressa, pode-se sempre encontrar consolo neste mundo. Hjalti traz o café; seus passos são incertos. Bebem-no, bebem o café fraco, dizem bem, bem, Bjarni balança-se ligeiramente no seu assento, pergunta a Jens coisas sobre suas viagens postais mas parece não ouvir com atenção, embora tudo o que Jens diz seja considerado grande notícia neste local; ele interrompe o carteiro no meio de uma frase e Jens para, como se o aguardasse. Ela morreu há dez dias, informa Bjarni. No dia em que a tempestade chegou. É por isso que não pudemos ir a lugar nenhum. São precisos muitos braços para carregar um caixão numa charnecas destas. Como?, pergunta calmamente Jens. Ela passou todo o inverno doente, responde Bjarni, com os olhos fixos na cafeteira.

Hjalti: E depois ela pôs as fraldas por baixo da camisa.

Bjarni, olhando para cima: Já chega das suas mentiras.

Hjalti: Não é mentira.

Bjarni: Não foi esse o motivo. Ela ficou doente todo o inverno, disse eu.

Que fraldas?, pergunta o rapaz. As do pequeno, responde Hjalti; elas estavam tão úmidas, ele tinha frio, coitadinho, e a Ásta pôs as fraldas dele por baixo da camisa para secar como deveria. Depois disso, piorou.

Bjarni: Já proibi de falar nisso.

Hjalti: Eles estão dormindo. Além disso, só estou contando a estes homens como ela era. A pérola mais pura, afirma ele, olhando para Jens e para o rapaz.

O monte de trapos mexe-se, a velhota ergue-se sobre o cotovelo, ai, ai, ai, ai, ai, ai, choraminga ela. Bjarni pragueja em voz baixa, levanta-se com cuidado, aproxima-se da cama, retira o co-

bertor de cima da mãe e um cheiro de urina enche o quarto. Ai, ai, ai, choraminga ela.
É muito ruim ser velho, opina Hjalti; que Deus me livre disso!

A fadiga apodera-se do rapaz quando Bjarni cuida da sua mãe chorosa, o mundo escurece diante de seus olhos, agora posso dormir, diz Jens ao seu lado, mas, de certo modo, a uma grande distância. Eles partilham uma cama, é estreita; raios, é grande, murmura o rapaz, tentando se instalar, não pode arrancar alguma coisa, precisa mesmo disto tudo? Cale-se, murmura Jens, e Hjalti apaga a lareira. Por que ela foi até vocês?, pergunta Bjarni no meio do quarto, uma silhueta vaga na escuridão, segurando a roupa molhada e fedorenta; o rapaz sente o fedor ao se deitar ali ao seu lado, não tem outra escolha devido à falta de espaço, e olha para o chão embaixo. Talvez para nos salvar, responde Jens atrás do rapaz, é estranho como a voz de uma pessoa muda se não se consegue ver sua figura mas se ainda se consegue sentir sua presença. Não me admiraria, murmura Hjalti, sentado na beira da cama; ele despe sua roupa, seu grande corpo branco brilha na escuridão; senta-se nu e imóvel apesar do frio que agora se apodera deles, depois de a lareira ter sido apagada.

Bjarni: Os mortos não sobem montanhas, e nunca subiram.

Hjalti: Já passei por bastante coisa ao longo dos anos, e conheço pessoas que viram e viveram muitas experiências. E quanto a todas essas histórias: nenhuma delas vale nada?

Bjarni: As histórias não são reais.

Hjalti: Ah, então que raio são elas?

Bjarni: Não sei.

Hjalti: Mas testemunhou uma coisa ou duas quando viveu em Berg. E não era propriamente a imagem da calma quando ouvimos estes homens lá fora.

Bjarni: Não é a mesma coisa. E quem espera visitas com um

tempo destes? Vocês viram mesmo alguma coisa? Não estavam simplesmente cansados e esfarrapados?
Jens: Provavelmente foi alguma coisa.
O rapaz: Eu vi uma mulher. Sem dúvida.
Bjarni: Não consigo entender.
Hjalti: Que raios! Só Deus entende.

Então chega a noite.

Hjalti deita-se cuidadosamente, com seus cento e tantos quilos, e começa imediatamente a roncar; aqueles que estão com a consciência leve e que não deixam a existência confundi--los adormecem de imediato, como se fossem abençoados. Jens também adormeceu; bem como Bjarni, depois de ter se virado e revirado, murmurado um pouco, suspirado, mas agora dorme e o ronco dos três homens atravessa o ar gelado do quarto. A velhota geme debilmente num sonho, o rapaz está encostado à cabeceira da cama, sente Jens empurrá-lo sempre que inspira; assim, nunca mais adormecerei, pensa; está ali deitado quase em desespero, anseia por dormir, descansar, anseia por fugir. Nunca conseguirei adormecer, murmura ele, mas acaba por adormecer. Depois, acorda com um som, o quarto ainda está envolto em sombras e todos dormem; apenas o tempo, pensa ele com preguiça, mas então volta a ouvir o som. Parece vir do corredor. O cão? Abre os olhos mas volta a fechá-los de imediato quando distingue Nellemann no seu lugar. Raios, pensa ele, assustado, convencido de que ela está percorrendo o corredor, com seus olhos mortos. Põe-se à escuta mas não ouve mais nada, abre um pouco os olhos e capta um vislumbre de soslaio do pequeno Sakarías, a criança sentou-se e lança um olhar desconfiado em volta, como que para avaliar se o mundo é bom ou mau. O cão gane baixinho e Sakarías desce, engatinha o mais depressa que pode até junto do cão, que se levanta para se enrolar em torno da criança, lambe seu cabelo e depois ambos adormecem, um rapaz pequenino, um cão grande, por isso a misericórdia talvez exista no mundo. E a tempestade não está se acalmando? O vento já não sopra com violência e contra a casa. O rapaz sorri, esmagado contra a cabeceira da cama; começou a pensar que o tempo nunca mais voltaria a acalmar, que ele e Jens se deslocariam assim de um lugar para outros, sob tempestades negras, enquanto o mundo girasse. Talvez tenha chegado a primavera, conjectura ele, sentindo o sono aproximar-se, uma vez mais, com seu saco cheio de sonhos. Ouve um barulho vago, que se interrompe de súbito, vindo de Bjarni, abre um pouco os olhos, vê o agricultor a resfolegar, está tendo um pesadelo, calcula o rapaz, e volta a fechar os olhos rápido para não espantar o sono.

 Ele e Jens estão sozinhos no quarto, excetuando a velhota. O rapaz acorda de forma brusca, senta-se de imediato, ainda entorpecido pelo sono; Jens está de pé junto à lareira, de peito nu, tentando se aquecer. A tempestade acalmou, diz o gigante, e é verdade, não há vento no telhado, a neve foi limpa das janelas, a luz do dia penetra e o pesado estrondo do mar ártico faz-se ouvir claramente através da calmaria, quase sobrepondo-se aos sons das vozes das crianças no exterior. Ora bem, diz o rapaz, e começa a procurar sua roupa. Jens faz o mesmo. Dois homens seminus à procura de roupa e a encontram no forno de pedra na cozinha, onde a menina mais velha, Þóra, os observa, sentada. O rapaz é branco e magro, Jens é peludo e robusto. A sua roupa está quase seca e a menina preparou uma espécie de mingau de ervas, mas ela foge antes que consigam falar com ela, como se tivesse medo deles. É porque você é muito feio, diz o rapaz a Jens. Eles comem o mingau na sala. Depois de terminarem, ficam simplesmente sentados e escutam os sons da vida lá fora, a calmaria; raios, quero café, declara Jens, e a velhota começa a rir. Está deitada de lado, o seu rosto fica bem visível e eles veem o que o tempo pode fazer a uma pessoa. A sua boca sem dentes está escancarada e há escuridão no seu interior. Ela está rindo, diz baixinho o rapaz, surpreendido; não, está chorando, contrapõe Jens, e é verdade, ela começou a chorar, o seu corpo magro, aquela carcaça, treme quase silenciosamente, mas não brotam lágrimas, pois todas as fontes secaram. Pronto, pronto, mãe, diz Bjarni, tendo entrado sem que eles tivessem reparado nisso; não vale a pena chorar, mas a velhota não para, talvez precisamente por ser tão inútil. Vocês vão tomar café, assegura em voz alta Bjarni, afastando-se para ir fazer, deixando-os com o mingau.

O café é o seu único conforto, diz Bjarni quando regressa, eles não se mexeram, têm a cabeça pendente, paralisados pelo som monótono e doloroso. É mesmo a única coisa que a mantém viva, acrescenta o agricultor, e as mãos pendem-lhe inutilmente para ambos os lados. Embora, às vezes, não tenha a certeza se a isso se pode chamar vida. É possível entender uma coisa destas? Uma mulher na flor da idade morre, enquanto esta carcaça continua a viver. Talvez seja apenas o café que mantém nela o fogo da vida, mas isso em breve será posto à prova; o café dificilmente durará mais do que quatro ou cinco dias. Entretanto, ainda temos o suficiente, acrescenta ele rapidamente, antes de entrar na cozinha para ir buscar a bebida negra. Deveríamos beber todo o café deles?, pergunta suavemente o rapaz. Não há outra opção, responde Jens. E também dificilmente deve sobrar muita comida, constata o rapaz, e acrescenta, uma vez que Jens não diz nada, você viu as olheiras por baixo dos olhos dela, sabe o que isso significa? Jens suspira. Exatamente, replica o rapaz, estão passando fome. Já ouvi falar de como são as coisas aqui nas regiões do norte, pouco resta além de pássaros marítimos salgados quando chega a primavera; as pessoas ficam de cama com escorbuto, pessoas na flor da idade, algumas até precisam ser deslocadas para outras casas, para outros distritos, para se voltarem a pôr de pé. Dão-lhes comida como deve ser durante alguns dias, para que possam voltar sozinhos para casa. Isso deve ser o fim do mundo, afirma o rapaz, e então Bjarni chega com o café. Eles evitam falar durante algum tempo, para assim apreciar melhor a bebida. Bjarni suspira baixinho. Já faz muito tempo, muitas semanas, desde que se permitiu fazer um café tão forte, e é incomparável; o sabor e o prazer chegam imediatamente, ele não precisa de tocar com os lábios na bebida para sentir.

Acha que vivemos no fim do mundo, afirma Bjarni, não olhando em nenhuma direção em especial, embora não seja segredo nenhum para quem pronuncia as palavras. O rapaz sente o rosto aquecer. Eu ouvi, diz, sem rodeios, Bjarni, quando o rapaz se mantém em silêncio. A velhota ri baixinho, muito baixinho, a uma grande distância, afundada na terra da infância, no campo verde da vida, onde todos estão vivos e, por isso, não há razão para chorar. Até os mais miseráveis têm os seus sonhos.

O rapaz: Sim, é inegável que isso aqui... é um pouco distante de tudo. Atrás das montanhas, uma pequena baía atrás das montanhas e depois o *mar Ártico*.

Bjarni: O mar Ártico não tem nada de mal.

O rapaz: Mas quando você se levanta numa montanha e ouve o ruído do mar, começa a pensar no fim do mundo, o lugar onde tudo acaba e onde começa o desconhecido. Todas as estradas levam para longe daqui.

Bjarni: E nenhuma estrada conduz para cá?

O rapaz, sorrindo em tom de desculpa, envergonhado: Isso provavelmente não é verdade.

Bjarni: Tudo bem. Mas é bom estar aqui, há muito peixe no mar, pássaros nos despenhadeiros, temos cinquenta ovelhas, é sossegado, ninguém para mandar em nós. Quem vive aqui é livre. Isso deve servir para alguma coisa. O fim do mundo, o que é isso? O que para você é o fim do mundo é um lar para mim.

O rapaz: Só vocês os dois é que vão ao mar?

Bjarni: Um terceiro só serviria para atrapalhar. O Hjalti equivale a mais de dois; é mesmo como se fosse três. Mas antes era sempre só eu. Não é preciso ir muito longe.

Jens: Sem vacas?

Bjarni: Não, tivemos uma durante muito tempo, mas ela ficou entediada e deixou de dar leite. As vacas são criaturas sociais. Às vezes, ela passava o dia todo mugindo para as montanhas. Eu ia matá-la mas poupei-a por causa das crianças. Levei-a até Stóruvík e vendi-a. Ela tinha companhia lá.

O rapaz: Foi bom da sua parte poupar a vaca; por causa dos teus filhos, quero dizer.

Bjarni, encolhendo os ombros: Eu provavelmente teria recebido mais por ela morta do que viva.

O rapaz: Não preferia arranjar outra e ter duas?

Bjarni: Quem é que consegue sustentar duas vacas? E onde arranjaria feno para tanto animal? O leite das ovelhas vai ter que servir. Naturalmente, não teremos muito para comer se a primavera chegar tarde, mas ninguém vai morrer de fome, e uma dieta pouco variada durante duas ou três semanas não mata ninguém.

Mas, diz o rapaz, incapaz de se conter, dificilmente recebem muitas visitas aqui!

Bjarni: Sim, sim, a última vez foi em outubro e agora chegaram vocês dois.

Jens: Poucos visitantes, isso é excelente.

Lá fora, o cão ladra, uma criança ri, Bjarni vira-se e durante vários segundos parece não saber o que fazer com os braços, e depois o momento passa. Não esperava, diz ele, ver ninguém antes de maio, que é quando os navios aportam; eles compram--nos ovos e água, também há estrangeiros, obtemos várias coisas úteis em recompensa, as crianças recebem chocolate e a Ásta... sim. Ele para, olha para o ar e depois oferece a Jens tabaco de mascar. Ótimo, diz Jens. Sim, ótimo, diz Bjarni. Mas, replica o rapaz e Jens pragueja baixinho, deve ser difícil às vezes, raios, não ter notícias nenhumas durante dez meses. Não poder saber o que se passa.

Bjarni: Por que deveríamos saber o que sucede? E o que sucede a quem? Para que nos serve saber notícias sobre lugares distantes?

O cão volta a ladrar. Nellemann é uma cadela, revela Bjarni, embora não importe, acrescenta ele quando lhe lançam um olhar curioso. Você parece equivaler a dois homens, diz Bjarni a Jens, tal como Hjalti. Jens encolhe os ombros.

Bjarni: Eu sempre conto para alguma coisa. Nós três podemos facilmente ser considerados seis, e isso deveria ser suficiente.

Jens: Suficiente? Para quê?

Bjarni: Para levar a Ásta até Sléttueyri.

Então ela está aqui?, pergunta o rapaz, olhando instintivamente em volta, como se esperasse que ela aparecesse.

Bjarni: Eu pensei em esperar até meio da primavera e depois transportá-la de barco. É preciso bom tempo para fazer isso; a distância até Sléttueyri por mar ainda é bem grande. Mas agora já não posso esperar mais.

Por que não?, pergunta o rapaz, que simplesmente não consegue se controlar; ele tentou impedir-se de fazer esta pergunta, mas ela tinha saído da boca antes de dar por ela. Bjarni, contudo, quase pareceu agradecer que a tivesse colocado. Tive maus sonhos na última noite, diz ele, falando bem rápido, como que para exprimir algo desconfortável suficientemente depressa; sonhei com a Ásta, ela apareceu para mim. Não é sábio desprezar certos sonhos. Não é bom sonhar com mortos, mesmo que seja a Ásta... ela era uma boa mulher e será difícil continuar a viver aqui sem ela. Um homem é apenas metade de si mesmo sem a sua mulher, e o que pode fazer meio homem? Ela não ficou particularmente feliz por nos mudarmos para cá, mas aceitou a situação, com o passar do tempo. Tivemos estes filhos e um que morreu. As crianças sentem falta dela. Ela mantinha-se sempre ocupada. Ouve-se Hjalti lá fora; a sua voz grossa sobrepõe-se às risadinhas das crianças e ao ladrar do cão. Parece estar brincando com as crianças, estão divertindo-se muito. O que é o fim do mundo?, pensa o rapaz. Ela apareceu de noite, diz calmamente Jens, sabendo precisamente quando falar, quando ficar calado, o que dizer e os assuntos sobre os quais se deveria manter calado. Sim, diz Bjarni. Ela quer ser colocada em solo consagrado. Foi por isso que ela vos procurou.

Jens: Tem um trenó?

Tenho a estrutura de um trenó, responde Bjarni, que foi usado para deslocar o meu pai há muitos anos. Ele olha demoradamente para o rapaz; tem olhos azul-claros, os quais ostentam um brilho resoluto, o seu cabelo é escuro e a barba está começando a ficar grisalha. Gostaria de pedir que ficasse aqui e tomasse conta das ovelhas e da minha mãe, as crianças cuidam delas mesmas, ou a Þóra tratará delas. Não mais do que três, quatro dias, dependendo do tempo; eu te pago. O rapaz evitou o seu olhar; pagar com o quê?, pensa ele. Poderia pôr algo na minha conta na loja de Sléttueyri, diz Bjarni, como se tivesse lido a mente do rapaz, cujos olhos estão fixos no chão.

Com certeza seria agradável descansar neste lugar.

Está farto da caminhada intensa. Do tempo. Das malditas montanhas. Sente-se quase exausto só de pensar em partir de novo, quanto mais em arrastar um cadáver. Não há problema em tratar de cinquenta ovelhas, e a menina, que se chama Þóra, tratará dos irmãos; o rapaz só precisa entretê-los, ajudá-los a se esquecerem de si mesmos às vezes, mas quanto à velhota? É claro que conseguiria trocar sua roupa e os lençóis, apesar do cheiro; ele já sentiu cheiros antes e um odor nunca matou ninguém. No entanto, há algo de que ele tem medo: seus dedos estão dobrados, como garras.

É fácil lidar com a minha velha mãe, diz Bjarni, e em algum lugar tem algo para ler.

O rapaz, surpreendido: Algo para ler?

Alguns jornais, responde em tom de desculpa Bjarni, o *Skírnir* e o *Iðunn*. Presumo que talvez tenha até alguma coisa ali no saco da correspondência. E depois há o *Novo Boletim Literário*, que pertencia ao meu pai. Acho que você gosta de ler, e os jornais poderão mantê-lo ocupado nos dias que ficar aqui. Também temos livros de cânticos, mas presumo que vocês, jovens, não tenham interesse em coisas como essas. Oh, e alguns volumes de poesia. E também a *Saga de Njáll* e a *Saga de Grettir*, que são do meu pai, ele queria ser enterrado junto com a última, mas, é claro, não se cumpriu o seu desejo. Não acredito verdadeiramente que as pessoas leiam na sepultura, e os livros são para ser lidos, caso contrário, são inúteis, e não é bom se algo é inútil. Ele lia muito?, pergunta o rapaz. Nunca se fartava de ler, mesmo na velhice. A dada altura, teve cerca de trinta livros e um considerável número de manuscritos que copiara; dedicava muito tempo a esta atividade, em vez de descansar, e desperdiçava óleo, costumava acrescentar a minha mãe. Isso tudo acabou em nada quando a cabana ardeu em chamas. Depois, mudaram-se para cá. Os livros viraram cinza?, pergunta o rapaz. Sim, junto com os instrumentos da propriedade, um cão e roupa. O meu pai entrou em casa durante o incêndio, não para ir buscar o pobre cão, que era suficientemente bom, mas para salvar os livros, embora só tenha conseguido trazer consigo a *Saga de Njáll* e a *Saga de Grettir*. Quase teria sido mais apropriado se a *Saga de Njáll* tivesse queimado, opinou o rapaz.

Bjarni: Ele nunca se recuperou totalmente da fumaça e morreu poucos anos depois. Os malditos livros o mataram, sempre disse minha mãe.

O rapaz: Você lê?

Bjarni: É um mau hábito.

O rapaz: Mas lê, apesar de tudo.

Bjarni: Precisamos avançar. Esta calmaria não durará muito tempo; o próximo ataque vem a caminho.

Mas é primavera, raios, observa o rapaz, quase em tom acusatório.

Jens: Onde ela está?

Bjarni: Na cabana onde temos o fumeiro.

Na casa onde têm o fumeiro?, pergunta o rapaz, e Jens olha para ele com uma expressão que o obriga a se calar.

Bjarni: Não gostava da ideia de deixá-la no exterior. Além disso, ela poderia ter se perdido por baixo da neve. Era a única solução.

Jens: Então vamos. Precisamos subir a montanha antes de a tempestade rebentar. Eu levo o Hjalti e o rapaz.

Bjarni, balançando a cabeça: Ele dificilmente conseguirá. É um trabalho para homens.

Jens: Ele não é tão miserável quanto aparenta ser. É bastante rijo quando posto à prova. Só que fala demais. Mas o seu lugar é aqui; as crianças não têm mãe.

Bjarni sentara-se, e continua sentado quando eles se levantam. Está sentado e parece ter envelhecido cerca de dez anos, mas a languidez do rapaz desaparece num rompante; está pronto para combater montanhas. Embora sejam dez, e perigosas.

O ar está quase branco devido à luz; há um vestígio de céu onde o sol de abril arde atrás das nuvens. O mar ártico estende-se na distância como a própria eternidade, respira profundamente e as ondas embatem contra o penhasco em algum lugar lá embaixo. Jens evita olhar para baixo, mas o rapaz repara num molinete junto à borda do penhasco, o que significa que as pessoas que habitam naquele local têm de descer o barco e depois içá-lo quando este está em perigo sobre as ondas lá embaixo; uma maldita trabalheira é o que deve ser, pensa ele, olhando em volta, em busca do barco, mas vê apenas neve. Jens ajeita os sacos da correspondência, que pesam talvez dez ou quinze quilos cada; havia jornais para Bjarni: *Skírnir* e *Iðunn*. Nellemann chega a correr para ao lado de Bjarni, olha para ele entusiasticamente, com a língua pendente, sim, sim, diz ele amigavelmente e a cadela senta-se na neve, parecendo ter recebido uma medalha.

As crianças e Hjalti estão bastante longe deles; fizeram bonecos de neve, uma família inteira, todos os membros estão vivos. Hjalti faz rolar uma bola de neve grande e cada vez maior à sua frente, segurando no rapaz mais novo, como num saco, por baixo do seu outro braço. As crianças não se atrevem a aproximar-se dos visitantes, mantêm-se à distância, mas os observam. Steinólfur mordisca sua luva de lã, Hjalti segura Sakarías, depois o entrega a Þóra e diz: vamos embora. Vocês vão todos para dentro, diz Bjarni à menina. Mas papá, replica Steinólfur, está tudo tão bonito e luminoso aqui fora! Está?, indaga Bjarni, virando a cara, como se tivesse se dado conta disso pela primeira vez. Quero ficar aqui fora com o Hjalti, pede Beta, sem tirar os olhos de Jens e do rapaz; os visitantes permanecem apenas por um curto período e quase nunca regressam, ela dificilmente terá outra oportunidade de ver estes homens. Eles vão levar a mãe de vocês,

informa Bjarni de forma brusca, quase cruel. Beta olha para os visitantes e depois para o seu pai; vão levar para onde? Para o cemitério, é claro, responde sua irmã. Ela não deveria ir para lugar nenhum, não pode ir; senão nunca mais voltará! Ela se foi, diz Bjarni, antes de acrescentar, hesitantemente, minha menina. Eu quero ver a mamã, pede Steinólfur, tirando a luva da boca, e depois o mais novo começa a chorar, talvez por causa do frio, talvez não. Vão para dentro, ordena Bjarni com firmeza, e a menina se afasta com o rapaz choroso e os outros seguem atrás com relutância. Tem cuidado com o que bebe, aconselha Bjarni a Hjalti quando caminham em direção à cabana de fumeiro. Manterá um olho em mim, suponho, responde Hjalti; eles caminham lado a lado, o agricultor parece velho e frágil junto do grande ajudante da propriedade.
Bjarni: Eu fico para trás.
Hjalti: O quê?
Bjarni: É assim que vai ser. Vou ficar para trás com as crianças. Elas já tiveram o suficiente.
Hjalti: Porra.

A cabana está quase enterrada debaixo da neve, mas é claro que tiraram neve a pazadas de cima dela regularmente, a última vez tinha sido naquela mesma manhã. São recebidos pelo cheiro de fumaça quando Bjarni abre a porta, entra e sai puxando um trenó simples, com o caixão em cima dele, feito de restos de madeira tosca: não é uma obra de arte bonita, mas a morte também não o é. Eu acompanho vocês montanha acima, diz Bjarni; vão precisar da ajuda. O rapaz olha para cima. As montanhas estendem-se num semicírculo em volta da baía; em alguns locais, barrancos íngremes e penhascos escuros como breu olham obstinadamente para o mar. Eles partem com o trenó, que desliza com facilidade pela neve. Não quer contar aos pequenos?, pergunta Hjalti. Já fiz isso. Quero dizer, que não vai seguir o caminho todo. Bjarni para, olha para a casa lá embaixo, as crianças não entraram mas estão à porta, junto com a cadela, observando-os. Vai você, diz Bjarni; assim, pode despedir-se deles. Na verdade, já me despedi antes de sair, disse que precisava realizar uma curta viagem com os visitantes, mas posso me despedir outra vez. Aquele homem grande corre, notavelmente rápido; em frente, ordena o agricultor, e ele e Jens puxam, o rapaz ergue a traseira, empurrando, olha duas vezes sobre o ombro, vê Hjalti levantar Beta no ar e esfregar sua grande cabeça na barriga da menina.

Ele é rápido a alcançá-los e é difícil transportar o caixão encosta acima; é preciso pelo menos quatro homens vivos para carregar a morte. O rapaz sua por todos os lados. Às vezes, tem que ficar de joelhos para empurrar o trenó quando a encosta é íngreme. Eles rastejam para cima, de modo insuportavelmente lento, pegam atalhos pela encosta onde é mais fácil, embora nunca seja fácil, e quando o rapaz fica de joelhos, arqueja e arfa sobre o caixão, e o seu fôlego quente penetra pelas frinchas. Mas não é mais do que trezentos metros, diz Bjarni quando param para descansar, só percorremos metade da distância. A casa é um pequeno ponto lá embaixo e as crianças desapareceram, como se nunca tivessem existido; nunca mais os verei, pensa o rapaz com tristeza. Nem sempre é bom subir tão alto e obter uma vista panorâmica. Eles veem o mar, veem que é interminável. Quanto mais alto se sobe, mais pequeno se torna o ser humano e maior é o mar.

Bjarni despede-se deles no topo da encosta; à sua frente estende-se uma charneca alta e ondulante. Precisam de pouco mais do que um dia e uma noite se o tempo se mantiver calmo, diz Bjarni, evitando olhar na direção do horizonte, onde o mundo está escurecendo. Tomarei cuidado com o que bebo, promete Hjalti. Bjarni olha para o caixão e os outros se viram, de súbito preocupados em olhar em volta. Hjalti, paga o seu alojamento com o trenó, declara Bjarni, olhando para oeste, sobre as charnecas e as montanhas; ele limpa a garganta e acrescenta: que Deus esteja com vocês. Em seguida, os cumprimenta apertando-lhes as mãos e começa a descer. Eles se dirigem no sentido contrário, para oeste, que, de um modo misterioso, parece seguir para norte. Como se fosse a única direção aqui existente. O rapaz empurra, os outros puxam, o trenó anda bem, na verdade esplendidamente. Duas horas depois, começa a nevar. A princípio, gentil, mas depois, é claro, tudo escurece. Hjalti pragueja exatamente quando os ventos despertam.

12

Quatro pessoas em movimento, três vivas, uma morta. Às vezes, o rapaz segue à frente do caixão, junto com os semigigantes, um pauzinho fino entre dois troncos de árvore, mas, infelizmente, quase sempre fica para trás, empurrando, as mãos pousadas na madeira áspera, aplicando força, usando toda a sua capacidade, e vários centímetros abaixo da palma das suas mãos está seu rosto, azul como a morte e branco devido ao frio. É mais difícil puxar; afundam toda hora, precisam constantemente abrir caminho, mas é melhor ficar lá, lá parece mais perto da vida do que ali, atrás do caixão. É claro que lá tem um pouco de proteção da tempestade, em especial quando se curva para baixo, mas então ele sente o hálito gelado da morte na sua pele. Tenta manter os braços na frente do corpo, para que a cabeça fique atrás do caixão, e não por cima dele, mas não consegue quando sobem encostas e colinas e se debatem para sair de covas; Jens e Hjalti puxam e ele tem que se esticar sobre o caixão para ganhar um pouco de alavancagem, seu rosto está mesmo por cima dela, os olhos mortos penetram no caixão e encontram os olhos vivos; se fechar os olhos, ouve a voz dela na sua cabeça. Não é bom estar morto, diz ela, está frio e o frio me torna cruel; não me deixe passar mal.

Ele mantém os olhos abertos e ignora aquilo, embora a neve que o fustiga com o vento machuque suas pupilas. A voz cala--se de imediato. Fique de olhos abertos! Mas, então, a encosta torna-se tão íngreme que o rapaz mais uma vez tem o caixão nos braços; ele continua a forçar o caminho para cima, fecha conscientemente os olhos durante o esforço e ouve simultaneamente a voz; está tentando me abraçar, a mim, que estou morta?

Sabe qual é o caminho?, pergunta Jens quando param para recuperar o fôlego, muito mais tarde. As montanhas que tinham se erguido sobre eles no início da viagem desapareceram, tornaram-se difusas com a neve imensa e depois desapareceram por completo, e com elas as direções, o horizonte e tudo aquilo que costuma ser necessário para viajar nas montanhas com tempo frio, um vento do norte cortante. Sabe o caminho?, pergunta Jens, talvez um pouco preocupado, mas também aliviado, uma vez que a cada passo aumenta a distância entre eles e o mar; entrara-lhe nos sonhos na noite anterior e lhe tocara no peito; ele acordara com o coração gelado. Há saberes e saberes, responde Hjalti; o que sabe um homem, já fiz esta viagem antes. Ajoelham-se num dos lados do caixão, protegidos da morte, o rapaz como um cachorro entre os dois homens, que tiram gelo da barba. É um trabalho exigente viajar com um morto. É claro que o trenó é bom e, às vezes, há uma camada razoável de neve; outras vezes, é difícil de ultrapassar, neve mole, montes de neve, buracos tapados com neve e covas; os dois gigantes puxam, o rapaz empurra, eles se afundam na neve, alternadamente suados e sentindo frio. Em algum lugar atrás deles, longe, há uma cabana com crianças, um agricultor, um cão e uma velhota; está meio abandonada agora que Hjalti foi-se embora. Sua ausência lembra também a morte de Ásta; é quase como se ela tivesse morrido de novo. Bjarni senta-se, apático, olhando para o ar; Sakarías obtém segurança e consolo do cão, e que olhos tem, que língua larga e macia; mas os outros três precisam cuidar de si, estão vulneráveis.

Os três homens progrediram bem, parando apenas um pouco para recuperar o fôlego depois de subirem as encostas mais difíceis; o rapaz e Hjalti trocaram palavras, conversaram, enquanto Jens, calado, não disse nada. Contudo, agora descansam. Algumas mãos a mais não teriam feito mal, declara Hjalti, não para se queixar; ele simplesmente diz a verdade. Qual é a sensação de estar quase em cima dela?, pergunta ao rapaz. Frio, responde o rapaz. Acredito que sim, mas ela fala com você? Quando fecho os olhos, solta o rapaz. É impossível dizer alguma coisa que não seja a verdade aqui em cima, nas montanhas, as mentiras e as meias-verdades não levam a lugar algum, uma vez que não há ninguém que as cultive. Os mortos não falam, diz Jens.

Hjalti: Oh, sim, falam, e mais do que você, provavelmente.

O rapaz: Ela fala comigo... ou para mim.

Falta-lhe determinação, observa Jens de forma brusca, como que dando uma explicação; estão de costas voltadas para o caixão, assim parece mais fácil descansar e conversar. Pode muito bem ser assim, considera contemplativamente Hjalti, seus olhos azuis olhando para o rapaz por baixo das sobrancelhas cobertas com gelo, mas isso não altera o fato de os mortos falarem; eu sei, e não há em mim muito mais além da determinação. É preciso vida para falar, opina Jens, abanando-se; o frio gelado aumenta, aquele frio atroz que vem de dentro.

Hjalti: Há mortes e mortes, tipos muito diferentes. Uma ovelha morta está morta e o mesmo se passa com um peixe, mas um homem não morre tão facilmente.

O rapaz: Espero que tenha razão.
Hjalti: Espera?! Estou falando de fatos. Pode acreditar em mim; sei do que estou falando. Mas agora seria bom comer alguma coisa.

Ele olha para Jens, que diz: vão falar assim no inferno, e depois lhes dá nacos de carne. O vento frio faz-se sentir. Em seguida, cai a noite. Anoitece e o rapaz empurra o caixão. Subiram tanto que já não pertencem ao mundo habitado, à humanidade; são parte da natureza e do céu; júbilo nos verões, dureza e morte nos invernos. Continuam a andar em frente, sentem-se fatigados mas não podem parar; não há abrigo em lugar nenhum, o esforço os mantém razoavelmente quentes, mas os dedos esfriam, os pés esfriam e os dedos dos pés ficam dormentes e gemem, como pequenos animais. Está sempre frio quando nos aproximamos do céu. A neve fustiga o rapaz por todos os lados, força seu caminho ao entrar por todas as brechas e rodopia até seu rosto, que há muito se enrijecera com o frio; ele mal conseguiria falar mesmo que tentasse, está quase tão rígido quanto o dela, que repousa no caixão, deixando que cuidem de si. Os mortos são egoístas, obrigando os vivos a se esforçarem por eles, além de os encherem de culpa por não o fazerem suficientemente bem. O rapaz amaldiçoa a mulher por ter morrido, por tê-lo encontrado e também amaldiçoa Jens, por tê-los escolhido para executar esta tarefa trabalhosa, por tê-los ido buscar para transportar a morte pelas montanhas, pela natureza, e a amaldiçoa por estar ali confortavelmente deitada no caixão em vez de se levantar e ajudar a empurrá-lo e a puxá-lo. Ele olha para os homens que estão na frente do caixão, mas torna-se cada vez mais difícil distingui-los da neve que cai. Algumas pessoas desapareceram nestas zonas e transformaram-se em neve, para nunca mais serem vistas. Nos verões, derreteram-se na terra junto com a brancura, uma morte mais bonita não pode existir, embora nunca seja bonito morrer. Só a vida é bela, e os homens continuam a puxar o caixão.

Jens amaldiçoa seu braço direito, que fica dormente de vez em quando. Droga, pensa ele, droga; olha por cima do ombro, para trás, o caixão, o trenó e o rapaz estão brancos com a neve, mas ele ainda está ali. Jens afunda-se na neve até os joelhos e pensa em Salvör. Me possua, não é isso que vocês, homens, querem?, é difícil esquecer essas palavras, elas sempre causam repugnância, atacam-no, acusam-no; pode viver sem me trair?, sussurrara ela uma vez, numa noite de verão cerca de um ano antes, quando estavam deitados entre tufos de arbustos, abrigados do mundo, o cacongo queixando-se incessantemente acima deles, fora isso estava tudo em silêncio; as nuvens quase cinza adquirindo formas, o vento passando leve pela relva, as folhas mal se mexendo e uma borboleta ou duas esvoaçavam e bebiam os poucos momentos que lhes eram concedidos. Batiam as asas macias, misteriosas como seda. Salvör esticou seu braço nu, com cautela, esticou um dedo e uma borboleta pousou nele, como que por magia, e suas asas tremeram. Ela levou o dedo até junto da cara dele, extremamente devagar para não assustar aquele ser vivo com suas asas irreais. É bonita?, perguntou ela. Sim, respondeu ele, contendo o fôlego para que a borboleta não voasse. Por que diz isso? Porque é bonita, presumo. Como assim? Suas asas, disse ele, aproximando-se; a borboleta instalara-se e já não tremia. Não é um pouco como a vida?, perguntou Salvör; bonita à distância, mas quando você se aproxima vê que é apenas uma lagarta com asas. Ela soprou a borboleta para que ela abandonasse gentilmente seu dedo e perguntou, sussurrou, como se mal se atrevesse a perguntar, talvez porque temesse a resposta, pode viver sem me trair? Ele segurara as mãos dela entre as suas, afastara seu cabelo do rosto, daquele rosto que significava mais para ele do que o próprio céu, afastou seu cabelo e respondeu, eu morreria se traísse você, e então ela chorou de felicidade, ou porque é muito mais fácil falar do que viver. Ela contemplou a traição em mim, pensa Jens, erguendo-se da neve, onde estava enfiado até acima dos joelhos; ela chorou porque sou um cabrão, como o marido dela era, traição à primeira gota, e sem sequer precisar de álcool para o fazer. Ele puxa com força, com tanta força que o trenó dá um esticão em frente e o rapaz cai de bruços na neve. Hjalti perde o fôlego quando Jens acelera, mas mantém o ritmo com ele, não quer ser menos homem; os machos são primitivos, previsíveis. A única coisa que o rapaz pode fazer é manter o mesmo ritmo que os dois, mas ele mal é um homem ainda, cambaleia atrás, sem empurrar durante muito tempo. Mas por que razão, pensa Jens, vou a Sodoma? É só porque gosto dos donos? É porque acho a Marta divertida, seus comentários e suas ideias? É por causa do álcool? Posso beber no café da Geirþrúður, ou até mesmo no Fim do Mundo. Não é principalmente para olhar para a Marta, para que possa sentir excitação, o maldito desejo, para que possa pensar em como se mexe quando estou aqui nas montanhas, para que possa pensar nela quando estou nas charnecas? Olha tanto para mim, disse ela uma vez, numa noite de verão quando o sol pendia silenciosamente e sem sono logo acima da superfície das Profundezas. Jens não disse nada, limitou-se a beber mais, e ela sorriu; então, olha, disse ela, se te agrada; eu também olharei, é suficientemente grande.

E, depois, ele permitiu que a criada em Vík o esfregasse, continuasse a acariciá-lo, apesar de o frio já quase ter desaparecido, deixou que ela o acariciasse e deslocasse a mão para cima, o que lhe permitiu ver que influência começava a ter. Não posso viver sem trair o que é mais importante? Não, não consigo; então, que tipo de pessoa eu sou? E como poderei olhar para os olhos da Halla quando voltar para casa, para aqueles olhos que me olham como se eu fosse a melhor coisa, e mais bonita no mundo?

Se eu tivesse o mínimo de honra no corpo, cortaria minhas bolas e atiraria aos cães! Ei!, Ei!, consegue gritar Hjalti, por acaso o Diabo está no seu pé? Jens abranda um pouco, ele começara a correr, embora, falando a verdade, isso seja impossível aqui, não agora, após todos estes cambaleios pela neve, o rapaz agarrado ao caixão para não perder nem aos dois nem aos olhos mortos que olham para ele através da tampa do caixão. É noite!, brada Hjalti. E o que é que tem?, grita em resposta Jens. Nada, exceto que deveríamos nos abrigar e descansar um tempo. Abrigar do quê? Do maldito tempo, que mais há de ser? Não há abrigo nenhum, diz Jens, mas tão baixinho que o vento despedaça suas palavras. E um pouco mais tarde, meia hora, uma hora, Hjalti encontra abrigo, solta a pá que amarrara ao trenó e com pazadas faz uma espécie de gruta na neve. Descansaremos por uma hora, depois continuaremos, provavelmente estamos perto da meia-noite, acrescenta. Para que descansar?, berra Jens, observando Hjalti empurrar o caixão para o espaço estreito, o enfiando lá dentro com dificuldade. Andamos num ritmo intenso durante pelo menos quinze horas, é preciso descansar, recuperar as forças, declara Hjalti.

Ele e o rapaz sentam-se com as costas apoiadas no caixão. Eu não preciso descansar, afirma Jens, mas pousa os sacos com a correspondência, senta-se e sente de imediato um cansaço enorme, e retira as provisões, não faria mal se tivessem mais alguma coisa para comer. Jens recusara levar tudo o que Bjarni oferecera; as crianças precisam de comida, nós nos viramos, dissera com convicção; no entanto, agora está prestes a arrepender--se do que fez. Mas que inferno, não tem mais do que isso?, pergunta Hjalti. Servirá, responde Jens. Inferno, murmura Hjalti, e imediatamente dá fim de sua porção. O rapaz lhe dá parte da sua; não sou assim tão grande, afirma ele. Faz mais alguma coisa além de comer?, pergunta Jens. Tive fome durante toda a minha vida, responde Hjalti, e eles se calam. Fome, sede e frio, mas é bom descansar; está bom aqui, admite Jens, de modo inesperado, e Hjalti olha para ele, seu rosto enrugadíssimo e ingenuamente feliz por trás da máscara de gelo, a qual ele desfaz em pedaços por entre os dedos, aos poucos. Às vezes, é bom cantar, afirma então; nos mantém quentes, e um homem que canta não adormece tão fácil.

Jens: Cantar me aborrece.

Hjalti: Não me diga.

O vento uiva lá fora, enfurecido, impaciente para que os homens voltem a sair, para assim ter algo com que brincar, além da neve; não há mais nada aqui a não ser montanhas e são necessários milhares de anos para fazê-las mudar, talvez uma raposa de vez em quando, ou um corvo, mas os animais não deixam que o vento os trate tão mal quanto os homens, que ficam indefesos mal saem de casa. O vento envia rajadas ao longo do caminho, a neve rodopia solta acima deles e do caixão, como se quisesse verificar se eles desapareceram ou morreram. Hjalti tenta construir um muro para abrigá-los das rajadas mais fortes, o constrói apressadamente e dá certo; é quase como se tivessem se retirado para mais longe, como se tivessem se afastado ainda mais, e o rugido do vento torna-se mais distante, as rajadas enfraquecem, eles veem o vapor da própria respiração e uma sensação de tranquilidade apodera-se destes homens, que se sentem quase bem e olham lá para fora quase alegres, e o rapaz dá-se ao luxo de cochilar, permitindo que os sonhos inundem a realidade. Hjalti e Jens desaparecem ao longe, deslocam-se para outro mundo, o sono tece lenta e suavemente uma capa protetora em volta dele. O rapaz resmunga algo, tem a boca meio aberta e baba um pouco e a saliva congela no seu queixo. Jens é o primeiro a recuperar os sentidos, devido à sua experiência e caráter. Algo está errado se uma pessoa se sente bem durante uma viagem daquelas — significa que está em perigo. Ele afasta a dormência da tranquilidade, estica os dedos frios dentro das luvas geladas, mexe os dedos dos pés dormentes e vê o rapaz escorregar para um sono profundo, com sonhos. No início, uma pessoa afunda-se em sonhos azuis, que de forma muito lenta e confortável se transformam em morte negra. Pode ser tudo de uma vez: bonito, triste e terrível ver uma pessoa adormecer, testemunhar a descompressão das linhas faciais, captar um vislumbre do subconsciente, da paisagem interna, que as pessoas tentam a vida toda esconder, perder ou descobrir. Jens hesita, como se não se atrevesse a incomodar o rapaz, Hjalti limita-se a olhar para o nada, já quase inconsciente. Por fim, Jens suspira com serenidade e dá uma cotovelada com força em Hjalti, que se endireita de forma brusca e grita, que vá tudo para o inferno!, e os sonhos são arrancados do rapaz. Obrigado por isso, droga, diz Hjalti a Jens; nunca encarei bem a violência, mas agradeço sua cotovelada, eu tinha mesmo adormecido e pensava ter visto a Ásta do lado de fora da abertura, ela fez sinal para eu ir embora, e eu me sentia como se tivesse partido, mas estava sentado. É muito fácil morrer aqui nas montanhas, basta fechar os olhos. Mas que droga, seria bom comer alguma coisa agora. Algo decente, quero dizer. Sou capaz de matar por causa de um bom cordeiro defumado, uma grande fatia. Vocês não estão com fome? Sou capaz de comer uma ovelha inteira.

Talvez até duas, responde o rapaz. Pare de falar em comida, diz Jens; ele engatinha até a abertura e põe a cabeça de fora para avaliar a situação, mas o vento tenta impedi-lo; piorou, constata ele, cuspindo neve.

É difícil permanecer acordado. O cansaço faz os músculos tremerem, ferve no sangue deles, os três se abanam de vez em quando como animais e pouco falam, praticamente nada, seus pensamentos são como peixes lerdos em água estagnada, mal se mexem, mal se vê algum vestígio deles. Se pensam, é em comida, e sem se dar conta o rapaz começa a cantarolar para si mesmo uma canção popular, "As crianças deveriam receber pão para mordiscar no Natal", e lança um olhar perdido, mas acorda quando Hjalti se junta a ele com a melodia que fica na cabeça, baixinho no início, mas em breve está berrando; sua voz enche a gruta de neve, uma voz forte, pura, um pouco taciturna. O rapaz também ergue a voz, eles cantam outras canções de Natal, cantam em voz alta, quase gritam lá no alto das montanhas, dentro de um buraco de neve, longe de habitações humanas, enfrentando ventos propensos à decapitação, de costas contra um caixão, e estamos no fim de abril. O canto torna-se tão compassivo, tão ridículo e tão demente que em certo momento Jens se junta a eles inadvertidamente, cantarola junto, a melodia encantadora o cativa, mas ele em breve para, só escuta e não se queixa. Eles cantam e assim esquecem a fome. Cantam todas as canções de Natal de que se lembram. Então Hjalti tem que mijar. O rapaz inspira profundamente, sorve o ar e sente o odor de fumaça. No início, pensa que suas recordações de comer cordeiro defumado no Natal são tão fortes que consegue até sentir seu cheiro, mas depois começa a cheirar o ar como um cão. Mexe a cabeça desenhando um semicírculo e cheira. Cheira a fumaça?, pergunta, quero dizer, está cheirando fumaça aqui? Fumaça, aqui em cima? Que estupidez!, diz Hjalti, que acabara de mijar, mas começa a cheirar, tal como Jens. Droga, murmura Jens, levantando-se de pronto e até um pouco pálido, enquanto Hjalti comprime o nariz contra o caixão. Para o diabo com isso, prapueja ele, de olhos fechados, cheira a cordeiro defumado! Ele abre as narinas, com a boca meio aberta, e seu estômago grunhe quando se afastam o máximo possível do caixão, o que não é muito, tendo em conta as dimensões daquele espaço fechado. Jens e o rapaz tentam se posicionar de lado, o carteiro enfia o ombro na parede de neve e esta cai sobre ele e um pouco sobre Hjalti, que solta um longo encadeamento de palavrões; é saudável para um homem praguejar, quase tão saudável quanto rezar, e às vezes é até muito melhor. O rapaz fecha os olhos e ouve simultaneamente risos baixos, frios e trocistas na sua cabeça; está com fome?, pergunta a voz. Não vale a pena ficar aqui, diz Jens. Mas é melhor do que ir embora, afirma Hjalti. Maldito tempo, praguaja o rapaz.

É noite fora da gruta de neve.

O rapaz, parado, balança-se com ritmo, relembrando retalhos de poemas e histórias; Jens aumenta a abertura da gruta quando o cheiro de fumaça se intensifica, permitindo que o vento entre, o que acontece rapidamente, e eles de imediato ficam brancos devido à neve. Jens estreita a abertura; é mais fácil suportar o cheiro do que a neve. Não fico com uma mulher há três anos, diz Hjalti. Amanhã, não, já é hoje; faz exatamente mil e cem dias.

Jens: Mil e cem dias.

Hjalti: É uma coisa terrível para um homem em plena capacidade física. Estou quase começando a olhar para as ovelhas.

Onde aconteceu pela última vez?, pergunta Jens. Agora, ele fala; agora que o rapaz não sabe o que é correto dizer.

Hjalti: Em Sléttueyri, para onde vamos. Abençoada Bóthildur, uma criada do médico e de sua mulher, droga, agimos como animais. Como se quiséssemos nos devorar um ao outro. É um anjo, aquela mulher. Forte como um touro, bonita como um pássaro de verão.

Voltou a vê-la depois?, pergunta o rapaz.

Hjalti: Sim, no ano passado. Mas só por um instante, e com companhia.
O rapaz: E então?
Hjalti: Nada, e é assim que tem de ser; não pode ser nada mais.
Por que não?, pergunta, surpreendido, o rapaz.
É tão novo, diz Hjalti. Eu não tenho nada, exceto estas mãos, e não devo beber, porque senão me transformo num cabra dos diabos; destruiria a nós dois. É melhor ter boas recordações do que arruiná-las com um conhecimento mais profundo.
Jens engatinha para cuidar da abertura; demora muito tempo. Estão com frio, o gelo há muito se derretera em cima deles e transformara-se em arrepios, mexem-se para se manterem quentes o máximo de tempo possível naquele espaço apertado e inspiram o forte cheiro de fumaça proveniente do caixão. O rapaz e Hjalti esquecem onde estão e começam a cantarolar canções de Natal. Um deles começa e o outro junta-se imediatamente a ele, e às vezes cantam uma canção até ao fim, erguem mesmo as vozes e as notas são transportadas até a tempestade, que as desfaz em pedaços. Jens não se queixa; só observa, carrancudo. Bolos de Natal com passas, diz Hjalti depois de terminarem de cantar "As crianças deveriam receber pão" pela quinta ou sexta vez.
O rapaz: Rabanada.
Hjalti: Mingau com leite. E velas.
Jens: Cordeiro defumado.
Hjalti: Agora você acertou! Cordeiro defumado e velas, meus caros, isso é felicidade. Não deveríamos nos queixar, só viver, mas eu tive uma vida de merda. Quando criança, levava pontapés por todo lado, não era bem-vindo em lugar nenhum, não passei bons momentos em lugar nenhum, exceto com a abençoada Ásta, embora não por causa da riqueza e do conforto; é difícil viver ali, deveriam ver as ondas ressoando e quebrando

nos penhascos, a terra treme por baixo da casa e a coragem treme dentro da gente. E depois chegam verões que não passam de chuvas e nevoeiro, durante dois anos o sol brilhou dois dias no verão, e nesses dias houve ventos de tempestade, caso contrário eram chuvas intermináveis e o feno estava ora todo, ora mais ou menos arruinado; o inverno seguinte foi difícil e não havia nada para comer na primavera, mordiscavam-se os dedos mas davam--se às crianças suas porções, é horrível ouvir uma criança chorar com fome, é como ser cortado ao meio em vida. Por fim, Bjarni não se atreveu a dizer o pai-nosso, porque a pequena Beta começava a chorar quando ele chegava ao "pão nosso de cada dia dai-nos hoje", ainda assim, tem sido bom viver lá; há um telhado por cima da nossa cabeça, e estamos longe do álcool. Vivo lá há cinco anos e bebi apenas duas vezes, mas da última vez que bebi quase matei o Bjarni; é para verem como eu sou, diz ele, olhando para o rapaz, e Jens remexe os dedos, como se sentisse uma grande impaciência.

O rapaz tenta respirar pela boca aberta, evitando assim inspirar o cheiro de fumaça e de morte. Pelo canto do olho, vê o rosto marcado de Hjalti: os olhos azuis que olham para o vazio, a expressão que se assemelha a uma ferida que se abre e fecha. Então Hjalti abana a cabeça, não gosto do homem que encontro quando consumo álcool, de maneira nenhuma, não compreendo de onde vem, não entendo por que não consigo lidar com ele.

E seus pais?, pergunta o rapaz.

Hjalti: O que têm eles?

O rapaz: Disse que tinha sido expulso de todos os lugares.

Jens: Cada um sabe da sua vida.

O rapaz: Eu só perguntei; às vezes, as pessoas só perguntam.

Jens: Você não pergunta às vezes, você pergunta muitas vezes. O que acha que vai descobrir?

Hjalti: Não vale a pena ficarem nervosos, meus caros, não

passa de uma pergunta que posso responder facilmente: não sei nada sobre eles. Nasci, andei a saltitar de casa em casa, de um maldito buraco para o outro, um inverno aqui, o outro ali, mas passei mais tempo na propriedade Gil, cujo nome nunca esquecerei para que possa cuspir sobre ele no momento da minha morte. Cheguei com oito anos e passei lá seis anos; o agricultor me expulsou quando começou a ter medo de mim. Quando fiz treze, tinha quase o tamanho de um gigante, é completamente incompreensível eu ter conseguido crescer, deve ter sido minha maldita estupidez. A única coisa que eu desejava era crescer muito para poder bater naqueles que me expulsavam, e meu desejo foi atendido. Não sei se devia agradecer a Deus ou ao Diabo por isso. O agricultor de Gil chama-se Jósef e sua mulher María, como os pais de Jesus; a vida pode ser muito cômica, caros. Pelo que sei, ainda estão vivos, e às vezes me pergunto o que aconteceu com eles, porque, na verdade, é mais fácil odiar vivos do que mortos. O Jósef é um verdadeiro trocista e muitas vezes zombava do meu medo do escuro; quando era criança, eu via fantasmas e toda a espécie de horrores em cada canto. Ele gostava de se esgueirar silenciosamente no escuro, até perto de mim, e respirava forte atrás de mim. Ele me contava histórias horríveis à noite, antes de me mandarem dormir no corredor. No corredor?, pergunta Jens. Estava tudo cheio em Gil, responde Hjalti, cheio no quarto e cheio no coração deles; eu era obrigado a dormir no corredor, num recanto junto à porta principal, com alguns trapos velhos por cima servindo de cobertor. A princípio, tinha tanto medo do maldito cão quanto dos fantasmas: era uma criatura grande, negra e feroz, mas acabamos por nos aceitar um ao outro várias noites depois, e isso provavelmente salvou a minha vida desgraçada; eu teria morrido de fome, frio e medo se não fosse o cão. Ele era meu melhor amigo, companheiro e salvador. Foi por isso que eu soube o que tinha de ser feito quando a Ásta morreu e o pobrezinho do Sakarías sentiu a dureza do mundo. O cão chamava-se Preto, mas eu o chamava de Confiança, e era a este último nome que ele preferia responder. Mas vocês sabem como são as coisas, alguém precisa sair por volta das quatro ou cinco da manhã no verão para ir buscar as ovelhas; esse alguém era sempre eu, com os pés úmidos devido ao frio da manhã, sem poder comer nada antes de terminar minhas tarefas e depois recebia sempre porções escassas, não vá arruinar nossa casa devido ao tanto que come, dizia María; passei fome durante toda a minha juventude e tenho sentido fome desde então, pois nunca consigo alimento suficiente para me sentir saciado. Bem, mas esses eram ainda os melhores momentos da minha vida, o Confiança e eu sozinhos durante a madrugada e às vezes com um tempo bonito. Naquela época, éramos felizes, só nós, a relva, os riachos e o canto dos pássaros, e às vezes eu perdia a noção do tempo e davam-me algumas bofetadas por causa dos meus atrasos. Dificilmente fazia isso por pura maldade; era mais por estupidez, mas nada mais lhes passava pela cabeça. No entanto, o pior era ir buscar água durante o inverno para abastecer a casa e para dar ao gado, sete ou oito viagens todas as manhãs; na minha memória tem um eterno vento do norte e dois baldes de madeira, pesados e cobertos de gelo. Quase sempre caía água em cima de mim. Quando tinha nove ou dez anos, fiquei terrivelmente doente por causa disso e cheguei a estar quase às portas da morte. O rapaz vai morrer, ouvi alguém dizer no meu delírio, e fiquei bastante contente, porque esperava um acesso fácil ao paraíso, já que ainda desconhecia a maldade humana; a única coisa que me aborrecia era não poder levar comigo o Confiança, porque nós dois seríamos perfeitos para pastorear as ovelhas no paraíso. Mas, um dia, num breve momento de consciência, vi um caixão de pé, ao meu alcance; aquela abençoada luz divina, o Jósef tivera assuntos a resolver na cidade e aproveitara a oportunidade para me trazer um caixão. Então, infelizmente, senti bastante raiva e lembro de ter pensado, antes de o delírio me voltar a engolir, vai se dar mal com seu maldito caixão! E foi exatamente nesse momento que perdi minha inocência, presumo; meu maldito rancor salvou-me a vida e matou-me a inocência, deu forças à minha obstinação e eu fiquei curado poucos dias depois. Assim, eles adquiriram aquele belo caixão e eu fui obrigado a dormir nele durante várias semanas, para que tivesse algum uso, ou até que se ouvisse falar nisso nas redondezas, e até que os vizinhos, que não eram umas bestas tão grandes quanto o abençoado casal bíblico, ameaçassem apresentar uma queixa contra eles por abuso. Bem, é isso. Mas, por causa dessa época, conheço bem camas como essa, diz ele, dando batidas gentis no caixão diante deles. Conheço bem. Quando eu não conseguia acordar de imediato, ou se não fosse suficientemente rápido para me pôr de pé, o Jósef fechava a tampa do caixão em cima de mim e sentava-se sobre ela; eu fechava os olhos e sabia como era estar morto.

13

Em algum lugar no seio da tempestade, o sol está nascendo. Em algum lugar as pessoas acordam durante a manhã que se estende sobre o céu oriental, em algum lugar o céu está até parado e o tempo encontra-se calmo na terra lá embaixo. Há locais onde é possível respirar sem esforço e onde os homens podem sair de casa bocejando, aproximando-se de uma parede e aliviando-se sem arriscarem a vida ou sem serem arrastados pelo vento. Há muitas coisas neste mundo que são belas e estranhas. Mas estes três homens não veem o céu e mal veem o chão e, portanto, é extremamente enervante terem de mijar, é quase impensável terem de destapar um órgão tão sensível no meio do gelo e manterem-se de pé tempo suficiente, imóveis. Mas com a manhã chega a misericórdia e, de súbito, vislumbram a paisagem, as encostas na montanha, buracos; por volta das nove horas, a tempestade acalmou tanto que um homem de estatura média consegue facilmente manter-se ereto. Não é possível chamar visão, é sobretudo um vislumbre, mas é suficiente para Hjalti, que readquire a compostura e pode dizer, sim, estamos aqui, e, ao fazê-lo, tudo se torna

282

mais fácil e o mundo já não é hostil. Um pouco mais para norte, diz Hjalti, e é para lá que se dirigem, virando mais para o norte, e se não estivessem desgastados, cansados e com fome e sede e não fossem responsáveis por uma morta que cheira a cordeiro defumado, e se não fosse pelo espírito de Natal, estaria tudo bem e seria possível cantar e pensar em algo bonito. Mas, por algum motivo, o caixão torna-se cada vez mais pesado, a morte torna-se mais pesada a cada passo do homem, é o que dizem em algum lugar, e sem dúvida estes três homens vivos concordariam. Tanto faz que dois valham por cinco, pensa o rapaz, empurrando o caixão, que de vez em quando fica envolto num cheiro de fumaça, o qual é abafado sob o céu aberto.

Eles não se atreveram a esperar muito tempo dentro da gruta de neve, o cheiro estava os deixando loucos e o sono os derrotando, mas, droga, quando abandonaram a gruta e arrastaram o caixão para o exterior, até Jens perdera o fôlego quando enfrentou o vento gelado, pois estava muito frio. Durante a primeira hora estava completamente escuro; eles cambalearam para diante sem conseguirem chegar a lugar nenhum e sem se dirigirem a lugar nenhum, concentrando-se apenas em não serem levados pelo vento, em se manterem de pé e em não perderem o caixão e uns aos outros, mas então a fúria abrandou um pouco, os céus se abriram por um momento e Hjalti pôde dizer aquelas palavras abençoadas, sim, aqui estamos. Eles continuaram a caminhar em frente, quatro pessoas, três vivas, uma morta, não é um final bastante favorável? Aproximava-se o meio-dia, a tarde ou talvez outra noite a cair? Eles avançam passo a passo e sua felicidade perante as palavras de Hjalti desaparece; eles puxam, empurram, afundam-se, recuperam a respiração, os bigodes e as barbas de Hjalti e de Jens congelam em volta dos lábios, e o rapaz não vê mais nada além de seus olhos. As encostas da montanha desaparecem uma vez mais; a neve que chega com o vento volta a transformar o mundo em escuridão, o vento aumenta, sopra quase diretamente sobre eles, a noite aproxima-se e o rapaz fecha os olhos, sua visão escurece com o cansaço. A felicidade não pode permanecer, diz a mulher dentro da sua cabeça, mas a amargura pode durar muito tempo e é mais fiel, não o abandona, o amor falha, o ódio cumpre. Não é verdade, alega o rapaz. Não é verdade? O amor é... O que você sabe sobre o amor?, pergunta ela, o interrompendo; o que é que amou e onde estão os dias, onde estão os anos que passaram vivenciando esse seu amor, e quem vou amar? A minha mãe, ele quer dizer, o meu pai, a Lilja, o Bárður, mas não diz, porque estão todos mortos. Esquece que Ásta está dentro da sua cabeça, nada pode ser escondido dela e seu riso é frio; é claro que ama apenas mortos, por que acha que consegue falar comigo? Tudo o que há de melhor está neste lado. Não resista; ou a vida pode lhe oferecer o que contém a morte? A verdade queima?, pergunta ela quando ele abre os olhos por completo, e abre-os como se os rasgasse para se livrar dela, e a tempestade, que parecia ter se afastado, abate-se sobre ele de novo com todo o seu peso. Agora consigo sempre falar com você, diz ela, e provavelmente é verdade, porque ele tem os olhos abertos mas ainda a ouve. Ele capta vagos vislumbres de Hjalti e Jens, que estão diante do caixão. Ficarão aliviados por se verem livres de você, declara ela, para eles, você é um fardo, é fraco, e eles são fortes e este Jens há muito que se cansou de você. O rapaz tenta pensar em Ragnheiður, procura instintivamente o calor do sangue, o oposto da morte, a luxúria, a paixão. Pensa no caramelo que ela enfiou na boca dele, brilhante de saliva, pensa no calor que sentiu quando por um momento ela se encostou nele no hotel, seus ombros brancos como a lua, seus lábios suaves e úmidos, seus lábios... chama isso de amor?, pergunta a voz na sua cabeça. Sim, é amor, com certeza é amor, o que você sabe, está morta. Mas por que pensa também na mulher que estava na banheira? Não penso.

Gotas de água nos seus seios, sim, com certeza pensa, e ela é muito mais velha; gosta de mulheres velhas? Sou velha, pode me ter. É cruel. Que tolice, estou apenas morta, tal como aqueles que você ama e de quem sente saudade e em quem pensa constantemente, mais do que tudo aquilo que vive. Agora surgiu a oportunidade de encontrá-los, só precisas estar comigo por um momento, primeiro deita comigo. Não quer sair desta tempestade; não é cansativo sentir sempre este frio, este cansaço, esta fome e esta sede? E ainda tem pelo menos vinte e quatro horas de viagem pela frente, é insuportavelmente muito tempo. E não é cansativo sentir sempre esta vida melancólica, acordar todas as manhãs e ter de suportar a tristeza? Pertence aos mortos, não aos vivos, sua vida é conosco, não traia aqueles que ama, deite, feche os olhos, eu me deitarei ao seu lado, deitarei com você e deitaremos juntos, e quando você voltar a abrir os olhos, estará tudo bem.

14

Não sei por que olhei para trás, diz Hjalti ao rapaz quando se ajoelham no abrigo do caixão, depois de os dois semigigantes terem acabado de tirá-lo da neve. O rapaz fez o que Ásta lhe aconselhara e deitou-se; ele ia a caminho de um mundo macio e bonito quando o içaram, gritando alguma coisa, berrando, arrancando-o assim de um mundo suave e belo para o obrigarem a regressar a esta vida maldita e a este tempo amaldiçoado, e ele os golpeou com toda a força que tinha, mas seus golpes erraram o alvo e aqueles homens grandes o seguraram com uma constrangedora facilidade quando recuperou os sentidos. Não, não sei por que olhei para trás, diz Hjalti, pois já era suficientemente difícil olhar em frente, quanto mais virar a cabeça, além de que este maldito pedaço de gelo está completamente preso à roupa e preciso rodar o corpo todo para ver o que está atrás de mim, mas talvez tenha um anjo da guarda, porque quando olhei para trás você tinha desaparecido e estávamos puxando apenas o caixão, e não vi ninguém em lugar nenhum. Se tivéssemos dado mais alguns passos, teríamos andado demais e não conseguiríamos encontrar você; aqui, os que caem no chão desaparecem e perdem-se, desaparecem e morrem. Jens agarra um corno para rapé, procura por baixo do impermeável e retira aquela glória divina, como Hjalti a apelida; guardou isso este tempo todo, seu sacana?! Para emergência, sim, responde Jens; ele tira uma pitada, tal como Hjalti, para usar em ambas as narinas, eles suspiram alegremente e mandam o rapaz fazer o mesmo, ordenam-lhe de tal maneira que ele não pode evitar. Nunca experimentou rapé?, pergunta Hjalti, chocado ao ver como o rapaz é atrapalhado ao manejar o corno de rapé, e depois espirra várias vezes durante dois ou três minutos. Não há nada melhor para acordar do que isso, afirma Jens, antes de voltar a guardar o corno. Deus te crie, diz Hjalti, contente por causa do rapé, dando uma palmada nas costas do carteiro. Eles têm de falar alto, o vento ruge em torno, e o caixão fornece apenas abrigo suficiente para se agacharem e descansarem um pouco do vento, esse monstro transparente.

Jens: Quantas horas mais acha que temos de andar?

Hjalti: Não tenho a menor ideia. Duas horas, vinte, o que importa realmente é viver, e com tabaco nas nossas veias tudo é possível. Quanto ainda tem?

Jens: O suficiente para uma pitada por pessoa.

O rapaz: Eu prefiro morrer a ter outra pitada dessa coisa maldita.

Hjalti: É disso que eu gosto, os homens deveriam falar assim. Assim, sabemos que estão vivos! Mas ficaremos aqui sentados durante algum tempo e aproveitaremos o abrigo da Ásta.

O rapaz: Um abrigo altamente imprevisível.

Hjalti: Nunca houve imprevisibilidade no que se refere à Ásta. Começo a me dar conta aos poucos de que é impossível viver nesta terra esquecida por Deus sem uma mulher, e sem

alguém como a Ásta; caso contrário, fica-se completamente solitário, e as pessoas solitárias definham.
Jens: Definham?
Hjalti: Sim, e são sopradas como se fossem pó. Que tipo de vida é esta, na verdade?
Jens: Miserável, penso eu.
O rapaz olha para os dois homens, aqueles semigigantes que o salvaram e o puxaram do abraço macio da morte, exatamente antes de endurecer e enregelar. Estão irreconhecíveis, brancos devido ao gelo que os cobre; a única coisa humana que é visível neles são os olhos, que não congelam enquanto estão vivos. Aninham-se os três, tentam se encolher o máximo possível para tirarem o melhor proveito da cobertura, aproximam-se uns dos outros, sentam-se quase num semicírculo e olham para o meio das suas pernas, para a neve lá em baixo. É muito bom um indivíduo aninhar-se e sentir a presença de outras pessoas, sentir a presença da vida a seguro da morte. Jens, articula o rapaz, só este nome, e seu dono responde com relutância, sim; no entanto, responde; foi esta a proximidade que alcançaram durante a viagem. Não está sozinho. Não. Quero dizer, tem uma mulher. Como ela se chama?, pergunta Hjalti, ao constatar que Jens não diz nada. Eles são sacudidos pelas rajadas de vento e cochilam, e Hjalti e o rapaz já tinham quase se esquecido da pergunta quando Jens responde: Salvör, na direção da neve, para onde está olhando, tal como os outros, eles não olham para cima. Salvör, repete Hjalti, quando percebe de onde veio aquela resposta, é... Então vocês não vivem juntos? Não, as coisas não estão assim tão boas. Então vive sozinho? Sim, não, com a minha irmã e o meu pai. A Halla, acrescenta o rapaz, tenta dizer, sem certeza, mas Jens faz que sim.
Hjalti: Então por que não vive com ela?
Ela me lê como se eu fosse um livro aberto, responde Jens.
Hjalti: Sim, isso pode ser difícil.

Jens: Ela era casada.
Hjalti: "Era": é uma boa palavra neste contexto; prometedora.
Jens: Ela matou o marido.
Hjalti: Droga.
Jens: Queimou-o dentro de casa.
Hjalti: Isso, é claro, é... pior.
Jens: Sim.
Hjalti: Mas ele provavelmente mereceu; não era um tipo maldoso?
Jens: Um maldito bruto em casa, batia nela e a desgraçou, e até os filhos tinham medo dele, especialmente quando ficava bêbado.
Hjalti: O álcool é uma invenção do Diabo.
Jens: E ele ficava bêbado muitas vezes. Quando estava em casa. Raramente estava sóbrio nos últimos anos.
Hjalti: Onde ele andava, nos últimos tempos; no mar?
Jens: Não, era estranho, ele andava por aí a entreter as pessoas contando histórias e coisas do tipo. Um homem popular, encantador, pelo que entendo, mas transformava-se num monstro quando chegava em casa. Uma noite, depois de espancá-la e desgraçá-la do pior modo imaginável, Salvör pôs fogo na casa e ele morreu queimado lá dentro. Fugiu com os filhos para a propriedade mais próxima e lá está desde então. Isso aconteceu há quinze anos, no inverno, com o tempo muito frio. Uma caminhada de três horas entre as propriedades e a criança mais nova não aguentou; ela ainda não se perdoou por isso.
Hjalti: Ela fez isso para salvar sua vida e a vida dos filhos, e isso é uma coisa sagrada. Ele estava marcado pelo Diabo, não há muito mais a dizer sobre isso.
Jens: Mas falhou, o mais novo não sobreviveu à viagem, ao frio. E depois, a outra criança, a menina, foi de imediato enviada para outra casa, não muito longe, mas suficientemente longe.

O patrono de Salvör evitou que fosse acusada, mas alguns ainda a chamam de assassina. Ela não vê a filha há três anos, pelo que sei, pois foi enviada para longe, uma segunda vez. Para outra comunidade, outro distrito, até.

Hjalti: Não sabe para onde?

Jens: Não faço ideia. Nem sequer sei como ela se chama.

Hjalti: Mas o que é que atrapalha?

Jens: Ela não quer me dizer.

Hjalti: Que se dane isso tudo; refiro-me a vocês viverem juntos.

Jens: Ela diz que não quer trair seus patrões ao ir embora, depois de tudo o que fizeram por ela.

Hjalti: Uma coisa é ser grato, outra é sacrificar-se.

Jens: Eu também acho que é apenas uma desculpa. Mas eu a compreendo muito bem. Não sou de confiança. É um fato. Pessoas como eu são tocadas pelo Diabo, não conseguem se controlar.

O rapaz, que é quase levado pelo vento, mas consegue agarrar Jens: Tocado pelo Diabo? Não abandonou a Halla, nem seu pai; isso é alguma coisa, tem de ser alguma coisa!

Jens: O marido dela bebia como uma besta. O vinho o transformou. Converteu-o num monstro.

Hjalti: Às vezes, penso que o Diabo cuspiu em todas as garrafas de cerveja do mundo.

Jens: Talvez. Desiludo as pessoas quando bebo.

Hjalti: Ela já te viu bêbado?

Jens: Nem precisa, consegue me ler como um livro aberto. E é por isso que não confia em mim. Não mais do que eu confio em mim também. Não há nada mais repugnante do que bater na própria mulher; deveriam cortar as mãos de todos os homens que fazem isso. No entanto, o que eu faria após cinco, dez anos? Posso confiar nas minhas mãos?

Ele olha para suas mãos como se estivesse à procura de uma resposta, mas estão escondidas no interior das luvas e não dizem nada.

Hjalti: Estamos rodeados por um tempo horrível, completamente diabólico, e não é certo que consigamos regressar todos vivos, três pessoas vivas e uma morta; não é uma proporção boa demais para ser verdade? Mas você, companheiro, precisa chegar lá embaixo vivo e depois derrotar a tempestade escura que existe dentro de você; é essa sua luta, é onde deve travar sua luta de vida ou de morte. Acho que suas oportunidades de vitória ou derrota são equilibradas. Se não fizer nada, não tem chance de ganhar. Se não fizer nada, trai todos aqueles que são importantes para você, e provavelmente a própria vida, embora eu não saiba nada sobre isso. Tem sorte, talvez não seja abençoado, não, de maneira nenhuma, mas tem sorte; o destino lhe dá uma oportunidade! É por isso que precisa voltar à civilização, voltar àquela a quem chama Salvör e dizer a ela, e jurar aos céus, que se envolverá numa luta até a morte consigo mesmo para ser bom e confiável. E depois lhe perguntará: Quer o meu coração?

Jens: Quer o meu coração?

Hjalti: Sim.

O rapaz: Isso é bem bom.

Jens: Ninguém fala assim.

Hjalti: Sim, sim, quando tudo depende disso, falamos como idiotas, acreditem em mim! E ela dirá que sim. Eu sei. Ela só está esperando que abra o seu maldito alçapão, que o abra de tal maneira que possa finalmente ver como seu coração na verdade, e então dirá que sim. Então ela saberá que você se atreve a se desafiar.

Jens olha para cima, afastando o olhar da neve, sorri, embora de forma apagada, e balança ao vento. Talvez você tenha razão.

É um cara engraçado. Mas e quanto àquela Bóthildur, não está à sua espera em Sléttueyri?

Hjalti: Nem sempre é fácil perseguir os sonhos.

O rapaz: Por que não ajuda a si mesmo, como está ajudando o Jens?

Hjalti: Só se ajuda aqueles que merecem.

15

Parece que se acalmou um pouco. Será que alguém, o mundo, Deus, o poder supremo, terá sentido compaixão por aqueles três homens, talvez porque simplesmente se sentaram juntos, três vidas que eram distantes umas das outras, mas que tinham se aproximado consideravelmente quando se levantaram? Porque algo mais bonito ou melhor do que as palavras os tinha unido? O vento acalmou, o desejo assassino da tempestade diminuiu, ou é apenas mais simples sobreviver como um todo em vez de tentar como três peças separadas? Agora, voltam a partir, sem desânimo, hesitação, luta apática; simplesmente continuam a seguir em frente e encaram tudo, o céu e a noite, porque é de noite, outra noite nas montanhas.

Mas, então, também essa passou.

Estou conseguindo me orientar de novo, grita Hjalti; é de dia, meio-dia, estamos nos aproximando daquele maldito Eyri, provavelmente mais uma hora, ou duas, e estaremos vendo lá embaixo o fiorde, se houver algum brilho neste mundo maldito!

Mas talvez não haja nenhum brilho; o vento volta a aumen-

tar e são atingidos por uma tempestade frenética. Eles ficaram, sem dúvida, conhecendo o vento durante esta viagem, mas nunca foi tão feroz como agora: é um grito do inferno. Eles caminham e engatinham, centímetro a centímetro, arrastando o caixão pesado atrás deles. Aproximam-se talvez de um fiorde e depois de uma pequena aldeia piscatória, que oferece descanso, camas, uma igreja e um cemitério para Ásta, e talvez exista lá uma mulher viva chamada Bóthildur, quem sabe? Não me parece!, grita Hjalti; eles param para respirar por baixo de um grande rochedo, inspiram o ar, partem um pouco do gelo que se solidificou no nariz e na boca, andam quase se arrastando devido ao cansaço e à fome, são atormentados pela sede. Não me parece que ela esteja lá. Às vezes, acho que ela foi apenas um sonho, e se estiver lá, não está, definitivamente, à minha espera, ela não poderia estar assim tão desesperada. As pessoas dessa aldeia me viram bêbado e isso é suficiente para afugentar todas as mulheres do mundo, exceto aquelas destinadas ao infortúnio, ou tocadas pelo Diabo, como eu. Aqueles que me veem quando estou bêbado têm uma perspectiva de um dos fossos do inferno. Maldição, eu fugiria se visse a Bóthildur, e para salvá-la, para salvá-la! Maldito álcool!, grita Jens.
Hjalti: Maldito álcool!
Jens: Que porra, o álcool!
O vento uiva à volta dos homens, que se aninham sob um rochedo, dois deles praguejam contra o álcool no meio do barulho, gritam de dor e fúria e impotência, o maldito álcool que os corrompe com violência, traição, pecado, banalidade, o álcool que desperta pequenos demônios dentro deles. Há uma mancha negra no meu coração por causa do maldito álcool!, brada Hjalti, e Jens olha enlouquecido para ele, enquanto o rapaz desiste de tentar seguir o fio dos gritos incoerentes dos seus companheiros, se encosta ao caixão e fecha os olhos, está frio em todo lugar

e a melhor coisa deste mundo seria dormir, ele até capta um vislumbre de sono, qual brilho de sol ameno e silêncio por trás da loucura, mas salta assustado com uma cotovelada de Jens, abre rapidamente os olhos e o estrondo da tempestade volta a atingi-lo. Hjalti os avisa da presença do despenhadeiro, que surgirá à direita deles, tão profunda que roça no telhado do inferno e que engoliu onze homens nos últimos cento e cinquenta ou duzentos anos, embora dois deles fossem noruegueses e, por isso, raramente sejam incluídos. Dizem, grita Hjalti sobrepondo--se ao vento, que não gosta que ninguém, além de si, diga uma palavra; é o vento que conta as histórias neste local, mas Hjalti tem uma voz forte e aproxima-se dos outros para que possam ouvi-lo. Dizem que, nessa altura, uma jovem mãe se lançou na parte mais funda do despenhadeiro, com seu filho morto nos braços, em desespero; foi no outono. Ela era uma criada e o seu patrão supostamente a tratara mal, desgraçara-a, espancara-a e ameaçara tirar-lhe o filho se ela resistisse. O que é uma mãe sem seu filho? Ela suportou todos os abusos. As pessoas das propriedades vizinhas e, é claro, da própria casa, sabiam disso, ou suspeitavam, mas o homem era um mandachuva na paróquia, respeitado, popular e sério. As pessoas o temiam pela severidade, mas também o admiravam e respeitavam pelo mesmo motivo, e viravam a cara para evitar testemunhar seus maus comportamentos. Um indivíduo pode esquecer a maior parte das coisas ou negá-las ao simplesmente olhar para outra direção, e é quase sempre mais fácil virar a cara do que observar, porque aquele que observa tem de reconhecer o que vê e depois agir de acordo com isso. A criança morreu com bronquite, disseram as pessoas, mas sabiam que era mentira; esse homem monstruoso bateu com força demais na criança quando ela tentou defender sua mãe; imaginem só, uma criança com apenas cinco ou seis anos. Ela esgueirou-se com ele na noite outonal, chovia muito e chegou a uma pequena estalagem onde morava uma pessoa conhecida sua. Imaginem só, a noite mais negra e uma chuva terrível; a conhecida ouviu uma pancada na vidraça da janela e seu nome ser sussurrado, ou, seja lá o que fosse, a mãe fez com que ela saísse de casa, e não é qualquer um que teria ido sozinha abrir a porta numa noite daquelas, mas ela foi, meio dormindo, embrulhou-se em qualquer coisa e esperou lá fora pela mãe desafortunada. O que tem nos braços?, perguntou-lhe a amiga. O meu filho, respondeu a mãe. Com este tempo?!, exclamou a outra. Já não sente mais dor, replicou a mãe, retirando os trapos da cara da criança para revelar o sangue congelado, e, ao mesmo tempo, revelou, ele fez isso. Ela trazia a cabeça destapada na tempestade, estava até descalça, os pés pisados e com sangue; entra, convidou a amiga, Deus sabe que aquele demônio será castigado, nem que tenha de ser eu a fazê-lo! Deus não se interessa por mulheres pobres, retrucou a mãe, e sabe tão bem quanto eu que não podemos tocar nele, e se tentássemos eu seria enviada para Bremerholm, culpada pelo assassinato do meu próprio filho. Mas chamarei dez homens; será essa a minha vingança. O que quer dizer?, perguntou-lhe a amiga; entra, vai morrer aí fora numa noite destas vestida assim. Mas, então, a mãe supostamente riu e gritou, pensa mesmo que planejo continuar a viver depois disto e deixar meu filho para trás, sozinho na morte — diga para nos procurarem no despenhadeiro! E, após dizer essas palavras, ela desapareceu, embrenhou-se na noite e desapareceu. Tão rapidamente que sua amiga a perdeu de vista na mesma hora. Ela só foi encontrada muitos dias depois, ou, melhor, seus restos mortais; ela saltara na parte mais funda do despenhadeiro, uma queda de cem metros, bateu no fundo sem largar a criança, deve ter feito barulho até no inferno quando esbarrou no seu telhado.

O rapaz: Espero que alguém tenha tratado do dono da casa.
Hjalti: É assim tão ingênuo? Ele era um homem poderoso,

amigo das bebedeiras do administrador da freguesia e do pastor. Comentou-se que a mãe havia perdido a cabeça, e todos eles viveram muito tempo e morreram felizes. As únicas pessoas que são castigadas neste país são as que não têm nada, ainda não se deu conta disso? Os outros nunca são castigados, exceto nas histórias. Mas, agora, nove outros se juntaram a ela; os noruegueses estavam bêbados e se perderam, tinham subido às montanhas para disparar sobre lagópodes. Já foram nove, falta um. É claro que eu deveria encontrá-la lá embaixo e, assim, derrotar o demônio do álcool e lhe dar algum conforto. Mas lembrem-se: quando de súbito começa a tornar-se muito íngreme, estamos salvos; então, conseguimos sair das montanhas, mas o despenhadeiro é perigoso com um tempo maldito como este. O caminho segue junto ao despenhadeiro e as pessoas pesadas tendem a escorregar nos enormes pedaços de neve; foi assim que alguns foram abaixo, junto com a neve. Quanto falta para chegarmos?, pergunta o rapaz, que está tão cansado que tem de fazer um grande esforço para pronunciar aquela pergunta; na melhor das hipóteses, não mais do que meia hora, pensa ele, não aguento mais do que isso. Meia hora, diz Hjalti, só com um tempo relativamente bom, três horas nestas condições, não menos, se dermos com o caminho; é fácil nos perdermos, acabar nos braços do Diabo e morrer congelados.

    E não foram malditas três horas.
    Já é provavelmente de noite quando, por fim, voltam a alterar o percurso, agora para o sul; o vento já sopra quase nas costas deles e têm de usar toda sua força, sua força minguante, para segurarem a si próprios e ao caixão, para que não escorreguem encosta abaixo, porque agora é íngreme, agora há muita inclinação, em nome de Deus. Hjalti para; estão em pé na frente do trenó,

que voaria se não se agarrassem a ele. Os três homens têm de se agarrar com força e o vento os sacode maldosamente. Aqui!, grita Hjalti; aqui embaixo existe uma encosta muito íngreme, com cerca de cento e cinquenta metros, e depois tem uma área plana — a pender para a colina, mas não muito inclinada — durante quase um quilômetro, e a seguir outra encosta, também íngreme, e no sopé está situada a propriedade mais alta da aldeia, que não fica mais longe do que isso, meus caros! É a casa onde morava sua amiga?, grita o rapaz. O quê? Não, essa casa foi abandonada há séculos, mas agora precisamos nos concentrar para não perder o caixão, se o trenó se adiantar, vai voar, e não encontraríamos o caixão de novo com este tempo, o que pioraria muito as coisas. Não podemos perder o maldito caixão de maneira nenhuma!

E eles não perderão.

Descem lentamente, calcando o chão com os pés como os velhos, incertos nos passos como vitelas recém-nascidas, tentando resistir à inclinação estonteante e ao vento frenético, o trenó batendo constantemente na canela deles; para a frente, para a frente, a morte está com pressa; devagar, devagar, diz Hjalti. Mas, diabos, isso é extenuante. Eles param praticamente a cada passo, cansados e desgastados, o vento uivando em volta, e agora conseguem ouvir um murmúrio baixo mas profundo à direita; é o som do despenhadeiro. Eles ficam de pé, não, meio deitados, num semicírculo. Ouvem aquilo?, sussurra Hjalti; agacharam-se juntos instintivamente, como que tentando se abrigar, e para sentirem uma vida além da sua. É ela, é ela a chamar pelo décimo! Deixa de estupidez!, grita Jens mais ou menos como resposta. Hjalti aproxima-se ainda mais deles, junta seu rosto ao deles; eles sentem sua respiração, olham profundamente para seus olhos e é como se suas pupilas tivessem sido arranhadas pela desilusão, pela dor, pela fraqueza: maldição, um homem vem a esta vida só para morrer?

E qual pode ser a resposta para essa pergunta; nenhuma, é óbvio, mas durante vários momentos é como se todos eles tentassem encontrar a resposta, ou as respostas, talvez a cabeça deles penda de um modo vazio simplesmente porque estão exaustos, não sobra nada, estão inconscientes, sem sentir nada, cederam ao cansaço. E o trenó escorrega com lentidão, como se se esgueirasse. Jens sente algo encostar-se ao seu corpo, olha para cima, vê o trenó se afastando lentamente; lá vai o caixão, pensa ele, voltando a se curvar. No entanto, dificilmente demorou mais do que dois ou três segundos para pôr-se de pé de um salto, de forma tão brusca que quase é derrubado pelo vento, e grita: o caixão!, e começa a correr. O rapaz e Hjalti se dão conta simultaneamente do que está acontecendo, põem-se de pé e correm atrás do caixão. O trenó passou uma pequena elevação e está ganhando velocidade. A colina é muito inclinada, o vento sopra e os três homens correm atrás dele. Se é possível chamar tal movimento de correr. Estes homens estão exaustos e, além disso, Hjalti e Jens estão enferrujados, completamente desabituados de correr, parecem mais focas confusas; ficam ambos imediatamente a arfar, de boca aberta, mas continuam a avançar, atabalhoados. Ao mesmo tempo, este é o momento do rapaz. Porque se há algo que ele sabe fazer, se há alguma coisa que ele seja capaz de fazer é correr. O cansaço que o paralisara pouco antes desaparece, afastado pela excitação da perseguição, que corre em suas veias; ele ultrapassa facilmente os semigigantes, corre por entre eles e os ouve se esforçando para conseguir respirar. Ele corre atrás do trenó e do caixão, corre muito depressa na encosta vertiginosa, com o vento furioso a soprar por trás; é como se ele estivesse voando, mas consegue correr ainda mais depressa e o riso cresce dentro dele. Ele corre, voa, aproxima-se do trenó, estica um braço, agarra o caixão e salta de imediato, é erguido e o vento o atira contra o caixão, com tanta força que quase é cuspido, mas consegue se agarrar, e então levanta-se e refreia o caixão, agarra-se à corda que está dura como gelo, consegue, de alguma maneira, enfiar as luvas por baixo e se aguentar dessa forma, independentemente de o trenó continuar a deslizar, independentemente de o caixão sacudir. O trenó chega mesmo a voar uma vez por cima de um rochedo, mas ele consegue se segurar; a encosta torna-se mais íngreme, é uma inclinação abismal e há um rapaz vivo e uma mulher morta, e provavelmente é impossível andar mais depressa, o vento grita atrás deles, quase a perdê-los, a neve corta a pele gelada do rapaz, suas narinas estão dilatadas e ele sente o cheiro de fumaça, o poderoso cheiro de cordeiro defumado e ele parou de rir, parou há muito de rir e fecha os olhos para protegê-los da neve e do gelo, e escuta o riso frio, oco e maldoso dela, que lhe enche aos poucos a cabeça, enche-a com frio, e o gelo assenta em todas as suas recordações, nos seus sonhos: chegou o inverno eterno inverno. É assim que um homem morre?, interroga-se ele, abrindo a boca. Primeiro, abre-a na esperança de que o frio diminua e a mulher se cale, mas depois começa a gritar. Talvez seja a reação diante da vida. E a reação a tudo o que está para trás de si. As mortes daqueles que eram importantes. A desilusão. A incerteza lancinante que nunca o abandona. A culpa que sente por estar vivo e por desejar a vida. Ele grita e nesse grito habita tudo o que desaparecera, ele grita e seu grito contém os dias anteriores, os dias e as noites com Jens. O trenó corre com fúria pela íngreme encosta montanhosa abaixo, ele está sentado em cima de um caixão que treme e começa a partir-se e a soltar-se do trenó, a mulher ri e ri na sua cabeça, e ele grita porque tem um despenhadeiro escuro como breu à sua direita, o trenó corre às vezes nessa direção e em breve talvez ambos voem sobre o precipício, e a queda começará, uma queda livre e impiedosa até bater no fundo do despenhadeiro, o décimo. Ele grita com medo, grita por estar vivo, porque se arrepende mais do que o coração deveria conseguir aguentar, ele grita porque ele e Jens se debateram através de tempestades, sobre charnecas, e a vida é apenas um fio que se torna corroído e frágil no frio, ele grita porque uma menina tosse em Vetrarströnd, seus olhos são da cor dos prados no verão, ela tosse e tosse e tosse e nem sempre consegue recuperar o fôlego. Ninguém pode morrer, diz ela no início de todas as histórias; claro que não, corrobora sua mãe, mas as histórias são de todo inúteis contra a morte. Ele grita e agarra-se à corda para salvar sua vida, balança para a frente e para trás, o trenó voa e ele grita, e María dormita junto ao forno de pedra em Vetrarströnd, ela afunda-se num livro, como se esperasse encontrar uma vida há muito desaparecida nele, encontrar uma menina de sete anos que morreu, nada resta da sua vida além de recordações que se desvanecem lentamente e alguns dentes de leite numa parede suja, o rapaz grita e o mundo de Anna em Vík desaparece num nevoeiro escuro, bem como o mundo de Kjartan, é simplesmente um nevoeiro diferente para ele, ainda pior, a última garrafa está vazia, ele já não consegue dormir, senta-se à sua escrivaninha por entre todas as palavras, entre as palavras magníficas e inúteis, porque o que são as palavras se não houver outra pessoa, o que são as palavras sem o toque, Kjartan escuta a tempestade atacando a casa, de que servem as palavras se não se consegue tocar na mulher, de que servem as palavras se se deixou de acreditar na vida?; o rapaz grita, ele berra e chora porque um adolescente morreu de frio há cinquenta anos, morreu congelado, embora o agricultor o segurasse nos braços e tivesse sussurrado, desculpe, desculpe, desculpe, até seus lábios ficarem frios demais para conseguirem articular palavras, e então o agricultor morreu também e agora ninguém se lembra mais da vida deles, apenas da morte. Para onde foram todos os bons momentos que eles viveram; transformam-se em nada na morte? A encosta da montanha é interminável, eles correm para baixo, para baixo e para baixo, dirigindo-se talvez diretamente ao inferno, e o caixão está se desfazendo, uma morta e um rapaz vivo que se agarra em desespero e furiosamente a uma corda gelada, com os olhos fechados e gritando e berrando porque tantas pessoas se afogaram aqui, o mar está cheio de vidas afogadas, mas as pessoas só apanham peixe, nunca vidas mortas; o rapaz grita porque não podemos remar para o mar da morte e ir buscar aqueles de quem sentimos falta, remexendo-nos à noite numa agonia silenciosa, o que podemos fazer para ir buscar aqueles que partiram cedo demais?; a vida não tem como fazer nada e não há palavras que possam quebrar as leis, não há frases com poder suficiente para ultrapassar o impossível, por que diabo vivemos e morremos se não for para ultrapassar o impossível? A encosta da montanha agora é vertical, o trenó é lançado de um lado para o outro, afunda-se de súbito e endireita-se quase tão rapidamente, e o rosto do rapaz fica colado à tampa do caixão, sua pele fria rasga-se e seu sangue quente dá cor ao caixão; então a mulher enfim para de rir e agora chora, chora com tristeza pela sua vida, que desapareceu e nunca mais regressará. O rapaz grita, a mulher chora e ele sente as tábuas do caixão se soltarem lentamente por baixo dele; abre os olhos, está sentado curvado e vê através das frestas, ele pensa momentaneamente em saltar, mas estão avançando depressa demais, além disso, ele não quer perder o caixão, a mulher provavelmente não seria então encontrada até o fim da primavera, as pessoas seguiriam o fedor da carne podre, o zumbido das moscas, o grasnido de antecipação do corvo, que voaria mais alto montanha acima com um olho morto no seu bico, não pode acontecer, não pode fazer isso às crianças, ou à própria mulher, que parou de rir, ela simplesmente chora com tristeza pela sua vida, pelos seus filhos, ela foi buscar Jens e o rapaz na tempestade, a fim de ser levada para solo consagrado e, ao fazê-lo, os salvou; ele curva-se mais sobre o caixão, quer dizer, não a deixei mal, mas então o chão desaparece, desaparece por completo, e o trenó, o caixão e o rapaz ficam suspensos no ar.

Ele perde o apoio ou solta-o, solta um berro, voa mais alto, e mais alto, e depois começa a cair. Talvez a cair no despenhadeiro, onde, em breve, vai bater no chão com mais força do que a vida pode suportar. Por vários momentos, tudo em volta do rapaz fica em silêncio.

16

É incrível, diz o rapaz a Jens, ele está incólume, aterrou num monte de neve macia; que diabos, como é que conseguiu me encontrar? Mas Jens não responde; diz simplesmente, que impressionante, você consegue correr muito, antes de pousar os olhos em Ásta, no meio dos destroços do caixão; seus olhos estão fechados mas tem a boca aberta numa contração e veem-se seus dentes amarelados, escurecidos. Jens sobe todo o caminho até se aproximar dele e diz, então é assim que você é. Precisa se ajoelhar ligeiramente para ver bem o rosto do jovem; suas pernas estão meio enterradas na neve. Jens parece encarar como uma situação normal que a mulher, que há pouco tempo se achava dentro de um caixão, agora esteja meio enterrada na neve, com o rosto contraído, um pouco inclinada e com a mão esquerda a apontar rigidamente para a tempestade; sigam para lá, diz ela. Mas, é claro, é meio notável que Jens tenha conseguido encontrar o rapaz tão rápido tão fácil. O trenó correra em frente e para o lado na sua impetuosa viagem de descida, desviando-se muito do percurso; Jens correra determinado atrás dele, tropeçara, deslizara descontrolado durante muitas dezenas de metros em cima dos sacos com a correspondência, com os braços abertos, parecia um inseto enorme e ridículo nas suas tentativas infrutíferas de virar para a esquerda, de se desviar do profundo despenhadeiro, e então ouviu o gemido excessivamente perto, conseguiu parar, pôs-se de pé, perdido e confuso, andou em círculos, chamando por Hjalti, chamando pelo rapaz, soprou várias vezes sua trombeta postal, mas apenas o vento respondeu, por isso continuou a andar em frente, o solo já não se inclinava sob seus pés e então, por um golpe de sorte incompreensível, tropeçou no rapaz. Que pergunta, onde está Hjalti? Ele safa-se, diz Jens, e facilmente, uma vez que tem apenas de tratar de si próprio, mas precisamos continuar. Não posso me levantar; estou rebentado, vou só descansar aqui, uma hora o vento acalmará e a neve deixará de cair. Uma hora será sem dúvida tarde demais; está com frio?, pergunta Jens; não, responde o rapaz, esse é que é o problema, eu me sinto bem, por isso, porque deveria me levantar, ficarei de novo com frio se levantar. A coisa mais perigosa que pode acontecer com um tempo destes, afirma Jens, é não sentirmos mais frio, pois adormeceremos depois de meia hora.

O rapaz: Para nunca mais acordar?
Jens: Como a Ásta aqui. Olham ambos para a mulher, que está inclinada, com uma contração no rosto, mas já não sente frio.
O rapaz: É ela?
Jens: O que quer dizer?
O rapaz: Não é esta aquela que você viu, sabe, a que apareceu para você?
Jens: Eu não sei o que vi, ou se vi alguma coisa.
O rapaz: Eu vi. Olhei para ela. É ela.
Jens: Está bem, então.
O rapaz: Eu achava que só nas histórias é que uma pessoa morta fazia uma longa viagem para visitar os vivos.

Jens: Não feche os olhos, rapaz! Assim, estará tão morto quanto ela, e para que serve isso?

O rapaz: Eu estava apenas escutando, mas não consigo mais ouvi-la.

Jens: Ouvir? Não seja tonto. Ela está morta. Ouve-se muito pouco dos mortos.

O rapaz: Eu a ouço há muito tempo, na verdade, desde que nos despedimos do Bjarni no alto da montanha, sempre que fecho os olhos e uma vez com eles abertos.

Jens: E o que você ouviu?

O rapaz: Ela riu.

Jens: Eu não sabia que era divertido estar morto.

O rapaz: Não, foi um riso gelado, horrivelmente triste. Agora já sei como os gelos riem.

Jens: Leitura demais. Não é seguro ler demais, você fica confuso e acaba dependente da paróquia.

O rapaz: Ela também falou comigo e de um modo que não era especialmente simpático, não foi nem um pouco calorosa e gentil, como Hjalti disse que ela era... quando estava viva.

Jens: Isso é porque a morte é mais cruel do que a vida. Mas pare com esta conversa mole e se levante. Quando uma pessoa morre, essa pessoa está morta; e fica tão longe de estar viva quanto é possível estar. Agora, levante, meu pobre rapaz.

O rapaz: Mas ela chorou no fim. Chorou com muito ressentimento.

Jens: Levante-se agora.

Não consigo, confessa o rapaz, fechando os olhos, cansado demais para continuar a lutar contra Jens. No fim, ela chorou, repete. Ásta parece observá-los esboçando um sorrisinho, com o seu cabelo grisalho agitado pelo vento. Eu também estou cansado, diz lentamente Jens, obrigando-se a desviar os olhos da mulher; eles sentem o odor de fumaça de vez em quando, o que aumenta a fome. O rapaz abre os olhos, embora seja um pouco difícil, ele começou a ouvir seu próprio sangue, a corrente tranquila nas suas veias que canta para o adormecer, mas abre os olhos e olha surpreendido para Jens. Você, cansado?, pergunta ele. Jens olha para o outro lado, sua barba convertida num pedaço sólido de gelo, e depois olha novamente para o rapaz. Estava sangrando, declara ele. Também achei, mas não deve ser sério, não? Não, responde Jens, olhando de novo para a mulher; tenho tanta dificuldade em continuar como você, nunca estive tão cansado nem com tanto frio, mas agora não importa o que se pode fazer, mas o que tem de ser feito. Ele se dobra e se abaixa de um modo rígido, estende o braço direito meio adormecido e puxa o rapaz até ele ficar de pé; ficam de pé lado a lado, a tempestade ruge ao redor e uma morta sorri para eles. Estou com frio, diz o rapaz. Bom, mas agora precisamos saber que direção devemos tomar, fala Jens. O rapaz olha para Ásta, aproxima-se dela; é como se ela olhasse através dos olhos dele e até bem fundo na mente e consciência dele, mas agora de modo gentil. Ela está apontando na direção certa. Jens faz um aceno com a cabeça, mas depois diz, não é uma direção pior do que qualquer outra. Esticam-se um bocadinho, olham em volta, espreitam para dentro da tempestade, para cima, para o que pensam estar acima, mas, claro, não veem nada além da neve. Jens grita, pega na trombeta postal e sopra três vezes, com uma breve pausa pelo meio, o som sobe pela montanha acima e esperam tanto quanto podem, mas não se ouve nada e não há sinal de Hjalti. Eles partem antes que o frio, a fome, o cansaço e a sede os verguem de vez; eles partem seguindo a indicação dada por Ásta, que ficou completamente branca devido à neve que a cobria e, sem dúvida, em breve desaparecerá; Jens tateia em busca dos restos de madeira do caixão, enfia-os na neve em volta da mulher com a esperança de que isso os ajude a localizá-la, se conseguirem chegar à aldeia, que é algo

aparentemente muito improvável. Eles não parecem estar fora do tempo? Será que caminharam para fora do mundo e agora estão condenados a vaguear numa tempestade ao longo da vida durante os próximos mil anos ou algo parecido? Alguns daqueles que estão vivos os verão, como uma vaga suspeita, nos momentos entre o sono e o despertar, como um desespero distante que nada pode aliviar, muito menos a passagem do tempo. Nem é possível dizer que estão agora caminhando. Cambaleiam, caem, engatinham, e, às vezes, um deles começa a dar risadinhas e depois o outro ri, e então sentam-se e riem ou gritam, é impossível distinguir os dois, e depois põem-se silenciosamente de pé sem olharem um para o outro. Jens cai e o rapaz precisa de muito tempo para ajudar seu pesado corpo a pôr-se de pé. O rapaz cai e Jens tem de usar toda a sua força fugidia para o erguer e depois o rapaz apoia-se durante algum tempo no ombro do carteiro, como um estranho saco de correspondência; Jens tem de fincar firmemente os pés para suportar o peso que poderia, em condições normais, carregar por longas distâncias sem sequer se dar conta. Não a amo, murmura o rapaz junto do seu ouvido.
Quem? A Ragnheiður. Que Ragnheiður?
O rapaz: Você sabe, a filha do Friðrik.
Jens: Teve alguma coisa com ela?
O rapaz: Não sei, não, não tive nada com ninguém, sei apenas que ela tem ombros feitos de luar.
Jens: Danação, fique longe dessas pessoas, rapaz.
O rapaz: Fico sem forças quando a vejo; isso é amor?
Jens: Por que está perguntando isso?
O rapaz: Você está amando.
Jens: Pare de cuspir palavras assim.
O rapaz: É apenas o meu coração palpitando, Jens.
Jens: Não me interessa salvar você do gelo e das montanhas se vai rastejar até o Friðrik.

O rapaz: É ela quem tem ombros de luar, não ele. É tudo a mesma coisa, afirma Jens. Talvez eu não a ame, diz o rapaz; mas provavelmente ela poderia ordenar que eu morresse. Danação, ter que te ouvir falar, declara Jens. Eles não se mexem; balançam com a fúria do vento, encostam a cabeça um ao outro como se procurassem abrigo, estão cansados demais para se separarem um do outro, indefesos demais para pensar, simplesmente falam, as palavras surgem à superfície e eles as juntam. Vai procurá-la?, pergunta o rapaz. Sim, responde Jens. Então tem que sobreviver a isso. Não posso evitar, diz Jens, e eles se separam, continuam a avançar, para baixo, uma vez que o caminho começa a inclinar-se, e então inclina-se muito, e o vento tenta virá-los. É melhor não perder o equilíbrio, grita Jens, que segue lentamente seu caminho para baixo, tentando ao mesmo tempo resistir ao vento e à inclinação, é difícil saber o que está por baixo. Não!, grita o rapaz, talvez um grande promontório, e depois apenas um precipício e o mar lá embaixo, cairemos no mar azul-escuro! Que se dane, brada Jens, a raiva o inflamando porque aquele rapaz nunca se cala, oh, inferno!, grita ele, e perde a concentração por um momento, dá um passo em falso e é tudo o que é preciso. Ele cai, varrendo simultaneamente as pernas do rapaz. E no mesmo instante voam, sem ter como evitar. Dois homens descendo um declive de costas, desgovernados, uma encosta de montanha, provavelmente com o mar profundo lá embaixo. Talvez, em breve, caiam da borda de uma grande falésia, flutuem como flocos de neve por vários segundos, como asas de anjo, como a tristeza dos anjos, e depois caiam como pedras, culminando em um fim molhado. Eles voam colina abaixo e Jens é o primeiro a gritar. Depois o rapaz. Dois homens gritando numa descida violenta montanha abaixo, descendo uma encosta, durante a noite e através da tempestade. Dois homens aos berros, que, por fim, batem com força em algo duro. Primeiro, Jens. Em seguida, um segundo depois, o rapaz, a meio metro do carteiro. E então o mundo se apaga.

ESTA OBRA FOI COMPOSTA EM ELECTRA PELO ESTÚDIO O.L.M./ FLAVIO PERALTA E IMPRESSA EM OFSETE PELA GRÁFICA SANTA MARTA SOBRE PAPEL PÓLEN SOFT DA SUZANO S.A. PARA A EDITORA SCHWARCZ EM FEVEREIRO DE 2023

A marca FSC® é a garantia de que a madeira utilizada na fabricação do papel deste livro provém de florestas que foram gerenciadas de maneira ambientalmente correta, socialmente justa e economicamente viável, além de outras fontes de origem controlada.